小書痴的下剋上

為了成為圖書管理員不擇手段！

第二部 神殿的見習巫女Ⅳ

香月美夜——著
椎名優 繪 許金玉 譯

本好きの下剋上
司書になるためには
手段を選んでいられません
第二部 神殿の巫女見習いⅣ

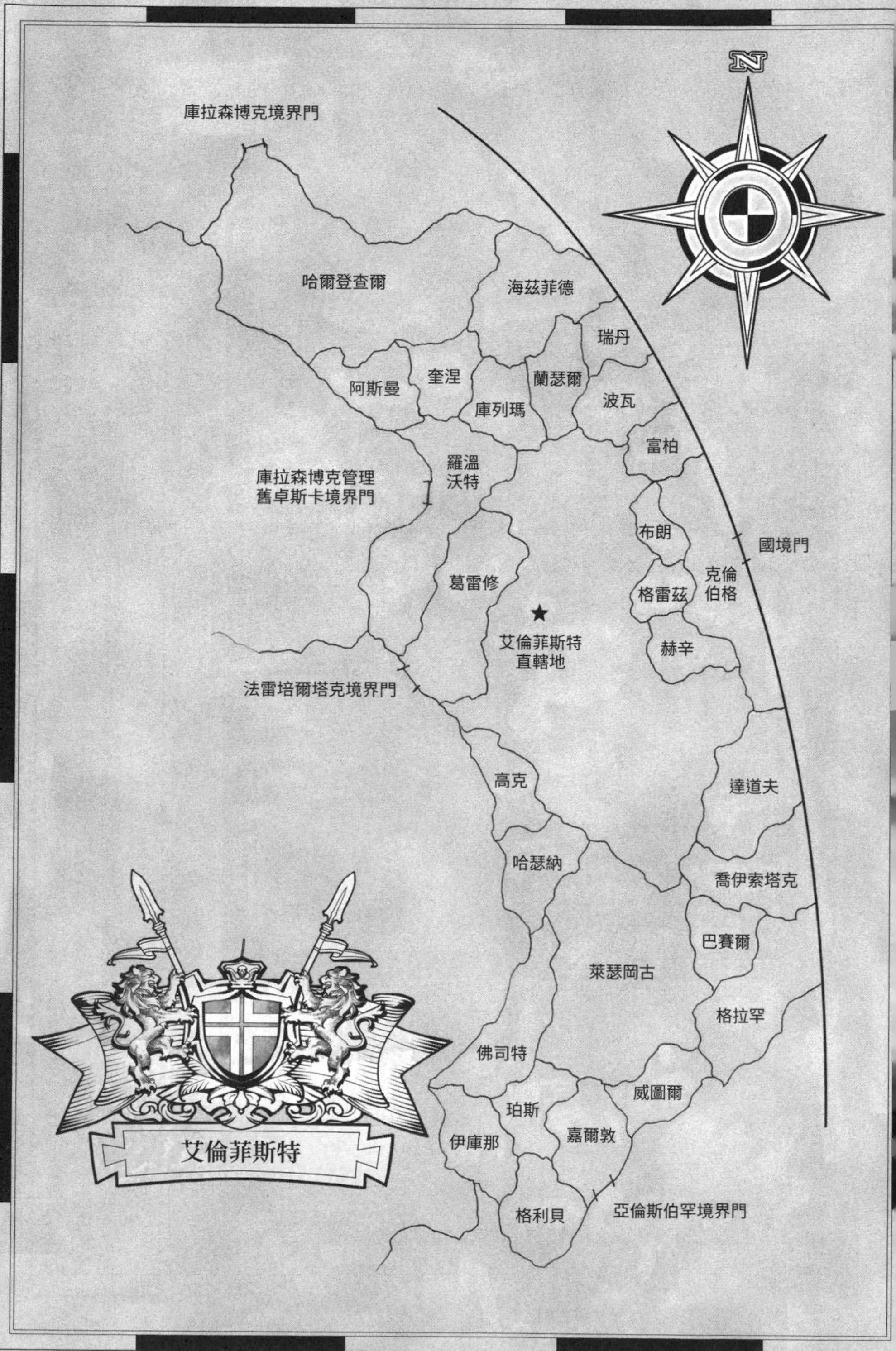
N
庫拉森博克境界門
哈爾登查爾
海茲菲德
瑞丹
阿斯曼
奎涅
蘭瑟爾
庫列瑪
波瓦
富柏
羅溫
沃特
庫拉森博克管理
舊卓斯卡境界門
布朗
國境門
克倫
伯格
格雷茲
葛雷修
艾倫菲斯特
直轄地
赫辛
法雷培爾塔克境界門
高克
達道夫
哈瑟納
喬伊索塔克
巴賽爾
萊瑟岡古
格拉罕
佛司特
威圖爾
珀斯
伊庫那
嘉爾敦
格利貝
亞倫斯伯罕境界門
艾倫菲斯特

登場人物

第一部劇情摘要

超級愛書的女大學生在死後轉生成了士兵的女兒梅茵，還患有身蝕。為了在識字率低、紙又昂貴的世界裡自己做書，每天都奮鬥不懈。雖然成功做出了植物紙，為了活下去，卻需要能吸取魔力的魔導具。就在這時候，梅茵在洗禮儀式上發現了神殿的圖書室。直接與神殿長談判後，最終成為了提供魔力的青衣見習巫女。

梅茵一家

梅茵

本書主角。士兵的女兒，患有身蝕又體弱多病。明白了身蝕的熱意其實是魔力後，便成了原本是貴族之子才會擔任的青衣見習巫女。為了看書，不擇手段。

伊娃

梅茵的母親。在染色工坊工作。看著容易失控的丈夫和女兒，每天只能苦笑。

昆特

梅茵的父親。在南門擔任士兵，位階是班長。愛家到旁人都大感吃不消的地步。

多莉

梅茵的姊姊。裁縫學徒。個性溫柔，很會照顧人。梅茵形容為「簡直是天使」。

加米爾

梅茵剛出生的弟弟。

奇爾博塔商會

班諾

奇爾博塔商會的老闆，也是梅茵經商方面的監護人。

路茲

奇爾博塔商會的都帕里學徒。梅茵可靠的夥伴，也負責管理梅茵的身體狀況。

珂琳娜

班諾的妹妹，也是商會的繼承人。自己擁有工坊，手藝出眾的裁縫師。

馬克

奇爾博塔商會的都帕里，班諾的得力助手。

萊昂

奇爾博塔商會的都帕里學徒，正在接受法藍的侍者教育與禮儀指導。

神殿相關人員

神殿長

神殿的最高權力者。厭惡威懾過自己的平民梅茵。

神官長

梅茵在神殿的監護人。十分倚重梅茵的魔力量和計算能力。

法藍

原是神官長身邊的侍從，現在是優秀的首席侍從。

吉魯

以前是問題兒童，現在全心全力幫忙管理工坊。

戴莉雅

神殿長指派的眼線。口頭禪是「討厭啦」。

葳瑪

擅長繪畫的灰衣巫女。

羅吉娜

擅長彈奏樂器的灰衣巫女。

卡斯泰德　艾倫菲斯特的騎士團長。
達穆爾　負責在神殿保護梅茵的騎士。
齊爾維斯特　祈福儀式時同行的青衣神官。
賓德瓦德伯爵　亞倫斯伯罕的上級貴族。
海蒂　墨水工坊的繼承人。
約瑟夫　墨水工坊的都帕里，海蒂的丈夫。

CONTENTS

第二部 神殿的見習巫女Ⅳ

第二部

神殿的見習巫女Ⅳ

序章

祈福儀式剛剛結束的暄妍春日，嫩葉的翠綠色澤也日漸由淺轉深。早晨雖然晴朗，正午過後卻開始下起小雨。這肯定是神降下的恩惠之雨。吃完午飯的農民們邊感謝著代替自己澆灌田地的水之女神芙琉朵蕾妮，邊各自在家中勤奮地做著手工活。

一輛擦得光可鑑人的馬車奔馳在不見農民蹤影的田間街道上。氣派的馬車門板上嵌著雕有家徽的金屬板，宣告了車內人物的身分有多麼高貴。但是，這天因為不巧降雨，道路泥濘溼滑，路況不佳。不同於城裡的石板路，馬車行駛在泥濘路上，速度就會變慢，讓車內的人按捺不住煩躁的情緒。

「……芙琉朵蕾妮還真不會挑日子。」

居然在自己外出的這天才下雨，真是不識趣——拜瑟馮斯坐在晃動幅度異常劇烈的馬車裡，不快地咒罵著水之女神芙琉朵蕾妮。

就在第五鐘快要響起前，在不佳路況上辛苦奔波的馬車，駛進了與艾倫菲斯特直轄地接壤的格雷茲的夏之館。

「拜瑟馮斯大人，這邊請。」

拜瑟馮斯搖晃著大肚子下了馬車，趨上前迎接他的正是這座宅邸的主人基貝・格雷茲。搭乘馬車前來的訪客只有他一個，沒再看見其他馬車。但是，當他被帶進大廳，只見裡頭已經聚集了十來名貴族，正在談笑風生。身為貴族的他們，都是騎乘了自己的騎獸前來。

會刻意在造訪他人的宅邸時使用騎獸，表示這場集會包括隨從在內，不想讓任何人知道。從在場十來名貴族當中，宅邸主人基貝．格雷茲的表情最是戰戰兢兢這點來看，可知想必是基貝．格拉罕命令他提供自己的宅邸做為聚會場地。

通常在舉辦不想公開的聚會時，上級和中級貴族都不會自己準備場地，而是要求下級貴族進行準備。拜瑟馮斯對此並沒有什麼感慨，一派理所當然地坐在最上座，接受聚集於此的貴族們的問候。然後，看見其中有一名未曾謀面的貴族在和基貝．格雷茲交談。

「賓德瓦德伯爵，那一位正是艾倫菲斯特的神殿長拜瑟馮斯大人。」

「哦，神殿長嗎……」

按理說，被送進神殿的拜瑟馮斯並不是貴族。在這麼多貴族聚集的場合下，神殿的人絕不可能坐在最上座。但是，因為他的父親和母親都曾是領主候補，身上流淌著高貴的領主血脈。

他之所以不得不進入神殿，都要怪前任基貝．萊瑟岡古。只因為他的魔力對自己出生的家族來說偏低，親生母親又在生下他之後立即辭世，因而沒有了後盾，父親的另一名妻子也因此順勢成了第一夫人，女方親族的萊瑟岡古便力勸父親讓他進入神殿，拜瑟馮斯才會在懂事之前被送進神殿。從此以後，不再是以貴族的身分，而是以神官的身分生活。

但是，幸虧同位母親所生的姊姊因為是唯一的血親，現在仍然視他為重要的家人，所以即使他身在神殿，貴族們也不敢輕忽怠慢。貴族們很清楚，如果想向姊姊進言、通融一些不好達成的事情，都需要拜瑟馮斯的協助。

「拜瑟馮斯大人，這位是從亞倫斯伯罕遠道而來的賓德瓦德伯爵，在此次的計畫中可說是重要人物。」

伯爵這頭銜代表了他是上級貴族，而且會受命管理土地。拜瑟馮斯自認為體型已算相當肥胖，但賓德瓦德伯爵的富態更是不下於他。那雙眼睛污濁黯沉，神態一看就知道即便做盡壞事也不會良心不安。

拜瑟馮斯佯裝沒有發現對方眼中對神殿長這身分帶有的輕蔑，盡可能不可一世地點頭。不管來者何人，坐在上座接受問候的人可是他。

「幸得水之女神芙琉朵蕾妮的清澄指引結此良緣，願能為您獻上祝福。」

「准許你。」

賓德瓦德伯爵左手中指上的戒指飛出了輕盈綠光。那是以貴族身分接受洗禮的人，會從父母手中收到的戒指，只要是貴族人人皆有。

拜瑟馮斯低頭看著戒指，難以言表的煩躁在內心不斷攀升。要是沒有萊瑟岡古那幫人，自己也不會被送進神殿，可以收到父親贈送的戒指了。現在他手上的戒指，是成年後姊姊所贈送。縱使一樣戴著戒指，他卻沒在貴族區接受過洗禮儀式，也沒有就讀過貴族院。雖為這樣明確的差距感到火大，但看到尊貴的貴族們為了姊姊的權力，只得跪在自己身前寒暄致意，還是讓他升起了卑劣的愉悅感。

「喬琪娜大人的信函也都是委由基貝・賓德瓦德送來。」

依據在場貴族們的說明，賓德瓦德伯爵是他們與嫁到艾倫菲斯特南邊領地的外甥女聯繫時的橋梁。至今外甥女也曾多次拜託過拜瑟馮斯為小聖杯注入魔力，但他身為神殿長，一直只與艾倫菲斯特這些居中聯繫的基貝們接觸過，還沒有直接會見過亞倫斯伯罕的貴族。

「為時之女神德蕾梵庫亞所交織的命運絲線獻上祈禱。」

明明根本無意向神獻上祈禱，眾人卻說著這樣的問候語，大白天開始飲酒。琥珀色的液體流入杯子裡，芳醇的酒精香氣往上竄升，彌漫了整個房間。

由備酒的基貝・格雷茲先喝了一口，以示沒有下毒，拜瑟馮斯才拿起頗具重量的銀製酒杯，拿到嘴邊。醇烈的酒香中，又帶有著些許令舌頭發麻的辛辣口感。拜瑟馮斯享受著這種感覺，用舌頭稍微翻攪後，才讓酒慢慢滑下喉嚨。烈酒使得喉嚨深處一陣緊縮，他心滿意足地呼了口氣。是相當上乘的好酒。為了滿足在場貴族們的味蕾，基貝・格雷茲肯定勒緊了褲頭。

「對了，拜瑟馮斯大人，拜託您的平民見習巫女人在何處呢……？」

眼見眾人都喝了一口酒，基貝・格拉罕便切入正題。感覺到了在場貴族們的目光都集中在自己身上，拜瑟馮斯又慢慢喝了一口酒。為了買下具有魔力的平民，貴族們希望他把梅茵帶來，如今卻沒在這裡看見她的蹤影。

「我並沒有帶來。」

「這、這是為何?」

貴族們驚訝地瞠大了眼,拜瑟馮斯哼一口氣。

「我怎麼能和那種平民同坐一輛馬車。我才不想和那個小鬼待在同一個空間裡,要為區區平民另外再準備一輛馬車,也讓人火大。」

「那早知道您吩咐一聲,我們便能幫您準備馬車……」

貴族們全感嘆著竟讓如此大好機會平白溜走,但要在不被神官長察覺的情況下帶走梅茵,並不是件易事。雖然也曾考慮過讓戴莉雅帶她出來,但由神官長一手調教的侍從監督得非常嚴格,絕不會讓梅茵和戴莉雅獨處。失敗機率太高,也只會無謂加深神官長的警戒心。

……更何況,擁有領主血脈的我為何要為了你們這些人冒險?

拜瑟馮斯心裡這樣想著,但早已想好藉口,把責任推到基貝・格拉罕頭上。

「都是因為祈福儀式的計畫失敗了,現在警戒變得更加森嚴,我不想再打草驚蛇。」

「……唉,那次失敗真是太可惜了。本是計畫讓賓德瓦德伯爵出借的身蝕士兵襲擊祈福儀式隊伍,擄走青衣見習巫女……」

想趁著祈福儀式擄走青衣見習巫女梅茵的計畫最終失敗了。能夠施展魔法的貴族一出手,要擄走平民出身的青衣見習巫女本是不費吹灰之力。然而,是因為神官長斐迪南也在隊伍當中,行動才會失敗吧。他也一樣是貴族,能夠操控魔法。

「都怪半路殺出了程咬金吧。」

「真是太遺憾了。除了那個平民出身的青衣見習巫女，真希望也讓斐迪南大人被狠狠教訓一頓呢。」

達道夫子爵夫人不只對梅茵，也對神官長斐迪南深惡痛絕。她的兒子因為秋天在討伐陀龍布時受命擔任梅茵的護衛，最後遭到處刑。

受了這位夫人的請託，拜瑟馮斯向斐迪南表示了怨言，也請姊姊為斯基科薩說情、減輕罰責，但坦白說，對於斯基科薩後來的下場，他一點感覺也沒有。因為想到斯基科薩這麼好運地藉著政變和肅清成功離開神殿，他一直有些憤懣。

「想不到斐迪南大人意外善戰。要是能在萊瑟岡古投宿時擄走青衣見習巫女，就能栽贓在萊瑟岡古身上了……」

格拉罕子爵滿臉遺憾地望著拜瑟馮斯說道，他在心裡暗罵「廢物」。

要是能在祈福儀式途中成功擄人，他就能夠完全不用弄髒自己的雙手，讓那個令人火大的平民小鬼消失，還能向祈福儀式的負責人神官長究責，對他下達懲罰。虧他滿心期待著聽到兩人在離神殿千里之外的土地上遭逢慘禍，結果現實中收到的消息，卻是兩人搭乘的馬車平安回到了神殿。他氣得捶胸頓足。

「不只是萊瑟岡古那裡，我還在我的領地與嘉爾敦的邊界附近煽動領民，襲擊馬車隊伍，卻沒有半個人回來。明明當中有一半的人也是艾倫菲斯特的領民，卻全在攻擊下灰飛煙滅。」

賓德瓦德伯爵說完，與嘉爾敦相鄰的基貝札贊子爵，也露出了匪夷所思的神情。

「但是，嘉爾敦子爵完全沒有提起過大量領民突然消失了這件事。是因為靠近邊界嗎？似乎也沒有察覺到這場襲擊……」

「這可就奇怪了……」

是神官長依據領地的所屬改變了攻擊嗎？這種事情辦得到嗎？雖然想問問詳細情況是怎麼一回事，但嘉爾敦子爵與萊瑟岡古伯爵素來友好，並沒有告訴他祈福儀式的襲擊行動，人也不在此處。再加上襲擊的人沒有半個人回來，也無從得知當時究竟發生了什麼事情。

「當時不只領民，半數身蝕士兵也遭到殲滅。其中還有魔力強大到與下級貴族相當，能夠發動魔導具的士兵。他們可是非常方便的棋子，讓我在處理事情時可以不用弄髒自己的雙手，想不到結果如此令人遺憾。為了補充兵力，很希望您能將那名青衣見習巫女賣給我。」

賓德瓦德伯爵說著，發出了低沉笑聲。咕呼、咕呼的笑聲聽來非常低俗，拜瑟馮斯稍微皺起臉龐。但是，也許是這樣的表情看來像是拒絕。四周的貴族們互相對望後，露出了表面和藹的笑容接連說道：

「關於青衣見習巫女的消息與和她簽約一事，請貴為神殿長的拜瑟馮斯大人務必多加幫忙。」

「拜瑟馮斯大人不也視那個平民出身的見習巫女為眼中釘嗎？這應該是筆不錯的交易，不是嗎？」

他確實看不順眼梅茵，也覺得她很危險。那小鬼不在了，他自然是通體舒暢，也樂於見到自稱是梅茵庇護人的斐迪南會有什麼表情。但是，這筆交易的責任很可能都落到他頭上，所以他才提不起勁。倘若無法肯定事情會進行得很順利，屆時受到斐迪南指責的，會是在巫女買賣契約書上簽名的他。

「對象只是平民，和灰衣的孤兒們沒有什麼分別。您不這麼認為嗎？」

「但那小鬼可不是灰衣見習巫女，擁有的魔力足以讓她穿上青衣。如果只是普通平民，才不會對我使出威懾。」

親身受過梅茵魔力威懾的拜瑟馮斯十分清楚，梅茵的魔力算是相當強大。雖說當時是他大意了，但那絕非是平民出身的小孩會有的魔力。這點從斐迪南和她一起舉行奉獻儀式來看，也能得到證實。因為若魔力沒有大致相當，便無法一起舉行儀式。

「那個小鬼的反抗非常激烈。如果再由我出手，又要受到她的威懾，我可敬謝不敏。我不像你們擁有眾多魔導具，根本沒有法子可以抵禦威懾。為了區區的見習巫女買賣，我才不打算捨身冒這種危險。」

「嗯……」賓德瓦德伯爵聽著他的意見，摸著肥滿的下巴發出沉吟聲，接著從腰上的皮袋中拿出了一個用布包起的圓狀物。然後，在滿是肥肉的手上緩緩把布掀開。

「……這是……？」

「這是吸收魔力用的闇之魔石。有了這個，平民見習巫女的威懾將沒有任何意義。做為友好的見證，這點心意還望收下。」

拜瑟馮斯目不轉睛地望著再度被布包起的漆黑魔石，嘴角慢慢上揚。有了這個東西，那種平民小鬼根本不足為懼。居然敢對流有領主血脈的他如此無禮，他要讓她後悔莫及。

見他雙眼直勾勾地望著魔石，賓德瓦德伯爵將布包推向他，勾起嘴角。

「……您願意提供協助嗎？」

賓德瓦德伯爵混濁的雙眼發出精光。是確信拜瑟馮斯會給予協助的眼神。要順著別人的心意行動，令拜瑟馮斯感到火大。但是，他無時無刻不想著要把威嚇過他的無禮梅茵賣到他領，再讓梅茵那對膽敢不聽從他命令，甚至向他頂嘴的父母掉進絕望深淵。賓德瓦德伯爵手上的闇之魔石，是他一直以來渴望得到的東西。

拜瑟馮斯立即切換想法。他並不是照著賓德瓦德伯爵的旨意在行動，這麼做是為了對自己照顧有加的姊姊。

曾當著大批騎士的面宣告見習巫女「在自己的庇護之下」，倘若她被賣掉，斐迪南肯定會痛苦萬分。如此一來，姊姊也會拍手稱快。而一直等著拜瑟馮斯答覆的達道夫子爵夫人也會覺得為兒子報了一箭之仇，稍微消仇解恨吧。

……賓德瓦德伯爵得到好處後，心情一好，不也等於取悅了與我關係良好的貴族們嗎？

在心中找到了能夠說服自己的理由後，要握出對方伸來的手，便不再需要猶豫。拜瑟馮斯望向賓德瓦德伯爵混濁的雙眼，揚起了一樣的笑容。

「敬請蒞臨神殿。就算發生什麼事，只要我向家姊拜託一聲就成了。」

見他表態願意幫忙，在場貴族們一致「噢噢」地發出感嘆。真是太可靠了——雖然這些話是因為背後有著姊姊的權力，但拜瑟馮斯早已不放在心上。

「嗯……往後的日子真是教人期待。」

拜瑟馮斯舉起酒杯，目光投向艾倫菲斯特市街所在的方向，發覺雨勢變得更兇猛了。就連這會兒陰溼的天候，在他看來也是個好預兆。

照顧加米爾

可愛的弟弟出生了，這天是當上姊姊後值得紀念的第一天！在下定決心要當個好姊姊之前都還很順利，但可說是我宿敵的睡魔卻很快襲來。母親是在黎明出現分娩徵兆，然後在第二和第三鐘之間生下了加米爾。而我從黎明開始就因為擔心母親，一直在水井旁邊繞圈打轉，顯然體力早已消耗殆盡。吃完飯，馬上開始想睡。

……不行不行，不可以睡！

我可以端水給母親、洗碗盤，也有我幫得上忙的事情。至少直到去參加廣場宴會的父親和多莉回來，可以和他們交接為止，我都要努力幫忙。我拚命撐起沉重得自己掉下來的眼皮，與睡魔奮戰，母親卻輕輕拍了拍自己身後的棉被。

「梅茵，妳睡吧。」

「不行，在多莉和爸爸回來之前我不可以睡。我要照顧加米爾，當個好姊姊。」

加米爾才剛出生，我怎麼能睡。剛才的第一次抱抱已經成功，接下來也要竭盡全力照顧他。聽了我表明的決心，母親溫柔地瞇起雙眼，苦笑說道：

「梅茵的心意媽媽很高興，但我更不想看到妳病倒，所以現在先乖乖睡覺吧。」

聽到母親這麼說，我才點一點頭。剛生產完的母親看來還很疲憊，不能再給她添更多麻煩，讓她擔心。於是我收拾了碗盤，脫下鞋子，慢吞吞地爬上床。接著和加米爾稍微保持距離，以免壓到他，再看著加米爾熟睡的側臉閉上眼睛。

……姊姊醒來以後會加油的。

一旦決定要睡，我就不再抵抗。感覺到母親為我蓋好被子，摸著我的頭，我眨眼間失去了意識。

難得睡得非常香甜，我卻一直聽見貓叫般「呼哇、呼哇……」的微弱叫聲，意識因而慢慢浮上表層。想睡的時候卻被硬生生吵醒，讓我不高興地皺起了臉。好吵喔，我還想睡耶……我這樣心想著鑽進被窩，然後翻了個身。然而，叫聲卻反而變近了。

……討厭啦，到底是什麼聲音一直在旁邊叫？……啊，是加米爾！

我驚醒地張開眼睛，正好和抱著哭泣的加米爾，開始哺乳的母親四目相接。母親輕笑了聲，說：「妳睡得真久，第五鐘快要響了喔。」但明明已經睡了這麼長時間，我卻覺得還沒有睡飽。我揉了揉惺忪的睡眼，看向加米爾。

年幼的弟弟正使足了力氣在吸母乳。不管是蠕動吸吮的小嘴巴、不知道在看著哪裡的迷濛大眼睛，還是握成拳頭的小手，全都非常可愛。

「我回來了。加米爾醒了嗎？」

「多莉，妳回來啦。現在正在吸母乳喔。」

我朝著玄關說，從樓下宴會回來的多莉往臥室探頭，接著坐在床沿，凝視著加米爾說：「真的好小喔。」母親笑道：「多莉和梅茵以前也一樣這麼小喔。」但是，我一點也不記得那時候的事情了，所以不知道該作何反應。

加米爾別開小臉，像在說已經喝飽了，母親便把他抱起來，輕拍他的背。加米爾「嗝」地打了嗝。

「梅茵那時候不只很不會吸母乳，喝得也很慢，常常從嘴邊流出來，不然就是以為她終於喝到了，結果全部吐了出來。」

母親懷念地瞇起雙眼，看著我這麼說。聽到母親說我從出生就是個讓人費心的孩子，我不滿地噘起嘴巴。

「但剛出生的事情，我怎麼可能記得嘛。」

「咦～？梅茵現在明明一樣吃得很慢，一得意忘形起來，吃了太多還會喊肚子痛，根本沒變啊。」

「多莉，妳太過分了！」

母親也笑著同意：「哎呀，真的呢。」但我也有話要說，這是因為家裡吃的麵包太硬了。原本的硬度根本咬不下去，我都要用湯或者喝的東西，把麵包泡軟以後才能吃。因為要等麵包變軟，所以吃飯的速度才比其他人慢而已。我認為自己會吃得那麼慢，都要怪麵包太硬。

「但大家都吃一樣的麵包，卻只有梅茵那麼慢，應該不是麵包的關係吧。那是因為梅茵都把麵包泡在湯裡面，等到完全軟了才吃，才會那麼慢。」

「不然我咬不動嘛。」

最近都在神殿吃鬆鬆軟軟的麵包，所以咀嚼能力比起以前好像下降了，但我可是每天都很認真在研究，要怎麼做才能把硬邦邦的麵包吃得津津有味。

我和多莉爭論起來，母親苦笑著揮了揮手。

「好了，媽媽要替加米爾換尿布……」

「讓我換！我想試試看！」

多莉雙眼發亮地自告奮勇，挑戰換尿布。我也想像個姊姊一樣幫忙，所以在旁邊觀摩怎麼換尿布。先把裹起來的布解開，用內側還是乾淨的布料把屁股擦乾淨，再換上新的尿布纏起來，就算大功告成了。「換好了！」多莉得意洋洋地大喊。多莉一次就換成功了，看起來也相當簡單。

……下次換我試試看吧。

多莉馬上把換下來的髒尿布丟進籃子裡，注視窗外遼闊的藍天。

「媽媽，加米爾的尿布只有這些嗎？雖然時間不早了，但如果不先洗起來，接下來會變天喔。」

「啊，真的呢，那快點拿去洗吧。只有這些要洗，就麻煩妳們了。我已經請爸爸在廚房掛好了要晒尿布的繩子，但對妳們來說有點太高了，等等再叫爸爸幫忙吧。」

母親和多莉很快地討論著這些事情，但我只是微歪著頭，努力觀察窗外。雖然有點雲，但是一片藍天。看得出來太陽西斜，時間快要傍晚了，但我完全不明白究竟是從哪裡看出來之後會變天。

「……為什麼大家都知道會變天？」

「梅茵，倒是妳為什麼都看不出來？看不懂天氣變化是很危險的，就沒辦法去森林喔……啊，不說這個了，要快點去洗尿布。梅茵，走吧！」

我在多莉的催促下一起踏出玄關，但突然想到一件事。

「啊，但是達穆爾大人叫我不要外出……」

雖然會有僥倖的心態，覺得只是去水井廣場應該沒關係，但達穆爾說過要是不聽從囑咐，會為身邊的人帶來危險。想到墨水協會的協會長過世了，祈福儀式時又遇過敵襲，最好還是別隨便出門。

一路送我回家的達穆爾用十分嚴肅的表情叮囑過：「在我來接妳之前切勿外出。」當時多莉也在旁邊聽到了，所以垮下肩膀。

「對喔，還是不要違抗貴族大人的命令比較好呢。那我去洗尿布，梅茵先準備晚飯吧。我和爸爸已經在廣場吃了不少東西，肚子不怎麼餓，只煮湯就夠了吧？鄰居還送了一些春季蔬菜和香腸給我們當賀禮喔。」

多莉要我用鄰居送的春季蔬菜煮湯，但想到我中午也是喝湯配麵包，便用手按著肚子說：

「可是我中午也只喝湯，現在肚子餓了。而且難得神殿的大家送來了肉，我們都還沒有吃，媽媽也要攝取充足的營養，才能製造很多母乳喔。」

我按著肚子表示「想吃肉」，多莉指著儲藏室說：「那梅茵去處理鳥肉吧。」

「知道了。可以用鹽巴和藥草調味嗎？」

我提議煮香草烤肉，但多莉搖搖頭。「有些藥草孕婦和剛生完孩子的人不可以吃，所以加鹽巴就好了。」說完，多莉便捧著放有待洗衣物和肥皂的木盆下樓。比起只加鹽巴，我更喜歡添加香草燒烤，但必須要讓母親可以吃才行。

「既然藥草不行，那至少加點爸爸的酒吧。」

看著多莉下樓後，我回到家裡，走進過冬用的儲藏室拿出了肉，再拿了父親放在廚房櫃子裡的酒。

父親在家的時候，看到我煮菜要用酒，都會抵死反抗。「梅茵煮的飯菜已經很好吃了，不需要再用到我的酒！」話雖然這樣說，但父親一定只是想多留點酒下來。

……就算父親再不願意，我還是要用！因為吃肉的時候，有沒有事先用酒處理過，味道會有很大的差別。

加了酒和鹽巴搓揉鳥肉後，我開始切起一般的蔬菜。雖然有不少危險的蔬菜我還不太會處理，但至少現在我可以區分危險和安全的蔬菜了。

「……嗯？奇怪了？因為在神殿過冬的關係，我是不是退步了?!」

因為很長一段時間住在神殿，過著任何事情都有人幫忙打點的大小姐生活，動作好像變遲鈍了。拿著小刀的手在微微發抖。

「啊嗚，太讓人難過了。我本來就沒什麼生活能力，現在居然又下降了。看來平常都要做家事才行。」

我一邊感嘆著自己生活能力的低下，一邊小心切菜，以免受傷。

「啊，是薄爾根。這個別放進湯裡，用奶油翻炒會比較好吃吧。」

薄爾根的外表像是白色蘆筍，但味道和叫作玉米筍或珍珠筍的蔬菜比較類似。可以在燙過後用奶油翻炒，或是沾奶油吃也很美味，是春季特有的食材。

「我們回來了。」

我正切著青菜，洗好尿布的多莉和喝醉後興致高昂的父親一起回來了。

「爸爸，那麻煩你晾衣服，我們來準備晚飯。」

多莉把洗好的尿布拿給父親，再把木盆放回儲藏室。父親攤開尿布，晾在廚房天花板附近拉起的幾條繩子上。準備食物的時候，卻有人在旁邊晾衣服，讓我心浮氣躁，但加米爾的尿布不晾乾不行，所以只能忍耐。

「要是晴天，就能拿到外面去晒了呢。」

「是啊，下雨很麻煩。每天都會有髒尿布，卻沒辦法晾乾。」

因為還不習慣尿布並排掛在廚房上方搖來晃去的光景，我總覺得坐立不安。這幅光景也讓我深刻明白到，紙尿布是多麼偉大的發明。而且，懸掛在上頭的布尿布並不像是麗乃那時候看過的潔淨白布，只是用破布拼湊縫成的替代品。雖然我心想著「應該要更注重清潔！」但沒有布也是無可奈何。畢竟如果家人說「明知道尿布會弄髒，用新的布做也太浪費了吧」，我也無法反駁。但因為反覆洗滌，布料變得又薄又柔軟，觸感倒是很好。

「梅茵，妳準備好哪些了？」

「我能切的蔬菜都切好了。薄爾根的季節快結束了呢，現在變得好硬。」

我拿給多莉看已經過了最美味時期的薄爾根，多莉一臉理所當然地回道：

「很正常啊，春天都快過一半了。雖然天氣冷得比較久的時候，薄爾根的生長季節也會持續比較久，但我希望天氣快點變暖，這樣在森林採到的東西才會增加。」

多莉撒鹽烤了鳥肉，配上奶油炒薄爾根。我趁著這期間用春季蔬菜煮湯。

「梅茵，妳去叫媽媽。」

我悄悄走進臥室，避免吵醒加米爾。只見母親躺在加米爾旁邊睡著了。可能是因為天色變暗了，母親的臉色十分憔悴，看起來很疲憊。我猶豫著要不要叫醒母親，躡手躡腳地回到廚房。

「多莉，媽媽在睡覺……」

「那就別把媽媽叫起來了。卡蘿拉伯母她們說了，生完孩子之後要盡量讓身體多休息。」

多莉邊說邊把飯菜端上桌。看來是生產時在旁邊幫忙的時候，伯母們告訴了她很多事情。多莉說母親生產完後，好段時間都無法行動，家人得一起幫忙做家事。

……這麼說來，麗乃那時候還有坐月子這種事呢。

「梅茵都沒看到才不知道，但媽媽生產時流了很多血，看起來很痛苦又很難受，真的非常辛苦喔。」

多莉小聲喃喃說，擔心地看向母親睡著了的臥室。這次我被趕出了生孩子的現場，麗乃那時候身邊也沒有孕婦。雖然在書上看過相關知識，也聽過這方面的描述，但並沒有親眼見過。雖然我只能憑想像去猜測母親在生產後是什麼狀態，但也知道母親一定很辛苦。

「這陣子都要努力幫忙，別讓媽媽做家事。因為如果讓媽媽勉強自己，身體就很難復原，所以梅茵也要盡可能幫忙喔。」

「知道了。」

當晚，加米爾一哭我就醒來。因為哭聲離自己很近，意識老是被拉出表面。每次醒來我都恍惚地看著母親哄著加米爾，餵他喝母乳，然後再閉上眼睛，這樣子大概重複了有四次。結果因此睡眠不足，一早就呈現靈魂出竅的狀態。

「但我想過三天大家就會習慣哭聲，也睡得著覺了吧。」

母親傷腦筋地摸了摸我的頭說，我回答：「哪有可能那麼容易習慣嘛。」然而第二天晚上，我的大腦已經把加米爾的哭聲阻隔在意識之外，所以沒有被吵醒地一覺到天亮。

「嗯……該不會我的適應能力其實很強？」

「梅茵是像到爸爸啦。」

這天也睡眠不足的多莉充滿怨念地瞪著我，指向正呼呼大睡的父親說。

身蝕棄嬰

家裡與鄰居間有關小孩出生的各種慶祝活動全部結束後，一家人也回復到了平常的生活。從今天開始，我也要再度前往神殿。帶著來接我的達穆爾和法藍，先是去奇爾博塔商會。當作賀禮的回禮，要向班諾報告加米爾有多麼可愛，還要順便討論印刷的事情。

「因為才剛出生而已，真的好小隻喔，一哭臉蛋就會變得很紅又皺巴巴，真是太可愛了。沒想到弟弟會這麼可愛！」

我把一路上對路茲、法藍和達穆爾也說過的事情再滔滔不絕地告訴班諾。班諾露出了厭煩至極的表情，按著太陽穴。

「夠了。我聽歐托炫耀自己的孩子已經聽得夠多了，快點討論印刷的事情。」

「咦？珂琳娜夫人已經生了嗎？我怎麼沒有聽說?!」

是什麼時候?!我瞪大了眼睛，班諾用力皺眉。

「沒人告訴妳嗎？但妳那時候還住在神殿，可能是忘了通知妳吧。歐托那張嘴簡直停不下來，所以我還以為妳父親會提起這件事，不然就是路茲或萊昂會告訴妳……」

班諾說著，赤褐色的雙眼掃向路茲。路茲一臉為難地聳肩。

「因為萊昂告訴我，應該要由老爺通知梅茵才對，所以我才沒有說。」

「也對，本來是該由我通知妳，孩子出生以後，我也和妳見過面……但實在沒有時間提到這件事。」

像是金屬活字完成的時候、因為青衣神官來參觀被叫去的那一次……班諾一邊說，一邊露出了遙望遠方的眼神。這麼說來，確實每次都是手忙腳亂的情況，根本沒辦法突然跳到溫馨的話題，向我報告「珂琳娜的孩子出生了」。

「那麼，重新鄭重向妳報告……珂琳娜的孩子在冬末出生了，名字是睿娜特，是日後要繼承奇爾博塔商會的女孩。往後請多指教。」

比起我家父親向旁人大肆宣傳的模樣，班諾的介紹實在太過平淡，讓我忍不住歪過頭。

「班諾先生，你好像不太興奮呢。明明是你期望已久的繼承人……」

「嗯，因為歐托已經連同我的份興奮過頭了。那傢伙肯定會寵得不像話。我要是不嚴格教育她，只怕奇爾博塔商會要垮了。」

班諾說得愁眉苦臉，我不禁苦笑。雖然說要嚴格教育，但我可以輕易想像到班諾到時一定會非常寵愛。

「幹嘛？」

「不，我只是覺得整體而言，班諾先生還是屬於好說話型的。」

「啊？」

那雙赤褐色的眼睛狠瞪過來，我聳聳肩。

「只要交給珂琳娜夫人就沒問題了。珂琳娜夫人一定會把睿娜特教育成擁有甜美笑容、個性溫柔又穩重，還能確保自己利益的繼承人喔。」

因為會被珂琳娜溫婉又柔弱的氣質欺騙，但有幾次我事後回想起來，才發現自己不經大腦就說出了許多貴重情報，為此垂頭喪氣。每當我的處理方式太過天真，班諾都會糾正我，也會提醒我，讓我留意到自己不小心洩露出了資訊，但珂琳娜完全不會這麼做。她都是面帶可人的笑容，繼續挖出更多消息。芙麗妲是討論生意上的事情時會像餓虎撲羊，讓我忍不住退縮，珂琳娜卻是趁著閒話家常延伸獲取訊息。

……從做生意的角度來看，比芙麗妲還可怕。

所以從商人來看，班諾已經算是很好說話的了。大概是自從要把我栽培成商人學徒，班諾那種監護人的立場就一直持續到現在，所以對我並不是很嚴厲。

「一手提拔珂琳娜的人可是我。」

「那麼，奇爾博塔商會暫時都會平穩順遂吧。」

我說完，班諾點點頭應道「那當然」，催促我進入今天的正題。

「妳說要討論和印刷有關的事情，是什麼事？」

「神官長暫時禁止我們進行活版印刷。他說再繼續開發下去，與我們對立的既得利益者會是貴族。我們一點勝算也沒有。」

「……既得利益者是貴族？那當然是逃為上策。」

即便是喜歡向既得利益者挑釁的班諾，也不想招惹貴族吧。我有些安下心來，再向班諾轉達神官長告訴我的事情。

「具體而言，是因為抄寫書籍這份工作都是貴族在做，所以神官長禁止我們做給大人看的純文字書籍。但他也說了，如果是給小孩子看的書，應該不會形成對立，所以接下來幾年的時間，我打算把所有心力都放在給小孩子看的繪本上。」

「所有心力……？這部分妳倒是具體說明清楚。」

我在班諾的瞪視下大力點頭，報告了今後梅茵工坊的業務規劃。

「具體地說，我打算開發可以在圖畫上上色的有色墨水，然後再開發蠟紙，提升謄寫版印刷的技術。這些事情必須十萬火急進行，不然會來不及。」

「……什麼會來不及？」

班諾納悶歪頭，我挺胸回答：

「因為要配合我們家可愛加米爾的成長速度做繪本啊。為了加米爾，我要卯足全力做繪本，所以請班諾先生近日內幫我介紹蠟工坊吧。」

「這件事妳已經取得神官長的同意了嗎？」

班諾皺著臉問我，表情非常懷疑。明明神官長和班諾都對我千交代萬交代，一定要「取得同意」、「事先報告」，我當然不會做出越界的事情。

「神官長說了，如果是兒童看的繪本就沒關係，並不會與既得利益者起衝突，而且為繪本上色，原本就是神官長的要求了。他說葳瑪的畫只有黑白兩色太可惜了，書就應該有顏色……」

「有得到許可就好。那我近日內會安排妳和蠟工坊的師傅見面。」

說好了會帶我前往蠟工坊後，我離開奇爾博塔商會。

「早安，我回來了。」

「歡迎您的歸來，梅茵大人。」

戴莉雅和羅吉娜迎接我後，協助我穿上青衣。我一邊換衣服，一邊向兩人報告加米爾的出生。

「前幾天我的弟弟出生了，名字叫作加米爾。才出生沒幾天，真的很小隻喔，哭的時候臉還會紅通通又皺巴巴的，非常可愛。」

「梅茵大人，您這樣形容，聽起來好像不太可愛呢。」

羅吉娜咯咯失笑。但加米爾就算紅通通又皺巴巴的還是很可愛，看來是我的感想沒有順利傳達出去。

「但梅茵大人的弟弟可不可愛，和我們又沒有關係，為什麼要告訴我們呢？」

「因為要告訴很多人，讓大家都記住啊。媽媽要我把加米爾出生了這件事盡量告訴很多的人。」

好半天分享了加米爾有多麼可愛，終於心滿意足後，開始練習飛蘇平琴。

我正接受著羅吉娜的指導，一樓傳來敲門聲與開門聲。不一會兒，法藍上樓來，表情有些困惑地向我通報。

「梅茵大人，很抱歉在您練琴時打擾您，但葳瑪說有緊急要事。」

「讓她進來吧。」

葳瑪的緊急要事一定和孤兒院有關。我請戴莉雅收好飛蘇平琴，為了接見葳瑪，移動到桌子那邊。

葳瑪走上二樓，懷裡抱著一個小嬰兒。不論是抱著看來只比加米爾大一點的嬰兒的葳瑪，還是帶她上樓的法藍，都用求助的眼神看著我。

「葳瑪，怎麼會有這個小嬰兒呢？」

我沒聽說神殿裡有懷孕的灰衣巫女。因為即便在青衣神官身邊擔任侍從，一旦懷孕，往往會被送回孤兒院，所以可以肯定不是在神殿出生的孩子。

「這孩子好像是棄嬰，被交給了守衛……」

葳瑪說灰衣神官和往常一樣，站在與平民區相接的大門擔任守衛時，有名女性快步走來，說著「這個獻給神明大人」，把用布包起來的圓狀物體交給了他。

因為不時會有居民拿貢品過來，希望神官為他向神祈禱，或者因為之前受過神的幫助，想要奉獻心意，所以守衛才會沒有起疑心便收下。

「後來因為要在交給青衣神官之前作檢查，把布掀開後，才發現了這個孩子。」

因為不知道平民究竟送了什麼東西，所以在交給青衣神官之前，一定會先檢查內容物。

「居然要把孩子獻給神……」

當父母無法殺死孩子，但也無法養育時，就會帶來孤兒院把未來託付給神。看著只比加米爾大一點，雖然脖子已經穩固，但還不會爬行的小嬰兒，我對拋棄了他的母親越來越感到憤怒。

「因為梅茵大人是孤兒院長，所以我才先帶來這裡。請問該怎麼處置才好呢？」

若有孩子要進入孤兒院，需要院長的許可。但是，這是我就任為孤兒院長後第一次有新成員加入，也不知道該辦什麼手續。

「我也不知道該怎麼處置才好呢，畢竟這是孤兒院第一次有新的孩子進來，很多事情都要問過神官長才知道。法藍，麻煩你去向神官長請求會面，說有緊急要事。」

「遵命。」

法藍也第一次遇到這種情況吧，帶著為難的神色快步走出房間。小嬰兒在葳瑪懷裡睡得十分香甜，完全不知道我們有多麼不知所措。

「睡得真熟呢。」

看著熟睡的小嬰兒，我跟著想起了加米爾，不自覺揚起微笑。

……嗯，雖然這孩子也很可愛，但絕對是我們家的加米爾更可愛！

「現在睡著了還沒關係，但等他醒來，我真不知道該怎麼辦。現在孤兒院裡沒有生過孩子的灰衣巫女，所以也沒有人能哺餵他母乳，真是傷腦筋……」

以前若有外面的孩子進來，只要帶往底樓，都有正懷著身孕和剛生產完在照顧小孩的灰衣巫女。即便再小的嬰兒，她們也會和自己的孩子一起照料。

然而，現在孤兒院裡沒有半個成為人母的灰衣巫女，只在底樓共享的育兒知識也完全斷絕。剩下來的灰衣巫女和見習生，也全是連捧花都還沒有接觸過的女孩子。孤兒院的孩子們都在受洗的同時離開底樓，與父母徹底隔絕開來，所以絲毫沒有懷孕、生產和育兒方面的知識，也不知道該怎麼照顧嬰兒。

「梅茵大人，您知道該怎麼照顧沒有母親的小嬰兒嗎？」

「我曾經在書上看過，一些分泌不出母乳的母親會用羊乳來代替。聽說對小孩子來說，比牛奶更有營養。只要盛在小湯匙上，讓小嬰兒慢慢含在口中就好了吧。雖然可能得花不少時間。」

雖然這是我在以戰爭時期為背景的故事中看到的知識，但對於一無所知的葳瑪來說，彷彿看見了一絲光明。她的表情帶著崇拜，頓時發亮。

「梅茵大人，太感謝您了。我馬上去準備。」

「也要準備尿布和衣服才行吧。」

我思索著照顧加米爾時需要哪些東西，但葳瑪搖搖頭。

「孤兒院裡還有一些以前剩下的用品。雖然需要再多做幾件，但不用現在馬上趕著做出來。」

「這樣啊。」

法藍從神官長那裡回來後，便拜託他準備羊乳，這時小嬰兒也正好醒來，吸著自己的手開始哇哇大哭。

「應該是肚子餓了吧。」

我說，葳瑪便抱著小嬰兒，用小湯匙慢慢餵他喝羊乳。一開始可能是注意到和母親的乳汁不一樣，小嬰兒撇開頭不願意喝，但最後終究是飢餓戰勝了，小口小口地喝起羊乳。

大家都定睛觀察著嬰兒的情況，這才放心地鬆了口氣。這下子至少不會因為沒有東西可吃而餓死了。

第三鐘響了。小嬰兒聽到鐘聲嚇得一動，但馬上繼續以食欲為優先。

「法藍，我們去找神官長吧。達穆爾大人，麻煩你護衛了。」

我稍微加快腳步，和兩人一同前往神官長室。大概是加米爾出生之後，姊姊的自覺大幅提升，我忍不住有些心急，想要趕快為那孩子整頓好環境。

「神官長，我有事想和你商量。」

和神官長會面後，我報告有人棄養了嬰兒，接著詢問孤兒院在收到孤兒時該辦什麼手續，也和神官長商量要怎麼照顧嬰兒。

「怎麼照顧？和以前一樣即可吧？」

「但現在就是因為沒有懷孕生過孩子的灰衣巫女，我才來找神官長商量喔。」

我說完，神官長才想起來地張大眼睛。

「差點忘了哪。但是，現狀也已經無法改變。那要雇用奶娘嗎？很遺憾，我可沒有過養育孩子的經驗。」

「可以雇用奶娘嗎？」

要是可以請人來，當然能大幅減輕我們的負擔——我的雙眼發亮，但神官長搖搖頭。

「前提是有不畏世俗眼光的人肯來孤兒院。」

「那恐怕很難呢……」

神官長應該是參考了貴族在養育孩童時的做法提供建議。但是，平民區對孤兒院的觀感一向不佳，不可能會有人不畏世俗眼光，肯來孤兒院當奶娘。如果拜託母親，也許她會願意來，但也要等到母親可以行動之後。母親現在甚至虛弱得無法做家事，怎麼可能開得了口要她來神殿。

我馬上得出了結論，要請奶娘進神殿是不可能的。暫時只能請我的侍從們幫忙了。

雖然會為大家帶來很大的負擔，但如果想讓小嬰兒活下來，只能一起努力。

「那名字呢？布料和衣服上都沒有看到類似名字的標記……」

「由你們自己取就好了。不要和孤兒院裡現有的名字相同即可。」

「我知道了。」

大概商量完後，我馬上回到院長室。小嬰兒已經吃飽喝足，也換了新尿布，看起來心情很好。動手換尿布的葳瑪說這個小嬰兒是男孩子。

「大家必須輪流照顧才行呢。如果只交給葳瑪一個人，葳瑪會累垮的。」

過去會有好幾名孕婦和母親幫忙照顧，所以只要交給底樓的灰衣巫女們就不必擔心。但是，現在留在孤兒院裡的灰衣巫女們全都沒有過照顧幼兒的經驗。既不知道該怎麼照顧，也找不到人問。在這種情形下，即使葳瑪身負著照顧孩子們的重責大任，也不能全部都交給她。反而是照顧的人會累垮。

「半夜也需要餵奶，所以必須把睡覺時間錯開，分成晚睡的人和早起照顧的人。」

最後，決定白天期間就由葳瑪在孤兒院照顧小嬰兒，晚上再帶來院長室，由我的侍從們輪流照顧。先由原本就不怕熬夜的羅吉娜照顧到半夜，法藍再早睡早起，起來照顧。等戴莉雅醒了，再由她照顧到葳瑪來接小寶寶為止。

「討厭啦！為什麼我得照顧他才行?!」

戴莉雅十分生氣，認為照顧身為主人的我也是應該，但無法理解為什麼要每天照顧這個棄嬰。雖然不是不能明白戴莉雅的心情，但總不能眼睜睜看著小嬰兒死去。

我靜靜地注視戴莉雅。有沒有什麼話能有效說服戴莉雅呢？最好能讓她自願想要照顧這個孩子。想著想著，我忽然想起了一件事。記得戴莉雅在說她不明白家人是什麼的時候，露出了羨慕的眼神。對於家人，戴莉雅有著強烈的憧憬。

「照顧他也是當然的吧。因為戴莉雅是這孩子的姊姊啊。」

「咦？姊姊？」

戴莉雅一臉措手不及，來回看著我和小嬰兒。

「戴莉雅的年紀不能稱作媽媽，所以算是姊姊吧？戴莉雅就把這孩子當作是自己的家人，好好疼愛他吧。」

「當作我的家人……？」

戴莉雅像是聽到了無法理解的話語，歪著腦袋，在嘴裡嘀咕說了好幾次「家人」、「姊姊」，目不轉睛地望著小嬰兒。

「我是在幾天前剛成為姊姊，戴莉雅也在今天變成了姊姊呢。一起比賽誰是更稱職的姊姊吧。」

「那一定是我贏！」

戴莉雅拍著自己的胸脯說，得意挺胸。我輕笑起來。這樣一來，戴莉雅為了成為好姊姊，一定會全心全意照顧小嬰兒吧。因為戴莉雅很努力又勤奮，個性也直率。

眼見戴莉雅完全上鉤，身旁侍從們的眼神也變得溫暖。不過，若看到年紀還小的戴莉雅這麼用心照顧，羅吉娜和法藍即便覺得是種負擔，也會幫忙照料吧。

「那先決定這孩子的名字吧。只要別和孤兒院裡的孩子們同名就好，我們可以自己取名。大家有什麼提議嗎？」

「我希望和我的名字差不多，這樣才有家人的感覺嘛。」

戴莉雅說，興致勃勃地端詳葳瑪懷中的小嬰兒。如果能讓戴莉雅因此更喜愛這個孩

子，這樣也好。於是我試著思考了與戴莉雅發音相近的名字。

「和戴莉雅相似的名字……戴特和戴爾克怎麼樣呢？」

「戴特……戴爾克……我喜歡戴爾克！」

戴莉雅毫不掩飾地綻開笑容，伸手輕摸了摸戴爾克的頭。「戴爾克，我是姊姊喔。」於是，戴爾克忽然咧嘴笑了。

「梅茵大人，您看到了嗎？戴爾克笑了耶！」

「……戴莉雅，妳太厲害了。加米爾老是只會對我哭。」

突然被迫面對當姊姊的潛力有這麼大的差距，我有些沮喪。

當天我提早回家，為了提升當姊姊的潛力，鼓足了幹勁要照顧加米爾。然而，母親和多莉已經把大部分事情都做完了，幾乎什麼也不讓我做。換尿布大概也需要訣竅，每次由我換尿布，加米爾都會在換到一半時突然尿尿，害得周遭一團混亂。

「是嗎，有人把孩子丟到了孤兒院……沒有女性可以幫忙照顧真辛苦呢。」

母親一邊聽我說，一邊餵加米爾喝母乳。

「媽媽，妳想我能幫上什麼忙嗎？」

「嗯……光是可以睡頓午覺，半夜哺乳就會輕鬆很多喔。盡量讓幫忙照顧的人多補充點睡眠時間如何呢？」

從有過育兒經驗的母親那裡得到了寶貴的建議，我用力點頭。

「那為了讓媽媽和大家可以睡午覺，我會努力學會幫加米爾和戴爾克換尿布！」

「快點學會吧。」

母親開心地笑著說，又補上一句「雖然不怎麼期待就是了呢」。

隔天到了神殿，只見法藍和羅吉娜一臉疲倦。果然是因為原本的生活步調被打亂了，要半夜準備羊乳也很辛苦吧。看來真的需要午睡。

「法藍、羅吉娜，吃完午飯之後，你們去睡一鐘的午覺吧。半夜要醒來太辛苦了，下午休息一下吧。」

「梅茵大人，真是感激不盡。」

法藍和羅吉娜說，都顯得鬆了一口氣。母親要照顧自己的孩子就很辛苦了，現在他們卻要照顧別人突然送進孤兒院的孩子，一定更辛苦。

「對了，梅茵大人，戴爾克的樣子有點奇怪。」

戴莉雅擔心地看著戴爾克說。現在戴爾克睡得十分安詳，看不出有什麼異狀。

「今天早上的時候，戴爾克開始哇哇大哭，但因為羊乳還沒有準備好，我只好先讓他繼續哭。可是，他哭著哭著卻突然發起高燒，臉頰還像冒泡一樣變得凹凸不平。但一餵他喝羊乳，馬上就恢復原狀了。」

法藍說他也看到了，但此刻戴爾克臉上一點痕跡也沒有。不明白兩人究竟在說什麼，大家都偏頭不解。

「那準備好羊乳的時候，先讓戴爾克哭一會兒吧。不找機會觀察，我也不知道你們在說什麼，也沒辦法問別人是不是嬰兒常有的現象。」

於是等到戴爾克肚子餓了，開始哭起來，大家一同觀察。過沒多久，戴爾克轉而發出了淒厲的哭嚎，確實在瞬間發起高燒。

「梅茵大人，您摸，戴爾克好燙。」

我伸手一摸，彷彿靜電般有種觸電的感覺，戴爾克哭得更兇了。

「梅茵大人，他臉頰的皮膚又開始像在冒泡了。」

「戴莉雅，快點餵他喝羊乳。」

「是。戴爾克，讓你久等了。」

戴莉雅把小湯匙放在戴爾克嘴邊，讓羊乳流進他口中。戴爾克戛然停止哭泣，專心喝起羊乳。於是，臉頰上像在冒泡的起伏馬上消失，燒也退了。這次我再摸他，也沒有任何反應。

「法藍，去向神官長申請會面……而且要盡快。」

聽見我有些變尖的嗓音，法藍立即離開院長室。戴莉雅神色不安地望著我。

「梅茵大人，您知道是什麼了嗎？」

「我還不確定，所以還不能說。」

對於戴莉雅的問題，我垂下目光搖頭，希望是自己猜錯了。但是，恐怕錯不了。戴爾克是身蝕。而且，我想還是魔力強大到在嬰兒時期就會喪命的身蝕。

看著沒能給予明確回答的我，戴莉雅的雙眼閃爍著不安的光芒，像要保護戴爾克般用力抱緊了他。

關於戴爾克的討論

如果戴爾克是擁有強大魔力的身蝕，那在能夠借到吸取魔力用的魔導具之前，可能會有生命危險，最好能有可以暫時保命的方法。

「路茲，可以拜託你去森林撿塔烏果實回來嗎？只要放在工坊裡的泥土地上，應該可以撐一段時間吧？」

我把人在工坊的路茲叫來院長室二樓，用小聲的音量拜託他，不讓站在門邊的達穆爾聽見。塔烏果實的存在不能讓貴族知道。

我瞥了眼戴爾克，路茲好像因此大概察覺到了情況，輕輕點頭，很快跑了一趟森林。這樣一來，就能避免戴爾克因為魔力突然失控而喪命了。

「梅茵大人，神官長允許會面了。」

法藍神色疲憊地回到院長室。好像是因為才隔一天又緊急要求會面，神官長和阿爾諾都對他擺了臭臉。但因為真的是急事，我也無可奈何。關於戴爾克是否是身蝕，又擁有多少魔力，該怎麼處置才好，這些事情都要和神官長商量。

「那如果要帶戴爾克去找神官長，今天先不用交給葳瑪照顧吧？法藍能抱著戴爾克去神官長室嗎？」

我打算帶著當事人戴爾克去神官長室，戴莉雅卻抱緊了戴爾克，法藍也搖頭。

「梅茵大人，尚未受洗的孤兒不能離開孤兒院。」

我的房間因為是孤兒院長室，可以算是孤兒院的一部分，但不能帶去神官長室。因為現在會偷偷帶孩子們去森林，所以我徹底忘了，但原本為了不出現在青衣神官面前，受洗前的孩子們都是關在孤兒院裡生活。

「我還以為既然要和神官長討論，應該帶戴爾克過去比較好，那也沒辦法了呢。」

於是我一如往常，帶著法藍和達穆爾前往神官長室。一進房間，神官長就對我露出了有些不耐煩的表情問：「這次又怎麼了？」

「是非常重要的事情，可以直接在這裡說嗎？」

我稍微壓低音量，悄悄掃視房間。神官長輕挑起眉，遞來了防止竊聽用的魔導具，我握進掌心。

「重要到妳居然會在意旁人的目光嗎？」

「……是的。關於昨天收到的嬰兒戴爾克，我認為他是身蝕。」

我講述了早上看到的戴爾克的情況。神官長眉頭深鎖，長嘆一聲。

「雖然也要視魔力量而定……但還是嬰兒時期，便顯現出這麼明顯的徵兆，魔力量多半不低。」

「所以確實是身蝕沒錯吧？」

「嗯。」神官長重重頷首，用指尖輕敲太陽穴，看著我說：

「雖然也要依魔力量而定，但最好盡快讓他與貴族簽約。」

「簽約……」

「否則他只有死路一條。」

聽到這句話，我用力握緊了防止竊聽用的魔導具。與貴族簽約，便能獲得可以延長壽命的魔導具，但也代表將隸屬於貴族，任由貴族汲取魔力，過著一輩子遭到禁錮的生活。想到和自己弟弟一樣都還是小嬰兒的戴爾克會有這場下場，我打了冷顫。

「神官長，不能讓他像我一樣，教育成可以提供魔力的青衣神官，或者成為貴族的養子嗎？」

「要把那名嬰兒教育成為青衣神官非常花錢，這筆錢要由誰來出？」

成了青衣見習巫女的我最是清楚，要維持這樣的生活有多麼花錢。即便我手下有梅茵工坊，但在過冬之前，還是差點陷入破產危機。衣服、鞋子，所有生活用品都貴得嚇人。

「妳可以靠自己的力量賺到所需費用，但還只是嬰兒的孤兒有辦法辦到嗎？」

「……不能。」

「還是妳想支付兩人份的費用？為了不是自己家人的嬰兒，妳拿得出這麼多錢來嗎？妳的家人會答應嗎？即便妳的家人答應，但這樣不會演變成孤兒院長偏袒特定的孤兒嗎？」

我說不出話來。因為我也不敢保證自己可以一直支付兩人份的費用，孤兒院也禁止偏袒特定對象。雖然想幫，卻不知道該從何幫起，我只能語塞。

看穿了我的猶豫，神官長稍微放鬆表情。

「而且若要收養為貴族的養子，也需要領主的許可，並不是隨心所欲就能收養任何人。妳是因為擁有龐大的魔力，又具備可以自己賺錢的才智，再加上想要有效活用妳的知識，才判定最好由上級貴族收妳為養女。」

聽完神官長的說明，原來在決定我要成為卡斯泰德的養女之前，也經歷過了一番審慎討論。肯定是神官長居中在周旋吧。

「梅茵，那個嬰兒是女孩嗎？」

「不，是男孩子。」

對喔，昨天向神官長報告的時候，還沒有確定性別。表明了戴爾克的性別後，神官長慢慢搖頭。

「如果是男孩子，想成為養子就更困難了。我以前也說過，孩子的魔力會受到母親魔力量的影響。如果是女孩，也許還能成為養女。」

雖說是養女，但從一開始便會當作是貴族的女兒，做為政治聯姻的棋子撫養長大吧，神官長低聲又說。我咬住嘴唇。不論是政治聯姻的棋子，還是簽約後受到豢養，從無法選擇自己的人生這點來看，好像都沒什麼分別。但我會有這種想法，是因為我擁有日本人的記憶，曾經自由自在地生活過嗎？

「但如今魔力不足，也許會有人想收為養子，總之要先測試嬰兒的魔力量，才能討論下一步。我想想……明天早上第三鐘響後，我會帶著測量用的魔導具前往院長室，沒問題嗎？」

「是，等神官長前來。」

我想歸還防止竊聽用的魔導具，神官長卻再一次遞過來。是有事情忘了說嗎？我歪著腦袋，拿起魔導具。

「梅茵，有多少人知道那孩子是身蝕？」

我聽了垂下視線思考。我的侍從們全都不了解身蝕，連法藍在看見戴爾克的症狀後也沒有任何察覺，跑來詢問我。路茲從我想要塔烏果實的視線，大概察覺到了吧，但我想侍從們誰也沒有發現。

「明確知道戴爾克的症狀是因魔力而起的人，我想目前只有我而已。」

「那麼暫時要隱瞞此事。尤其小心別讓神殿長知道。」

「……是。」

必須向戴莉雅隱瞞戴爾克是身蝕這件事。因為只要戴莉雅不知道，她就不會向神殿長報告。眼見戴莉雅努力要當個好姊姊，這麼疼愛戴爾克，卻要對她隱瞞事情，讓我的心情有些鬱悶。

隔天第三鐘響後，神官長帶著阿爾諾來到院長室。配合神官長來訪的時間，戴爾克已經先餵飽了，也換好了尿布。但是，唯獨尿布總在換完後經常發生「怎麼剛換完又！」的情況，但這也不是我們能掌控的事情。

不過，戴爾克是個很少哭的孩子。只要吃飽了、換了新尿布，大多時候都笑得很開心。要睡的時候也不太黏人，不需要耗費太多心力在他身上，所以這點真的讓大家輕鬆很多。

順便說，我家的加米爾比起戴爾克則是十分愛哭。尤其想睡的時候，總會吵上很久。母親如果不抱著他，說什麼都不會睡著。我也不清楚這究竟是小寶寶獨自的個性，還是等到大一點了，就會比較好入睡。

現在，一個塞滿稻草的大坐墊正擺在我房間的角落，戴爾克躺在那上面，戴莉雅則坐在旁邊陪著他。這個大坐墊就是戴爾克的床舖，由法藍照顧的時候會搬到一樓，由羅吉娜和戴莉雅照顧時就能搬到二樓或各自的房間，非常簡便。

「神官長，早安。」

一樓先是傳來開門聲，接著是法藍的聲音。

「那孩子呢？」

「現在在二樓，這邊請。」

聽見法藍迎接神官長的聲音，戴莉雅抱著笑得十分開心的戴爾克，表情僵硬地轉頭看向樓梯。對我來說，神官長是任何事情都能交給他處理的人，但對戴莉雅來說，可能是無法信任的對象吧。

「神官長，衷心感謝你專程前來。」

「梅茵，屏退所有人。」

阿爾諾把帶來的魔導具放在桌上，在胸前交叉雙手後便退下了。那是把神具上的小魔石串成環狀的魔導具。

「所有人都退下吧。」

我說完，戴莉雅不安地看了看我，再看向愣愣躺在坐墊上的戴爾克，最後慢慢地走下樓梯。

確認所有人都下樓後，神官長再拿出防止竊聽用的魔導具。

「因為妳這裡就算屏退了所有人，聲音還是一清二楚。」

我握好防止竊聽用的魔導具後，走向躺在坐墊上的戴爾克。神官長也拿著測量魔力用的魔導具上前。然後，神官長將環狀魔石套在戴爾克的額頭上，魔導具便配合頭部的大小，縮成了剛剛好的尺寸。如今看到魔導具會因應使用者改變大小，我也不再大驚小怪了。

「啊，開始變色了。」

看到魔石的顏色出現變化，我知道就和向神具奉獻魔力一樣，魔力正被吸進魔石裡。貴族的孩子在出生後，好像都是用這個方法測量魔力。等到顏色的變化速度變慢，神官長便拿下頭環，檢查共有幾顆魔石變了顏色。

「嗯……差不多是魔力稍強的中級貴族吧。」

「中級貴族嗎？我還以為會比我多呢……」

比起因為身蝕只活到五歲的梅茵，現在隨時有可能死亡的戴爾克，魔力量應該更多吧？但看來是我判斷錯誤。

「嬰兒和妳的意志力豈能相比。他還不懂得壓抑魔力，只會任其釋放，但妳雖然外表是小孩子，卻有著活到成年的記憶。況且沒有任何人教，妳就已經會自己壓縮魔力了。」

神官長說一旦習慣壓抑魔力，魔力便會不斷遭到壓縮，即便是在相同的容器裡，能夠儲存的魔力量也會跟著改變。

照神官長這樣說，原本梅茵擁有的魔力量，讓她在五歲時意識被魔力吞噬，所以就剛出生這時期來看，確實是戴爾克的魔力量更多。但是，因為隨後換我擁有意識，又成功把熱意壓到體內深處，所以魔力在因此形成的空隙間增加得越來越多。然後每當熱意滿到快要失去控制，我又再把它們壓回去，製造出了更多空隙。如此反覆之下，我的魔力才增加到了令人錯愕的地步。

神官長說現在的我體內壓縮了龐大的魔力，以一般小女孩的身體來說根本難以想像。原本都是在身體的第二性徵開始發育之前，才會在貴族院學到怎麼操控魔力。

「那只要從小訓練，貴族不也能增加魔力嗎？」

「笨蛋，別說得那麼簡單。要讓魔力遍布全身，再用意志力壓抑下來，等於隨時要與死亡相伴。妳已經有過這樣的經驗了吧？」

「是的，而且是好幾次。」

我數不清有多少次都在和蔓延到全身的熱意奮戰，把它們壓進體內深處。看來我的魔力之所以變強，就是因為我以梅茵的身分開始生活後，直到進入神殿的這一年半來，每天都遊走在死亡邊緣。

「倘若沒有足以抑制魔力的意志力，要進行壓縮是不可能的事。所以當然只能等到長大，再教導怎麼操控魔力。每年都會有幾名學生因為操控失敗而有生命危險。」

雖然生命危險對我來說是家常便飯，但貴族的孩子們一出生便會收到魔導具，所以不必經歷這種危險。直到前往貴族院，學習怎麼操控魔力之前，都是讓魔力流進魔導具裡。順便說，不能去貴族院的青衣神官，當然也無法學習怎麼操控和增強魔力，所以一直以來都是把魔力灌注進神具裡。

「算了，妳的事情不重要。畢竟現在到處都魔力不足，以這孩子的魔力量，也許會有人想收養他吧。但是，現在我們正為了妳的安全在封鎖消息，若要擴散這則消息，尋找想收養子的人會很危險。」

如果沒有希望能成為貴族的養子，至少我想為戴爾克找到好的簽約對象。我抬頭看向神官長。

「……請問，神官長能和戴爾克簽約嗎？」

「可以，但我不想。因為我完全不需要這孩子的魔力。」

貴族會與身蝕簽約，多是因為自己的魔力不敷使用。為了有更多的魔力以維持土地，和操控貴族必須掌管的魔導具，才會與身蝕簽約。因為是不想聲張的事情，所以上得了檯面的身蝕會收作愛人或侍從，不著痕跡地留在自己身邊，但完全沒有受過教育的身蝕，就算一輩子被關在地下室裡也是稀鬆平常。

……難怪公會長要砸下大把金錢，把芙麗妲教育得像個貴族。

想到戴爾克的未來，我不禁嘆氣。神官長也受不了地嘆口大氣。

「如果妳這麼擔心，等妳成為卡斯泰德的養女，大可以與他簽約。」

「……我嗎？」

始料未及的提議讓我眨了眨眼睛。我完全沒想到自己成為貴族以後，能與戴爾克簽約。

「等妳成為養女，取得了貴族的身分，便能與他簽約。在那之前別讓人知道他是身蝕，好好在孤兒院撫養長大吧。」

「衷心感謝神官長。」

如果我能和戴爾克簽約，就算我要撫養他長大，也沒人能有怨言。不過，可能還是要問問神官長和養父卡斯泰德的意見吧。直到我成為卡斯泰德的養女之前，只要隱瞞戴爾克是身蝕的事實，撫養他長大就好。戴爾克的未來比起我原先預想的還要充滿希望。我兀自十分開心，神官長瞪著我，瞇起眼睛。

「梅茵，現在還不是高興的時候。一旦神殿長發現這個孩子，絕對會想利用他。一個是不會服從指示的妳，一個是還沒有自主意識的嬰兒，神殿長會對誰下手可想而知。如果想保護他，就要徹底藏好了。」

為了得到可以自由運用的魔力，神殿長會想得到戴爾克吧。而萬一神殿長要我交出戴爾克，我也完全無法拒絕。

「妳要時刻謹記在心，能不能保護好這孩子，會嚴重影響到妳的立場與處境。」

「是。」

今天做完魔力檢測，已經吸走了不少魔力，所以暫時不會增加到超過負荷吧——神官長這麼說完，收回魔導具後便離開了。

「梅茵大人，神官長說了什麼?!戴爾克生病了嗎？」

神官長一離開，戴莉雅立刻衝上二樓問。我搖了搖頭。

「不，並沒有什麼問題喔。只說以後就留在孤兒院撫養長大吧。」

「是……嗎？太好了……」

戴莉雅如釋重負地放鬆了緊繃的肩膀，抱起戴爾克，蹭向他的臉蛋。看她這樣，我再次體認到，沒辦法讓戴爾克成為其他貴族的養子，或是和貴族簽約呢。

「梅茵大人，我來帶戴爾克去孤兒院了。」

「葳瑪，麻煩妳了。」

下午法藍和羅吉娜要休息，有戴爾克在便無法好好放鬆，所以要轉移陣地去孤兒院。戴莉雅目送著被葳瑪抱去孤兒院的戴爾克，表情十分寂寞。

「戴莉雅，妳可以和戴爾克一起去孤兒院喔。」

「現在法藍和羅吉娜都在休息，吉魯又去了工坊，那樣子梅茵大人身邊就沒有半個服侍您的侍從了吧。」

「那不然，我也一起去孤兒院吧？」

戴莉雅瞪著我，提醒我侍從的本分，於是我這麼提議，好讓戴莉雅可以移動。

「梅茵大人，我以前說過我不想去孤兒院吧？」

見她冷冷回應，我也簡單帶過：「說得也是呢。」然後走向辦公桌。現在法藍和羅吉娜在休息，我也不能在房間外面逗留太久，所以決定來做要給戴爾克的第二本黑白繪本。和剛出生的加米爾不一樣，現在戴爾克正努力在學會翻身，應該差不多可以看懂黑白繪本了。

「梅茵大人，不知道戴爾克現在怎麼樣了呢？」

「應該正在睡午覺吧。」

我用墨水在白紙上畫了由圓形和三角形組成的圖畫。接下來只要用冬季期間做好的乾燥明膠，把畫了圖案的紙張黏在木板上就好。等法藍醒來，請他幫忙融化明膠吧。再把做好的木板帶回家，請父親打洞，用繩子串起來，黑白繪本就完成了。

「梅茵大人，戴爾克會不會哭，或是感到寂寞呢？」

「有那麼多孩子在，應該不會寂寞吧……雖然可能會吵得睡不著覺。」

「那樣子戴爾克太可憐了吧！」

「對我生氣也沒用喔。而且環境是不是真的很嘈雜，也要實際看過才知道啊。」

我隨口這麼敷衍戴莉雅，接著往寫字板寫下今後該做的事情。首先，要向蠟工坊購買多種不同種類的蠟。謄寫版印刷的蠟紙為了便於刻字，原本不只用蠟，還會添加松脂。但是，我想先試著只用蠟塗上薄薄一層，希望可以不特別進行加工，就能直接使用於印刷上。我這樣祈禱著，但也不知道結果會怎麼樣。

「梅茵大人，您都不擔心戴爾克嗎？」

「葳瑪會好好照顧他的，所以我不擔心。」

再來，要做有顏色的墨水，所以我想找墨水工坊的人一起討論。雖然在孤兒院不能使用可以當食物的材料，但如果是委託外面的工坊，應該就可以吧。

「這種事情誰知道嘛。討厭啦！梅茵大人，您真的有在聽我說話嗎?!」

我一直隨口虛應後，戴莉雅生氣了。我從寫字板移開視線，看向戴莉雅，故意大嘆口氣。

「戴莉雅，如果妳這麼擔心，就過去親眼看看吧。葳瑪也沒說不行呀。」

「……我不想去孤兒院。」

戴莉雅不甘心地緊咬嘴唇。雖然想去但又不想去，這樣矛盾的心情明明白白地寫在了戴莉雅臉上。

「是嗎？那我去看看戴爾克的情況吧？」

「太、太奸詐了！」

戴莉雅立刻抓住我的袖子。但是，在沒有侍從的陪同下離開院長室，可不是淑女應有的行為，所以我說「要去孤兒院」其實只是說說而已，但戴莉雅意料之外的激動反應讓我差點噗哧失笑。

「戴莉雅，要不要一起去呢？」

我這麼問她。戴莉雅水藍色的瞳孔左右顫動，一頭紅髮微微搖晃，陷入天人交戰。但是，最後戴莉雅抬起頭來，只是不甘心地抿著嘴唇，眼泛淚光地瞪著我。

「……我不要。」

聽到戴莉雅決意不去，我聳聳肩，重新面向辦公桌。接下來，戴莉雅沒有再對我說過半句話，只是閒得發慌地走來走去。但是，我總覺得在不久的將來，戴莉雅就會因為太過疼愛戴爾克，起腳走進孤兒院。

墨水工坊的後繼者們

「梅茵，老爺要我問妳什麼時候有空……」

就在加米爾出生約滿十天的時候，我接到了來自奇爾博塔商會的通知。

一定是談好時間，要帶我去蠟工坊吧。除此之外我想不到班諾叫我過去的理由，所以笑容滿面，抬頭看向路茲。

「班諾先生是要帶我去蠟工坊吧？那法藍一起去比較好，後天上午可以嗎？」

「不，好像是有人想見妳一面。」

「……什麼嘛。」

我興奮的心情瞬間降回原點。虧我想快點去蠟工坊，結果不是嗎？我嘟嘴答應。

「這次的侍從妳別帶法藍，可能帶吉魯比較好吧。因為老爺說了是墨水工坊的工匠。」

聽到這句話，我的心情立刻呈V字回升。為了開發新墨水，我正想和墨水工坊的人見一面。既然剛好有機會，順便討論看看能不能做彩色墨水吧。

「唔呵呵～路茲，好期待喔！」

「妳怎麼突然心情又變好了？」

就算路茲投來無言以對的眼神，我還是雀躍不已，但突然想到一件事。過世的前任墨水協會長曾要打探我的消息，那說不定新的會長現在也在搜集我的情報。

「……啊，我可以和墨水工坊的人見面討論事情嗎？」

見我瞬間感到不安，路茲思考了幾秒鐘。

「老爺應該是判定沒有問題，才讓你們見面，所以不用擔心吧。」

「那我就放心地期待了！」

到了約定日子的早晨，我和來接我的路茲、達穆爾、吉魯，一起前往奇爾博塔商會。馬克正在忙，但一看到我，立即走來門口迎接。

「梅茵大人，早安。客人已經到了。」

「馬克先生，早安。雖然你很忙碌的樣子，但麻煩你為我們帶路了。」

馬克沉穩微笑，領著我們走進裡面的辦公室，屋內是之前有過一面之緣的墨水工坊師傅和一名年輕女性。墨水工坊的師傅老樣子神經質地皺著眉頭。

年輕女性把頭髮盤了起來，所以應該已經成年了。但是，她只是把紅褐色的頭髮在腦後綁成麻花辮，再往上盤起固定而已，看來是不怎麼在意外表的類型。充滿好奇心的灰色眼珠子轉來轉去，到處觀察，讓她看起來更加稚氣。

「欸欸，爸爸，那個女孩子是誰？」

「對方可是大小姐，別用手指人！」

原來是父女。被父親低聲一喝，她急忙把指著我的手藏到背後。不過，好奇心旺盛的灰色眼眸還是一直盯著我瞧。

「梅茵大人，早安。」

班諾說著迎接我入內，用手示意我坐在他旁邊。我點點頭，抬頭看向達穆爾。達穆爾用流水般的動作護衛著我，協助我坐上椅子。不愧是貴族大人，動作真是優雅。

「因為沃爾夫去世了，我是成為新一任墨水協會長的比爾斯。雖然並非自願，但既然接下了這份重責大任，我會盡力而為。」

說完，比爾斯按著眉心，接著說明了墨水協會的內部情況。因為沃爾夫的死因十分可疑，所以墨水工坊的師傅們誰也不想繼任成為墨水協會長，互相推託，遲遲無法決定人選。最後，是由比爾斯接下了沒人想當的會長位置。真是令人同情。

「雖然人都去世了，說他的壞話不太好……但沃爾夫的作風太強勢了，還硬是踏進了自己不該進入的地方。」

比爾斯垮著腦袋說。結果現在剩下的爛攤子都丟給他收拾，一定是身心俱疲吧。比爾斯似乎也不是能言善道的人，一字一句地慢慢說著。

「我想經營工坊，慢慢整合墨水工坊。但是，如你們所見，我很不會說話，也不擅長買賣。」

原本墨水工坊的工作，就只是製造墨水而已，再委由商業公會的商人或商店販售墨水。但是，因為平民區販售墨水的文具店只有一間，除了那間文具店以外，與貴族之間的買賣一直又都是沃爾夫強行獨占，從中獲取利益。

「過去我們這些工匠根本沒在管要怎麼做生意，只要製作墨水就好，但現在沃爾夫死了，必須有人代替他成為中間聯絡人。畢竟文具店的老闆從來沒和貴族打過交道，突然要他和貴族做生意，也是強人所難吧？」

利潤雖然豐厚，但和貴族往來確實非常麻煩。就連在我看來，交易時應對進退可說是十分得體的班諾，在面見齊爾維斯特和神官長時也會胃痛，甚至變得緊張兮兮。光是一句問候語就要默背不少東西，一旦做錯事還關係到店家的存亡，當然誰也不敢亂答應。

本來文具店的老闆一直只和平民區的富豪打交道，安穩地經營至今，突然要他和貴族做生意，確實太殘忍了。老闆都不知道怎麼和貴族往來了，繼承人和都帕里更不可能知道。若有機會可以先了解、學習貴族的情況那倒還好，但聽到「因為墨水協會長突然病逝，明天開始就拜託你了」，誰也無法輕易點頭。

……要是可疑的死因還可能與貴族有關，任誰都想逃跑吧。

事實上，平民區店家中與貴族有往來的，也只有規模較大的大店老闆，數量並不多。如果又要在大店中找到適合販售墨水的店家，能委託的對象更是少之又少。

「公會長的商會也有在販售給貴族的用品吧？你不考慮拜託公會長嗎？」

班諾輕挑起眉，看著比爾斯。不知道是墨水對班諾的吸引力並沒有大到讓他想搶公會長的生意，還是因為麻煩的事情會比獲利更多，或是沒辦法再擴展更多業務，班諾並沒有說「那由我來販售墨水吧」。大概是期待著班諾會接下來，比爾斯聽了，失望得垮下肩膀搖搖頭。

「我也想啊，其實這件事本來就是商業公會的公會長在負責，但沃爾夫一當上會長，就自己獨占……所以要是重新去拜託公會長，你也知道會有什麼結果吧？」

多半是馬上想像到了公會長會擺出什麼態度，班諾皺起了臉。

「會被他狠敲一筆吧，可以想像那個臭老頭會笑得多陰險。」

「所以，我才想來拜託奇爾博塔商會。」

新墨水是梅茵工坊想出來的，往後也確定會成為大宗客戶，奇爾博塔商會又專門負責販售梅茵工坊所做的繪本，所以由商會來賣墨水也很合理──聽了比爾斯的主張，班諾按著太陽穴搖頭。

「別說得那麼簡單。搞不好會有貴族大人跑來問我，是不是也會承接以往沃爾夫在背地裡做的那些骯髒工作，更何況我現在要是再賣墨水，公會長找我麻煩的情況肯定會比以前更嚴重。」

我抬起頭，瞄了一眼班諾。

「那……要讓給別人嗎？」

我也明白班諾為什麼不樂意，但一旦墨水協會把墨水委託給其他店家販售，到時我就得和那間店打交道。一想到對方會因為我的外表就看輕我，直到可以正式購買墨水之前，不知道要消耗多少心力，我就渾身無力。

「往後等梅茵工坊開始印書，勢必會需要大量墨水，所以與其由其他店家販售，如果能由班諾先生經手，我也會比較安心。」

「看，小姐也這麼說了嘛。老爺，拜託你了。」

「嗯……但是……」

班諾雖然面露難色，但語氣已經沒有剛才果決。察覺到了這一點，比爾斯抓住浮木般，拚命向我懇求。

「小姐，請幫我多多拜託老爺吧。」

「……要幫你說服班諾先生是沒關係，那也請協助我開發彩色墨水吧。」

「彩色墨水？那是什麼？」

比爾斯歪了歪頭，靜靜坐在他旁邊的海蒂猛地舉起手來。

「交給我吧！我就是想討論這件事情才過來的。」

「呃……記得妳叫作海蒂吧？」

「對，她是我女兒，也是我工坊的繼承人。因為喜歡做墨水，也喜歡新東西，都過二十歲了還沉不住氣。小姐所想出來的植物紙專用墨水，就是由這孩子和她丈夫在製作。」

乍看起來我還以為才剛成年，想不到其實已經超過二十歲，而且還結婚了。真讓人震驚！

「小姐提供的墨水做法我從來沒有看過，也和以前完全不一樣，讓我覺得非常興奮！今後也請多多指教！」

「我是梅茵，往後也請妳多多指教了。」

「現在就算做了植物紙專用的墨水，會買的也只有梅茵工坊。請多多購買、多多使用吧！」

其實以往的墨水只是容易腐蝕植物紙，並不是完全不能使用，所以雖然購買便宜植物紙的人變多了，但大部分人還是繼續使用以往的墨水。因為沒有必要特別買新的墨水，區分開來使用。而且我向墨水工坊公開的，是印刷用的高黏度墨水配方，主要是我自己想要，目前還沒有其他人想購買吧。

「那看來要快點製作第二本繪本呢。」

「是啊。然後我在做植物紙墨水的時候，突然想到如果用相同的做法，應該也做得出黑色以外的顏色吧……」

海蒂說她雖然想到了可以做彩色墨水，卻無法馬上動手去做。因為父親比爾斯告訴她：「奇爾博塔商會為了把做黑色墨水的權利讓給我們，還特別花了大錢簽訂魔法契約，說不定做彩色墨水也需要另外簽約。」而一心想要試做彩色墨水的海蒂，便跑來找班諾商量，詢問能不能讓她製作彩色墨水。但是，因為班諾對於墨水的製作一無所知，才安排了我們見面。

「確實可以做出黑色以外的墨水喔，請妳務必試試看。」

「可是，我不知道哪些材料適合做成彩色墨水……所以今天才來這裡，希望可以提供點線索給我。我搜集了很多用來做顏料和染料的原料，那妳知道有哪些原料適合做成彩色墨水嗎？」

那雙熠熠發亮的灰色眼眸筆直盯著我瞧，我正要張開嘴巴，班諾立刻按住我的肩膀。

「梅茵，妳知道我要說什麼吧？」

班諾的雙眼正在強烈訴說著：別不收一毛錢就統統告訴別人！我立刻合上嘴巴，對班諾點點頭，再重新面向海蒂。

「那麼做為提供線索的費用，我要收取彩色墨水的一成營收。」

「太貴了！在真的做出商品之前還不知道要花多少錢！」

海蒂發出淒厲哀號。我也知道商品的研究和開發耗時又花錢。我「嗯……」地歪過頭。

「雖然會收取彩色墨水的一成營收，但初期的研究費用我可以出一半。」

「好，成交！」

海蒂臉龐發亮，立刻朝我伸出手來。交易成立。我正要握住海蒂的手，班諾馬上伸出大掌扣住我的腦袋，海蒂的父親比爾斯也往她的腦門狠拍一掌。

「妳們別擅自決定！」

我和海蒂雙雙按著腦袋，看向自己的監護人。

「……咦？可是，這樣不是很合理嗎？」

「合理個頭！那樣太多了。妳都要提供線索了，初期投資幫忙負擔四分之一就夠了。」

「這樣才合理。」

班諾修改了應該支付的投資金額後，比爾斯也點頭同意。兩名監護人開始討論起細節，我則是非常想和海蒂討論彩色墨水的事情。海蒂似乎也一樣，身體不停蠕動，用充滿期待的眼神看著我。

「小姐，妳要不要去工坊看看呢？我把想得到的材料都搜集帶回工坊了，雖然也因此被爸爸臭罵了一頓。」

「太棒了！我一定要去！」

怎麼回事，我好像和海蒂非常合得來。我和海蒂同時想站起來，下一秒各自的監護人就揪住我們的衣領，讓我們重新坐回椅子上。

「事情還沒談完！」

「妳這笨蛋，冷靜一點！」

連監護人們也是默契十足。班諾揪著我的衣領，深深嘆一口氣。

「……沒辦法，暫時就由我們商會幫忙買賣墨水吧。但是，奇爾博塔商會獨占的，只有梅茵工坊要使用的植物紙專用墨水，彩色墨水也包含在內。此外的墨水，如果有其他店家想要販售，就讓他們加入，別讓公會長只針對我。」

「我明白，真是太感謝了。」

神情憔悴的班諾與比爾斯達成協議後，總算順利確立了墨水販售的方針。

「那我可以去工坊了嗎？」

「我們馬上來試做新顏色吧！」

我和海蒂不約而同站起來。班諾叫來路茲，把手搭在他的肩膀上。

「路茲，你要看好她們……感覺像是有兩個梅茵。」

「老爺，我也沒辦法同時顧兩個人啦。光梅茵一個人就夠累的了。」

班諾帶著非常不安的表情目送我們離開。我笑著朝他大力揮手，前往墨水工坊。不過，大概是忍受不了我走路的速度，海蒂說完「我先回去準備喔」，就一個人衝回工坊。

比爾斯臉色鐵青地向我道歉，但我並不會因此不高興，所以毫不介意。

「路茲，海蒂真是個有趣的人。雖然對工作充滿熱情，但個性有點奇怪呢。」

「……梅茵，妳最沒資格說。」

比爾斯帶著我們走進墨水工坊，屋內的樣子看來簡直像是理科研究室。各式器具不計其數，還有像是天秤的測量工具，工匠們正在審慎秤重，製作鐵膽墨水。

角落有塊區域專門在製作我訂購的植物紙墨水，可以看到幾罐瓶子裡已經裝著做好的墨水。一名二十幾歲的男性正在那裡滔滔不絕地訓斥著先一步回來的海蒂，內容大致上是「玩之前應該先工作」。

「比爾斯先生，海蒂現在很忙嗎？」

「……不，還請小姐別介意。喂，約瑟夫！今天先到此為止，讓海蒂招呼客人吧。」

比爾斯扯開嗓門說完，海蒂立即小臉發亮地轉過頭來，名為約瑟夫的男子則吃驚地張大眼睛。

「師傅，你是認真的嗎?!居然要讓海蒂招呼客人！」

「這位可是重要的資助者，為了彩色墨水，願意負擔那丫頭四分之一的研究費用，所以今天不用阻止她做研究。你只要在旁邊看著，別讓她失禮就好。」

聽著兩人的對話，可以想像海蒂平常受到了怎樣的待遇。

「小姐，這小子是約瑟夫，也是海蒂的丈夫，是工坊實質的繼承人。他和海蒂往後還請妳多多關照了。」

「我是梅茵工坊的工坊長梅茵。今天來是為了購買已經做好的植物紙墨水，和參觀要怎麼製作彩色墨水。」

我說完，約瑟夫安心地吁了口氣。大概是雖然做好了植物紙墨水，卻沒有客人要買，十分擔心吧。

「這些是目前做好的量。」

「那明天請把這些墨水送去店裡。」

先由商會都帕里的路茲向師傅買下墨水，之後再賣給梅茵工坊。雖然看起來很麻煩，但好像一定要照著這樣的步驟進行。生意上的事情就交給路茲，我環顧工坊。陪我一起過來的達穆爾和吉魯也很少見到平民區的工坊，大感好奇地東張西望。

「小姐，這邊、這邊。」

我走向對我招手的海蒂。果然如她所說，那裡搜集了不少東西，只是都是少量。因為已經磨成了粉末，所以看不出來原本是哪些材料。而且不只用來做顏色的原料，還搜集了各式各樣的油。

「海蒂，這些油是什麼？」

「我每種油都搜集了一點。因為只有亞麻仁油，可能會不夠用吧？」

「沒錯，我也是這麼想。」

我之前雖然想要可以用來做墨水的乾性油，但在這座城市裡，我一看就知道的東西只有亞麻仁油。因為有質感與麻類似的布料，我才猜想這裡應該有亞麻仁油。但是，光靠亞麻仁油不知道能否提供充足的用量，價格也偏高，所以我一直想找到其他可以替代的油類。難得搜集了這麼多，乾脆趁這機會查清楚這個世界有哪幾種油吧。

「油類有分可以乾燥的乾性油，和無法乾燥的不乾性油，這兩者中是乾性油才適合做成墨水。」

「啊，這樣的話，除了亞麻仁油以外就只有幾種能用了。像是蜜栗、婆多、艾查和塗羅茉。」

海蒂接連說了好幾種油的名稱，拿出那幾種油。聽到胡桃和好幾種花的名字，我急忙往寫字板抄寫下來。

「我所知道的墨水，大多都是添加了有顏色的礦石粉末……啊，例如把這種黃土般的泥土加進去，就能做出介於黃色與褐色之間的顏色。」

「好，那我們試試看。約瑟夫，你來幫我。」

海蒂叫來約瑟夫，很快開始實驗。約瑟夫在大理石板上研磨起黃土和油。

「……嗯？怎麼沒有變成褐色?!」

「為、為什麼？」

黃土和油混合之後，應該會變成土黃色，不可能是其他顏色。然而，出現在我面前的顏色卻是藍色。看到大理石上一片晴空般的鮮豔藍色，我啞然失聲。

「也、也試試看其他種油吧。」

約瑟夫和海蒂按著蜜栗、婆多、艾查和塗羅茉的順序，和黃土一起研磨。但只有艾查油變成了我所知道的土黃色，除此之外不是變成紅色，就是變成藍綠色，完全出乎預料。

看著大理石上的五種顏色，不光是我，大家都不停眨眼睛。

「怎麼看這也太奇怪了吧？」

「是啊。想不到只是用的油不一樣，顏色也會不一樣。雖然出乎意料，但只用幾種原料就能做出這麼多種顏色，也算是值得恭喜的事情吧？」

負責研磨的約瑟夫轉著手臂和肩膀，舒緩緊繃的肌肉，一臉疲憊地看向我。

「小姐，想不到妳這麼樂觀。」

「因為我想要的就是彩色墨水，只要不是變成透明的顏色，我都可以接受。」

我先把各種組合的結果寫在寫字板上，也許這當中有什麼定律。路茲看著彩色墨水，納悶地歪過頭。

「為什麼結果會變成這樣？」

「你也這麼覺得吧？很神奇對吧？很想解開這個謎題對不對？」

海蒂臉龐發亮，握住路茲的手。看來海蒂屬於那種一遇到無法理解的事情，就要想辦法搞清楚的類型。我合上寫字板。

「海蒂，為什麼會變成這樣現在不重要，重要的是可以調配出幾種顏色。」

「咦咦?!小姐妳不想知道為什麼有這麼奇妙的現象嗎?!」

海蒂瞪大灰色雙眼，彷彿遭到了我的背叛。約瑟夫立刻從旁伸出大掌，扣住她的腦袋瓜。

「喂！別以為小姐也跟妳一樣是怪人！」

「什麼怪人，太過分了！我只是以為這位小姐可以了解我。」

雖然對海蒂很過意不去，但我並不想查清楚為什麼會有這麼神奇的現象，只想為了可愛的弟弟加米爾做出彩色繪本。順便聲明，雖然我不想解開這種神秘現象，但如果有人要把研究結果整理成書，我倒是非常歡迎。

「比起原因和理由，我更想知道結果。艾查油磨出了我想像中的顏色，那接下來試著用那邊的藍色粉末和艾查油一起研磨吧。只要每種組合都試試看，也許可以發現這之間有沒有什麼共通點。」

我指著藍色粉末說。海蒂笑了起來，用力點頭。

「這點我的意見和妳一樣，那每種組合都試試看吧。」

但是，艾查油雖然做出了我預期中的土黃色，但和青金石般的藍色粉末混合後，卻是變成了亮黃色。雖然適合用來畫油菜花田，但並不是我想要的顏色。另外，能做出青金石般藍色的，卻是亞麻仁油。

「……這下子可傷腦筋了。」

面對五種油和大量原料，我瞪著記錄了結果的寫字板，發現自己的知識與異世界的常識間存有著莫大的鴻溝。

彩色墨水的研究

做好的彩色墨水裝在瓶瓶罐罐裡，每個瓶子都掛著小木牌，標記了是由哪種油搭配哪種原料。約瑟夫一一把那些瓶子收進淺底木箱裡。

由於已經連續研磨了好幾個小時的墨水，約瑟夫和海蒂的手臂都到達極限，再加上時間快中午了，兩人份的寫字板也寫滿了字，所以決定今天的實驗先到此結束。因為自己的寫字板寫不下了，我還借了路茲的寫字板記錄實驗結果，看著兩份寫字板，我忍不住發出沉吟。

「無法預測能調配出什麼顏色，這點真是傷腦筋呢。」

「但試做了這麼多，好像可以稍微看出規則了吧？而且可以這麼清楚地把結果記錄下來，好厲害喔。幸好有會寫字的小姐一起幫忙，真是太棒了！」

海蒂開心地看著我的寫字板，極力稱讚。海蒂說她雖然看得懂一些和工作有關的數字和單字，但文字完全看不懂。之前就算做了各種實驗，但所有結果都只能硬背下來。

「我倒覺得能把那麼多的實驗結果都背下來，海蒂的記憶力更厲害喔。」

「但很遺憾，海蒂的記憶力只在實驗時才派得上用場，離厲害還遠得很。」

約瑟夫垮下肩膀說。路茲看著我，露出調侃的笑容。

「這點梅茵也一樣。她只有關係到書的時候，才會表現出異於常人的專注力和行動力。」

約瑟夫和路茲似乎在奇怪的事情上氣味相投，不時互拍肩膀，安慰彼此。

……能找到氣味相投的人是件好事，因為每天會過得越來越開心嘛。

「那整理好了今天的實驗結果，我後天再過來。」

「我不會寫字，那就拜託小姐了。」

我和海蒂笑著握手道別。本來打算今天直接回家，整理實驗結果，吉魯卻露出了有些猶豫的表情，拉了拉我的袖子。

「吉魯，怎麼了嗎？」

「梅茵大人，我也想要寫字板……」

吉魯垂下視線，低聲咕噥說。對喔，我說過因為他會讀書寫字了，等到了春天要訂做寫字板給他。

「那我們現在去約翰的鍛造工坊，訂做吉魯的鐵筆吧。之後我再回家整理今天的結果。」

因為都在工匠大道上，墨水工坊和鍛造工坊距離很近。但快要進入中午的休息時間了，約翰也許會不高興——我這樣想著，走向鍛造工坊。

「午安，約翰在嗎？」

「噢，小姑娘。」

正在招呼其他客人的師傅用炯炯大眼掃向門口，但一看到是我，馬上露出了憋笑的表情。他嘻嘻嘻地笑著，請我往空位坐下。

「我馬上叫約翰出來……喂，古騰堡！你的資助者大人來了！」

「噗！」

師傅用揶揄的語氣大聲喊完，路茲和吉魯都慌忙摀住嘴巴。看來在鍛造工坊，古騰堡這個綽號完全已經固定用來稱呼約翰了。

「師傅，就說別用那個名字叫我了！」

雖然我認為古騰堡是十分值得驕傲的優秀稱號，但當事人約翰似乎不太喜歡。他一個箭步從裡面衝出來，噙著淚目向師傅抗議。

「約翰，午安。」

「啊，梅茵大人，歡迎光臨。」

「不好意思在中午休息時間前過來，但可以向你訂做東西嗎？」

「……可是，之前的訂單還沒有做完。」

大概正在製作我加訂的金屬活字，約翰露出了為難的神色。但因為現在神官長禁止我進行活版印刷，所以金屬活字並不急，只要接下來兩年的期間，慢慢完成大量的金屬活字就好了。

「請優先製作這次的訂單吧。是我之前也訂做過的鐵筆，我想幫吉魯也做一支。」

「樂意之至！」

我一說要訂做鐵筆，約翰的臉龐馬上發亮，還往上高舉拳頭，然後用感動萬分的表情喃喃說道：

「嗚……好久沒接到金屬活字以外的工作了……」

……真是對不起。

約翰除了我以外還沒有其他資助者，所以只能沒有止境地製作金屬活字。而且每次一做金屬活字，師傅等工坊裡的工匠們都會戲稱他是古騰堡。看來偶爾也該委託給約翰其他工作。

「那我下次也會來訂做金屬活字以外的東西。」

像是做蠟紙用的熨斗，謄寫版印刷用的鐵筆和鋼版。我想到了幾個想請約翰幫忙做出來的東西，但全都是印刷用的工具。

「我會期待金屬活字以外的訂單。」

約翰興高采烈地接下了鐵筆的委託。看著他的笑臉，我心裡產生了些許罪惡感。再怎麼看，約翰好像都逃離不了被叫作古騰堡的命運了。

訂完吉魯的鐵筆，走出鍛造工坊，象徵中午的第四鐘響了。

「梅茵，妳要回家吧？」

「嗯。」

「我肚子餓了，想早點回店裡，所以我揹妳吧。」

路茲說完蹲下來。大概是若不早點回去，能吃到的午飯會減少吧。我知道自己在趕時間時只會變成累贅，所以乖乖地爬上路茲的背。路茲立刻站起來，半是奔跑地回到水井廣場。

「梅茵，那妳接下來就待在家裡，整理今天的實驗結果吧。我下午會再去梅茵工坊看看，還要向老爺報告，所以妳別亂跑喔。」

路茲在水井廣場把我放下來，再把寫字板放在我手上，立刻轉身跑回商會。看來是真的很擔心午餐。目送路茲離開後，我轉向眨著眼睛的吉魯和達穆爾。

「吉魯、達穆爾大人，今天也謝謝你們了。我接下來不會再外出，所以請兩位也回神殿吧。」

「嗯，妳明天會來神殿吧？」

「是的。雖然其實我很想去墨水工坊，但如果不練琴，羅吉娜會生氣的。」

我把路茲的寫字板放進托特包裡，自己一人上樓回家。

「我回來了。」

我盡可能安靜地打開玄關大門，但鉸鏈還是無可避免地發出了嘰嘰嘰的傾軋聲。滑也似地進屋後，聽見母親說：「梅茵，妳回來啦。今天真早呢。」看母親站在爐灶前面，應該正在準備午飯。

「媽媽，加米爾呢？還在睡嗎？我沒吵醒他吧？」

「嗯，妳放心吧。」

我瞄向臥室的方向問，母親輕笑著點頭。

我躡手躡腳地走進臥室，以免吵醒加米爾，偷看了眼加米爾的睡臉後，放好東西，洗好了手，和母親一起吃午餐。

「呼哇、呼哇……」

吃到一半，加米爾開始發出細微的哭聲。母親急忙把飯吃完，衝向加米爾。

「梅茵，不好意思，幫我收拾一下。」

我洗好自己和母親的碗盤，歸位後，再坐在廚房桌前，開始把自己和路茲寫字板上的實驗結果抄寫在做失敗的紙張上。

雖然乍看之下完全沒有規則可循，但把實驗結果抄寫成列表以後，好像可以看出一些定律。亞麻仁油多會調出藍色系，蜜粟油是綠色系，婆多油是紅色系，艾查油是調出黃色系居多，塗羅茉油會不規則變化，調出來的顏色有粉色系的感覺。

「嗯……雖然有些顏色並沒有照著這樣的規則，但稍微可以看出大方向了。」

用不同原料搭配，意外可以調配出許多種顏色。只要把變色結果整理成列表，應該可以調配出比預期要多的顏色。

「梅茵，妳在做什麼？表情好嚴肅。」

母親用一條像嬰兒揹帶的長布把加米爾裹起來，讓他躺在裡面，從臥室走出來。已經餵完母乳，吃飽了吧，加米爾張著清澈的大眼睛。

「我在為加米爾做繪本喔，所以現在在研究漂亮的彩色墨水。」

「從頭開始研究嗎？那得花上不少時間吧。」

「嗯，應該會很久喔。加米爾，今天心情還好嗎？」

看著躺在揹帶裡的加米爾，我摸了摸他的臉頰。加米爾眼睛眨也不眨地注視我。雖然在姊姊這方面的魅力上，我徹底輸給了和戴爾克如膠似漆的戴莉雅，但光是不再惹哭加米爾，我就很滿足了。

「加米爾、加米爾，是梅茵姊姊喔。」

和加米爾玩了一會兒後，加米爾又開始顯得想睡。母親進房去哄加米爾睡覺，我再仔細看起自己寫好的列表。

「嗯？」

看著油的名稱，我才發現裡頭並沒有自己在日常生活中很常接觸到的帕露油。也許值得一試。

「不知道帕露油會調出什麼顏色，那帶一點去工坊吧。然後，也要把做好的墨水塗在紙上，測試看看會不會變色，和放久了以後能不能維持顏色，還要確認疊色之後會有什麼結果。」

我把好奇和想測試的事情逐一寫下來。下次再問問海蒂，一起做實驗。

隔天前往神殿，練習飛蘇平琴和幫忙神官長處理公務。下午因為戴爾克去了孤兒院，陪伴閒得發慌的戴莉雅。再拜託路茲，從工坊帶紙筆回家。明天要帶去墨水工坊，試著實際把墨水塗在紙上。

再隔天，帶著冬天剩下的帕露油和紙筆，我和吉魯、達穆爾、路茲一起前往墨水工坊。大概是等不及了，海蒂在工坊前面走來走去。一看到我們，她立刻臉龐發亮，大力揮手。

「小姐，早安！我等你們很久了！」

「海蒂，早安。這是整理了實驗結果的一覽表。」

一進工坊，我馬上把前天整理好結果的紙張拿給海蒂。海蒂興沖沖地看起一覽表，但隨即垮下腦袋。

「我只看得懂一些材料，其他完全看不懂。」

「還有，這邊是我在整理表格時想到的事情……」

我列舉出了想嘗試的事情後，海蒂也雙眼發亮，用力點頭。

「因為帕露只有冬天才採得到，我才沒有列進來考慮。說不定會出現有趣的結果，我們馬上試試看吧。」

海蒂和約瑟夫分別用不同的原料，加了我帶來的帕露油一起研磨。海蒂是紅色，約瑟夫用了藍色原料，研磨了好一會兒後，並沒有出現奇怪的變色，反而維持著添加原料原本的顏色。

「好厲害，帕露油兩邊都調出了預期中的顏色呢。」

看著大理石上調好的墨水，我瞠目結舌。因為先前墨水一直出現奇怪的變色，現在看到墨水終於正常地反應出了原本的顏色，我忍不住非常感動。海蒂看著做好的墨水，也感嘆地大口吐氣。

「帕露油調出的色彩很鮮豔，品質也很好呢……要是冬天以外也能採到帕露就好了。」

海蒂說得沒錯，只能在冬季晴天採到的帕露，並不是可以隨意使用的原料。雖然油的品質很好，但非常遺憾並不適合量產。我和海蒂無比惋惜，約瑟夫在旁邊已經馬上在為下一步作準備。

「那接下來試著把之前做好的墨水塗在紙上吧。」

海蒂也幫忙約瑟夫，手忙腳亂地搬來之前做好的墨水。看著作準備的兩人，我問路茲：

「路茲，帕露樹可以做成紙張嗎？」

因為陀龍布這種魔樹可以做出品質優良的紙張，我心想說不定帕露樹也可以。帕露油的品質也提高了我的期待，所以我這麼問路茲，但他立即回答「我想不可能」。

「帕露是種一碰火就會融化消失的樹耶。只是蒸而已就會消失，怎麼可能有辦法剝到樹皮。」

「……帕露樹這麼奇怪啊？」

我因為冬天去不了森林，從沒見過帕露樹。只聽說是一種只在冬季晴朗早晨出現，非常神奇又美麗的樹木，但直到現在，我還不知道究竟長什麼樣子。

「小姐，準備好了。」

聽到海蒂的呼喚，我叫來已經拿著筆待命的吉魯，請他塗上墨水。我帶了幾張做失敗的佛苓紙和陀龍布紙。雖然不會用陀龍布紙做繪本，但我還是想看看會出現什麼反應。

「嗚哇……」

想不到用的紙不同，顯色情況竟然也不一樣。陀龍布紙上的顯色和墨水原本的顏色幾乎一樣，但佛苓紙的顯色有些黯沉。但只是稍微偏暗，只要不和陀龍布紙擺在一起，並不是很明顯。沒關係的——我這樣說服自己，然而放得越久，墨水變乾後，顏色卻變得越來越黯淡。

「看來也要試做其他材質的紙張，實驗看看才行呢。」

我比對著陀龍布紙和佛苓紙上的墨水，發出沉吟，但路茲輕輕聳肩。

「但我們暫時只會用到佛苓紙，配合佛苓紙研究彩色墨水比較好吧？」

路茲說得對，梅茵工坊只生產陀龍布紙和佛苓紙這兩種紙張。還是以要做繪本的佛苓紙為主，研究彩色墨水吧。

「這個紅色原本很漂亮，但乾了以後，卻變成了偏暗的紅褐色呢。倒是很適合用來畫血跡。」

「我們不需要這種用途有限的墨水啦！」

我對路茲的吐槽嘟嘴抗議。搞不好真的用得到啊，因為在神話故事裡，不時會有關於流血的描述。

「不過，這真的很難呢。我總算明白為什麼藝術類的工坊都把顏料配方視為是機密了。」

海蒂交抱手臂，瞪著變色的墨水。要自己做顏料十分困難。

班諾告訴過我，顏料因為沒有簽訂魔法契約，所以哪間工坊要怎麼製作都沒有問題，但由於配方完全是工坊獨自想出的做法，被視為是機密，也不會把顏料賣給平民區的人。

顏料都是賣給喜愛繪畫的貴族，工坊先是收到訂單，在製作完成後，再親自交貨給貴族。這是曾是藝術巫女侍從的羅吉娜告訴我的。她說如果不向同一間工坊訂購，就無法取得相同的顏色，所以克莉絲汀妮是好幾間工坊的老主顧。

「小姐，請妳去查查看為什麼會變色吧。」

「但我認為結果更重要。」

我也知道基礎研究很重要，但我只是想為加米爾做繪本，沒有那麼多時間去調查這種事。我只想快點取得彩色墨水。

「那現在試著疊色吧。吉魯。」

「是，梅茵大人。」

吉魯用藍色墨水，往剛才畫的各色顏料畫下一條直線。疊色的部分瞬間變黑。並不是完全的黑色，只是變得很灰暗，但沒有一個顏色還保留著鮮豔的色彩。所謂「混合的危險」指的就是這種情況嗎？

「……怎麼辦？」

吉魯捏起變了色的紙張說。我們看著變作暗色的色彩，全員啞然失聲。太過出乎預料的結果，讓我們一時間說不出話來。約瑟夫搖了搖頭，率先打破沉默。

「看來顏料一次只能使用一種顏色吧。」

「可是，如果不能疊色，根本畫不了畫啊。一定是繪畫工坊的顏料還有什麼秘密。」

海蒂說得沒錯，要是和其他顏料疊色就會變黑，那根本畫不出裝飾在神殿貴族區域裡的那些畫作。肯定是這裡的顏料還隱藏著我不知道的秘密。

「今天就先到此為止吧。就算再試做其他顏色，也會隨著時間變色，又沒辦法疊色，根本沒辦法使用。」

能不能想辦法偷偷溜進繪畫工坊，查出顏料的秘密呢？看著陷入瓶頸的墨水研究，我沮喪地垮下肩膀。

既然無法立即使用，事實上彩色墨水的研究可以說是失敗了。我垂頭喪氣地回到家，和多莉一起煮晚餐，報告今天的結果。

「所以就是這樣，彩色墨水的製造馬上遇到難關了。」

「一疊色就會變黑，那還真是傷腦筋呢。」

「嗯，真的很傷腦筋。因為再怎麼努力也沒辦法印刷啊。」

我嘟著嘴，攪拌正在煮的湯。母親一邊看著我們做飯，一邊餵加米爾母乳，訝異地側過頭說：

「妳上色的時候沒使用固定劑嗎？」

「……固定劑是什麼？」

麗乃那時候攝影有定影劑，繪畫也有定色劑，但我不清楚這裡的固定劑具體是指什麼東西。母親瞄了眼偏頭不解的我，視線又拉回到胸前的加米爾身上，說：

「固定劑就是讓顏色能固定不變的藥劑啊。要染布的時候也會用到，顏色才不會染得太深……」

「媽媽，請再說明得詳細一點。固定劑要怎麼做呢？」

我的雙眼銳利發光，注視母親。母親露出了非常為難的表情。

「不知道能不能告訴妳呢……」

「我會去調查會不會觸發到契約魔法。」

「……嗯，既然梅茵可以自己去查能不能製作，那告訴妳應該沒關係吧。」

母親有些擔心地這麼說完，告訴了我做法。

首先要把亥蘭這種花的花莖放進果南荻樹的樹液裡，熬煮到變得濃稠，就能做出固定劑的原液。真正要使用的時候，再以一比二十的比例用熱水稀釋即可。

「但是布和紙需要的比例可能不一樣，妳自己再注意一下吧。」

「媽媽，謝謝妳。我再試試看。」

知道了固定劑的存在後，我立刻拜託路茲，請他搜集材料。路茲也從來沒聽說過固定劑，佩服地張大眼睛。

「居然有這種東西。要不是伊娃阿姨在染色工坊工作，我們根本不會知道。」

「嗯。等搜集到材料，我想馬上試做。媽媽也告訴了我詳細的做法……」

看到研究亮起了希望的光芒，我開心得哼歌，路茲和吉魯卻異口同聲阻止我。

「梅茵，妳只要教我們怎麼做就好了。」

「沒錯，由我們來做。梅茵大人不能動手。」

如果要在梅茵工坊製作，我就不能出手幫忙。對於只有自己一人被排擠在外，我不滿地噘起嘴唇抗議，卻沒有半個人站在我這一邊。

之後前往商業公會調查了有無這方面的魔法契約，再請班諾幫忙尋找材料，製作固定劑的準備便完成了。面對新的挑戰，路茲和吉魯也是當天從早開始就躍躍欲試。我只負責把詳細寫了做法的木板交給兩個人，任務就結束了。

遭到排擠讓我有些不甘心，所以在練完飛蘇平琴後，我告訴了羅吉娜關於彩色墨水的事情，順便向她哭訴自己今天遭到了排擠。

「所以今天就只有我遭到排擠，吉魯和路茲他們自己在做固定劑。羅吉娜也覺得他們很過分吧？」

但是，羅吉娜比起我被排擠，更對於我不知道固定劑這件事感到驚訝，瞪圓了眼睛。

「哎呀，梅茵大人不知道固定劑嗎？畫畫都需要固定劑喔，沒有的話根本沒辦法畫畫。」

這裡竟然也有一個知道固定劑的人！而且還是繪畫的必要工具。不過，羅吉娜說她只用過做好的固定劑，所以不知道怎麼製作。

「那麼，難道梅茵大人也不知道怎麼使用固定劑嗎？」

「不知道，請告訴我。」

母親只知道染布時的用法。如果要做繪本，需要繪圖時的使用方式。我立刻拜託羅吉娜，她咯咯輕笑出聲。

「要先把固定劑塗在紙上，然後把紙晾乾。這樣一來畫畫的時候，即使疊色也不會變色……梅茵大人知道許多令人驚訝的事情，卻不知道大家一般都知道的東西呢。」

「因為我以前從來沒有用顏料和墨水畫過畫啊。」

「原來如此。」羅吉娜輕聲說完，拍了一下手，嫣然微笑。

「那麼等固定劑和彩色墨水做好了，可以請葳瑪教梅茵大人怎麼畫畫呀。繪畫也是教養的一種唷。」

「我會考慮。」

因為不想再被占去更多自由時間，我十分敷衍地回答。但是，內心也有道聲音在小聲說：都已經確定兩年後要成為貴族的養女了，還是先學起來比較好吧？

從母親那裡問出了固定劑的做法，羅吉娜也教了使用方式，現在塗上墨水後，顏色既不會變暗，疊色也不會變黑，總算可以畫畫了。

彩色墨水大功告成！

挑戰做蠟紙

彩色墨水基本上算是完成了。在塗了固定劑的紙上雖然可以疊色，但如果是直接在調色盤上混色，顏色還是會變黑，所以在使用上必須非常小心，但不論如何，算是前進了一大步。

「唉……結果突然一下子就完成了。」

眼看彩色墨水完成，我鬆了一大口氣，但海蒂和我不同，像是樂趣遭到了剝奪的孩子般愁眉苦臉，低聲嘟嘟囔囔。做實驗的時候她看來非常開心，現在卻在查明原因之前就結束了，所以覺得非常遺憾吧。約瑟夫受不了地往海蒂的頭敲了一記。

「彩色墨水都做好了，小姐出資贊助的研究已經結束了。」

「但因為得到了重要的成果，如果海蒂想繼續研究，我還是可以提供一些資金喔。」

我說完，海蒂立刻恢復滿面笑容，約瑟夫不敢置信地扭過頭來看我。

「因為如果想讓色彩更加鮮豔、增加更多種顏色，彩色墨水的基礎研究還是非常重要。我只是因為這次沒有什麼時間，才以完成彩色墨水為優先，但我也希望以後可以繼續研究彩色墨水喔。」

而且雖然我不想自己找出變色的原因，但如果有人願意代勞，我是樂意之至。

「小姐，妳最棒了！」

「小姐，妳對海蒂太好了啦！」

「因為對我來說，海蒂和約瑟夫也是古騰堡的同伴啊。」

印刷也需要製造墨水的人。能夠找到新的古騰堡夥伴，我咧嘴一笑。路茲抱頭哀號：

「居然又增加了！」海蒂和約瑟夫則是歪著頭，眨了眨眼睛。

「古騰……咦？什麼？」

「古騰堡，是改變了書本的歷史，留下了等同神蹟的偉人喔！現在這個城市裡的古騰堡，有負責做金屬活字的約翰、做植物紙的班諾先生，還有負責賣書的路茲。另外還有製作印刷機的英格先生，海蒂和約瑟夫則是負責做墨水的人，也都是古騰堡的夥伴。為了我想看的書，需要你們這些古騰堡，所以出錢贊助也是當然的。」

我挺起胸膛說明，但約瑟夫還是滿臉問號，只有海蒂高興得跳起來歡呼。

「約瑟夫，小姐說我們是古騰堡耶！還說這是工作！願意出錢贊助！我可以繼續研究耶！萬歲！」

彩色墨水暫時是完成了，今後海蒂想繼續研究也沒關係。有時候若能找出原因，或許還能帶來更多幫助，所以我也希望她繼續研究墨水。

「只不過，墨水的製作還是最優先事項。要是沒有在我訂好的日期之前提交我訂購的墨水，我會不由分說地中止資助。」

「嗚咦?!」

像海蒂這種類型的研究狂，一旦開始研究，常常會把其他事情拋在腦後。必須先聲明什麼是首要之務，並且訂定沒做到時的懲罰，否則會根本不受控制。

「不愧是同類，很清楚海蒂有可能會做的事情嘛。」

路茲笑著說道，約瑟夫也摀著嘴巴噗哧失笑。看這樣子約瑟夫會負起責任，在海蒂研究時幫忙監督吧。

「現在有彩色墨水了，接下來好想要蠟紙喔。」

下一步我想準備的，便是謄寫版印刷中不可或缺的蠟紙。因為能照著鐵筆刻出的筆劃印出圖文，所以如果要做繪本，比起切割文字做紙版或組合金屬活字，更能夠輕鬆地印出文字部分。圖畫方面也能印出更加細膩的線條，所以葳瑪的圖畫也更能完美呈現吧。

「現在的紙版不行嗎？」

「不是不行，現在這樣還是可以做繪本喔。但如果可以做出蠟紙，就能有更多種表現方式。而且比起用筆刀小心翼翼地切割紙版，用鐵筆刻字會簡單得多，還能畫出細膩的線條。」

若要製作蠟紙，首先需要薄透得幾乎可以看見另外一邊的紙張。

但是，連路茲也只有兩年半的造紙經驗，孤兒院的孩子們開始做紙到現在甚至不滿一年。雖然抄得出可以兩面印刷的繪本用厚紙，但如果想抄出平均且薄透的紙張，還是相當困難。目前梅茵工坊正在進行這項挑戰，但失敗的次數還是遠多於成功。聽說都是在拿下竹簾，或是放上木板要晾乾時破掉。

「陀龍布倒是滿簡單就能做出來。」

路茲盤著手臂，面色凝重。陀龍布的纖維比佛苓細又長，所以可以抄出又薄又均勻的紙張。但是，因為陀龍布紙太過昂貴又稀有，拿來做紙版太浪費了。

「要是不靠佛苓紙想想辦法，價格會變得很可怕吧。」

「……是啊。」

關於紙張的改良，只能請路茲和吉魯帶頭努力了。現在在工坊製作繪本用紙張的同時，也聚集了雙手比較靈巧的人，努力抄出薄紙。

大家努力抄紙，測試著要怎麼做才能夠提升成功機率，就這麼過了幾天後，路茲吃完午飯回來，來到院長室。

「梅茵，老爺要我傳話給妳。他說蠟工坊有回覆了，說是明天下午有時間。」

「真的嗎？太好了。這下子也能做吉魯的寫字板了。」

當天晚上，我拜託父親為吉魯做了和路茲相同尺寸的寫字板外框，之後只要再往中間倒蠟就完成了。現在我寫字板上的蠟也減少了不少，也沒有了柔軟度，所以我想順便重新倒蠟，於是把寫字板裡的蠟挖空。

「班諾先生，早安。」

「好，那走吧。」

班諾一把抱起我，開始大步前進。隔著班諾的肩膀，我看見吉魯正寶貝地抱著我交給他的寫字板外框，和路茲一起小跑步地跟在後頭。

對於班諾動作粗魯地把我抱在手臂上，達穆爾一瞬間面露狐疑，但看見班諾大步流星，好像很快便明白了是因為我無法跟上他的速度，也開始大步移動。

「班諾先生，關於可以消除蠟燭臭味的方法，你覺得可以賣多少錢呢？」

在去工坊之前，必須先和班諾討論清楚。我不希望他事後才說我又失控了，或是罵我擅自決定。

「這和之前把墨水配方賣給墨水協會一樣，不該只賣給一間工坊，賣給協會比較妥當。畢竟那不是一間工坊負擔得起的金額。」

「這樣啊。」

看來會是一筆大數目。那就能拿來當作資金，提供給不論哪一方面都需要研究開發和改良的古騰堡夥伴們。我正心想著要好好談判，班諾卻低聲提醒我：

「這件事由我來交涉，妳別出面。難保不會再遇到像沃爾夫那樣的人。」

「……是。」

鹽析這件事的交涉，就決定交給班諾了。至於獲利的分配和交涉方式，說好之後再討論。

「之後才要交涉的話，那妳今天去蠟工坊要做什麼？」

「今天要請工坊的人幫吉魯和我的寫字板倒蠟，另外，我還想購買各種不同種類的蠟。」

「今天只要買蠟而已嗎？」

班諾問，我點點頭。首先我想試試看能否不改良蠟，就能做出蠟紙。如果順利成功，表示運氣不錯；如果失敗了，就只能進行改良。

「雖然我也希望不添加任何東西就能做出蠟紙，但要是失敗了，就只能請工坊幫忙改良了。要添加松脂那類的樹脂，把蠟做得再有黏性一點。」

蠟紙所用的蠟還添加了松脂那類的樹脂和石蠟。但這裡不可能有從石油提煉出來的石蠟，也不知道我的知識在這裡是否通用。

而且想到彩色墨水的變色，也說不定會出現奇怪的變化，所以改良蠟的時候，我還是想請專家幫忙。

「哼……所以今天只是買蠟，失敗的時候再請他們幫忙吧？」

「是的。」

班諾帶著我走進蠟工坊。工坊裡頭充斥著沉悶的熱氣，和獸脂那種難以形容、讓人想摀住鼻子的臭味。

因為班諾已經聯絡過了，師傅很快便走出來。

「啊，班諾先生，歡迎光臨。今天有什麼吩咐嗎？」

「請把最便宜的蠟倒進這裡面。」

我和吉魯遞出寫字板，師傅說著「啊，之前也來過吧」，馬上為我們倒蠟。因為在凝固之前不能亂摸，吉魯沉不住氣地注視著透明的蠟被倒進寫字板裡，嘴角不由自主上揚。不時還往蠟吹氣，想讓蠟早點冷卻，那副模樣有點可愛。

「吉魯，你那樣子吹氣，表面可能會凝固成波浪的形狀喔。」

我笑著提醒，吉魯的肩膀一震，轉頭看向我。

「對啊，梅茵之前才在快凝固的時候用手戳蠟，結果害得表面凹凸不平，所以聽她的準沒錯。」

「路茲，你太多嘴了！」

竟然多嘴暴露了我的糗事，我狠瞪向路茲。吉魯輕笑起來，和寫字板保持距離，看來是不想重蹈我的覆轍。

「班諾先生，應該還有其他事情吧？不然怎麼會特別聯絡我們。」

往寫字板倒完蠟，師傅收拾了工具，走到班諾旁邊問。班諾輕輕點頭。

「嗯，麻煩你工坊裡有的蠟，每種都各給我一小盒。」

「每、每一種嗎？不是要買平常的蠟燭？」

「對，不要弄錯了。我不是要買蠟燭，是蠟。」

聽了班諾的訂單，師傅雙眼瞪得老大。往常奇爾博塔商會的老爺都是來買蠟燭，並指定蠟燭的大小、原料和數量，這次卻是要買做成蠟燭前的蠟，而且是每個種類都要，肯定完全出乎師傅的預料。

「請問究竟是要做什麼？」

「這還不能說。」

班諾微笑回答，師傅手托著下巴，陷入沉思。班諾近來精力旺盛地不停開發新事業，自然會聯想到他一定又要做什麼新產品了吧。

「我明白了。明天之前會送去店裡。」

「如果有現在就能準備好的，能先給我一、兩盒嗎？」

「好，我馬上準備。」

師傅急忙走進裡面的工作區，吩咐正在工作的工匠們。於是，我們拿著兩盒不同的蠟，離開了工坊。

「拿去，這下子妳就能測試了吧？」

「謝謝班諾先生。」

回到奇爾博塔商會後，我和班諾重疊公會證，支付了蠟的費用。然後我把鹽析的做法寫在紙上，決定代理談判的手續費。之後就交由班諾代為和蠟協會交涉。

「那等回工坊，我們馬上開始試做吧。」

我把蠟盒交給吉魯說，但路茲立刻抓住我的肩膀，一臉不安。

「梅茵，慢著。妳到底要做什麼？又要怎麼做？妳根本沒有說明清楚，先在這裡解釋完再回神殿。」

因為在工坊我不能動手做事，所以必須事先說明。本打算回到孤兒院長室再說，但先在奇爾博塔商會說明，更能防止情報外洩吧。我點了點頭。

「我們不是做了薄薄的紙張嗎？就是要在紙上塗上一層薄薄的蠟。先把蠟削成細粉，撒在紙上，再用『熨斗』讓蠟融化。就這樣而已，很簡單吧？」

「梅茵，『熨斗』是什麼？在哪裡才有？」

我說明了最簡單的蠟紙做法後，路茲的臉頰卻不斷抽搐。看來路茲聽不懂熨斗是什麼。我回溯記憶，解釋熨斗是什麼東西。

「呃……就是底部是平坦的金屬，烤到很燙後，用來燙平衣服縐褶的東西，這樣說你聽得懂嗎？我想富豪家裡和衣服工坊應該有這樣東西。」

回想之前做儀式服的情況，我想珂琳娜那裡肯定有熨斗。解釋完後，班諾從旁插嘴說了：

「啊，珂琳娜的工坊就有熨斗。妳要用那種東西嗎？」

依據班諾的說明，衣裳華美的富豪人家和服飾工坊皆有像是火熨斗的熨斗，底部就像是平底鍋，會在裡頭添放木炭，再用來熨平縐褶。因為我們家只穿舊衣，不需要用到熨斗，路茲也才沒有聽說過。

「班諾先生，奇爾博塔商會有賣熨斗嗎？」

「不，那要向鍛造工坊訂做。因為不是所有人都會使用，也沒有人會大量購買……不過，要是不會使用熨斗，很容易把周圍弄髒，所以操作上相當困難，你們會用嗎？」

這裡的熨斗是鍋子的形狀，灰燼經常會四處飛濺，把周遭弄得非常髒亂。雖然我很想要可以輕鬆使用的電熨斗，但那種東西我當然做不出來。

「總之，至少改良一下外形，再拜託約翰製作吧。」

看來沒辦法馬上做蠟紙了。我「嗯……」地沉吟，路茲也一樣發出悶哼，盤起手臂。

「這種空有幹勁和知識，卻沒有工具的情況太熟悉了。梅茵，妳再仔細想想，是不是還少了其他東西？」

路茲提醒我做紙那時候，也是因為少了很多工具而吃盡苦頭，我便托著臉頰，回想蠟紙的簡易製作方式。

「呃……要先把蠟削成細粉，撒在紙上。這個步驟可以用像是濾茶網的東西來削，所以沒問題，在雜貨店就買得到。然後把蠟粉撒在紙上……」

說到這裡，我的臉色突然發白，嘴巴不停張合。路茲說得沒錯，還少了其他東西！我抱著頭，當場蹲下來。

「不——！這裡沒有『烘焙紙』！」

「啊?!妳說什麼？」

本來想用簡易的方法製作蠟紙，結果卻沒有烘焙紙。烘焙紙根本無法自行製作，況且我也不知道做法。

「怎麼想我都做不出來……」

「梅茵，妳先別沮喪，想想要怎麼解決吧。沒有其他可以代替的東西嗎？」

路茲說，於是我皺眉思考。在烘焙紙出現之前，是使用鋁箔紙和石蠟紙。但若用熨斗燙鋁箔紙，鋁箔紙會縐成一團，無法讓蠟均勻分布；石蠟紙又是一種塗上石蠟的紙張，其實和接下來想做的蠟紙幾乎是一樣的東西。

「呃，使用熨斗的時候，那個東西可以讓融化的蠟不流到旁邊的布上面，所以說不定用普通的紙張隔在中間也可以？雖然我希望可以，但路茲覺得呢？」

記得如果蠟撒得太多，可以覆上影印紙吸走一些蠟，所以應該也能用一般的紙張代替。希望可以。

「我完全不懂妳在說什麼，別問我啦。那還需要其他東西嗎？」

「如果只是做蠟紙，有這些工具就夠了。可是，蠟紙做好以後，我還想要謄寫版印刷的鐵筆和鋼版，才能實際測試能不能當作蠟紙版使用。」

製作蠟紙，只要把蠟融化後再放乾即可，所以就算熨斗會沾到蠟，或是因為操作還不熟練而弄髒周遭環境，也應該不至於失敗。問題在於蠟紙做好以後，能不能當作蠟紙版使用。

「謄寫版印刷的鐵筆和鋼版嗎……那要找約翰吧？」

「嗯，都是約翰擅長的領域呢。」

我立刻站起來，向路茲大力點頭。班諾勾起嘴角說了：

「得和妳打交道的古騰堡還真辛苦。」

「不只約翰，班諾先生也是古騰堡喔？」

請別說得事不關己──我提醒後，班諾臉上的笑容忽然消失。緊接著他伸來一隻手扣住我的頭，用低嗥般的聲音說：

「被妳認定是古騰堡的所有人，現在都被大量的工作追著跑，忙得焦頭爛額。妳這個不停丟來工作的始作俑者，是不是該說點什麼啊？」

「咦？咦？咦？」

對於班諾突如其來的要求，我一時間想不到該說什麼，愣愣地看著班諾和路茲。兩人冷冽的眼神簡直一模一樣，都在等著我開口。看樣子不會給我任何提示。

「呃，為了讓書本普及，以後也一起加油吧。」

「不對！應該要慰勞我們才對吧！」

班諾怒聲咆哮，用拳頭猛鑽我的腦袋。我噙著淚目大喊：

「謝謝！太感謝路茲和班諾先生了！多虧有你們兩個人，才有現在的我！雖然以後還會給你們添更多麻煩，但是還請多多指教！」

雖然班諾指責我丟給古騰堡夥伴們太多工作了，但如今我可以和加米爾一起生活的時間十分有限，所以在做繪本這件事上，我完全沒有自我節制的打算，反而還想再加快腳步。

後來去拿吉魯的鐵筆時，對於想接到金屬活字以外工作的約翰，我交給了他熨斗、謄寫版印刷用的鐵筆和鋼版的設計圖，熨斗是設計成了我熟悉的形狀。聽到每樣東西都是印刷方面的工具，約翰領悟到他這輩子絕對逃離不了古騰堡的稱號，流下了喜悅的淚水。

戴莉雅的進步

雖然向約翰訂做了做蠟紙用的工具，但距離完成還要好一段時間。而在工具完成之前，葳瑪為下一本繪本畫的圖先完成了。主題是春天，故事內容是關於水之女神芙琉朵蕾妮和其十二眷屬女神。

「路茲，反正工具要一段時間才會做好，不然我們先做下一本繪本吧？」

因為葳瑪是在彩色墨水完成前就開始畫畫，所以她做的紙版仍和以前一樣，是以黑白剪影畫為作畫基準。所以，這次我想先印黑白繪本。

如果要用紙版印黑白繪本，不需要等到工具完成就能印刷。現在春天到了，才剛開始造紙，所以紙的數量還不多，但也可以向班諾成立的植物紙工坊購買。

「好可惜喔，真想用用看印刷機……」

「神官長已經說不行了吧？妳就死了心，快點用筆刀切割紙版吧。」

路茲立刻阻止，所以我也只能放棄，用筆刀切割起厚紙。難得金屬活字和簡易的印刷機都完成了，真是遺憾。

「妳別光想著要偷偷使用遭到禁止的印刷機，還有其他事情要先做吧？像是盡快向法藍和神官長報告彩色墨水已經完成了，也要通知葳瑪，請她下一本繪本畫成可以使用彩色墨水的圖畫。因為還要考慮到印刷方式，得重新思考畫法吧。」

「說得也是呢。現在因為請葳瑪幫忙照顧戴爾克，都沒什麼時間和她好好說話。那我今天下午會去孤兒院，和她討論看看。」

我和路茲一邊聊著，一邊慢步前進。半路上看到揹著小孩的母親，我才想起了一件事，把手伸進托特包裡，拿出木筒和裝了小石頭的袋子。木筒是請父親幫忙削的，挖空木頭後再磨到光滑，小石子也洗得乾乾淨淨。

「路茲，可以麻煩你幫我把石頭放進木筒裡面，加上蓋子，用明膠黏起來嗎？」

「……可以啊，但這是什麼？」

路茲歪著頭，納悶地看著我拿給他的木筒。放進小石頭，再用明膠封上蓋子，就能完成簡易的搖鈴玩具。同樣的東西我準備了兩個。

「這是給小寶寶玩的玩具，分別要給加米爾和戴爾克。像這樣黏起來以後，搖一搖就會發出聲音喔。」

「啊，雖然形狀不太一樣，但這裡也有類似的東西。」

「其實我還想塗上顏色，弄得可愛一點，但我又不敢在小孩子會放進嘴裡的東西上面塗墨水……」

小嬰兒才幾個月大時，只看得見鮮豔的顏色，所以其實我很想在搖鈴玩具上塗紅色墨水。但是，一想到小嬰兒有可能會放進嘴裡，又有些抗拒。雖然製作墨水的原料都是可以食用的材料，放進嘴裡應該沒關係，但接著我又擔心墨水會滋生細菌。

「反正這種玩具都玩不久吧？拿放進嘴裡也沒關係的墨水來塗就好了。而且，之前在墨水工坊試做的那些彩色墨水也都用不到。」

「這樣啊。路茲，那可以麻煩你嗎？」

「嗯，我下午再送過去。」

和路茲在工坊前暫別，前往院長室，羅吉娜已經抱著飛蘇平琴在等我了。

「梅茵大人，早安。」

看著充滿幹勁的羅吉娜，我不禁苦笑，拜託正和戴爾克玩耍的戴莉雅幫我更衣。

「戴莉雅，可以麻煩妳幫我更衣嗎？」

「好的。戴爾克，姊姊去工作一下，你等我喔。」

戴莉雅依依不捨地離開戴爾克，急忙為我更衣。她很快地為我穿上青衣巫女服，繫好腰帶後，馬上衝回到戴爾克身邊。

「戴爾克，讓你久等了。」

戴莉雅對戴爾克說，臉上帶著我從來沒有看過的燦爛笑容。明顯所有心思都放在戴爾克身上了。

……那麼可愛的笑容是怎麼回事？我怎麼從來沒看過？

戴莉雅原本就是五官精緻的美麗少女，這時的笑臉更讓我不由得屏住呼吸。她的笑容甜美又充滿慈愛，我都有點嫉妒戴爾克了。

「梅茵大人，戴爾克好像再過不久就能翻身了。不愧是我的弟弟，太優秀了。」

戴莉雅坐在試圖翻身的戴爾克旁邊，摸著他的頭，完全是眼裡就只有戴爾克。戴爾克來到孤兒院都還沒經過十天，想不到現在如此疼愛他。

「梅茵大人，戴爾克就交給戴莉雅，我們開始練琴吧。」

羅吉娜喚道，我拿起小飛蘇平琴開始練習。彈奏了幾次作業曲目後，大門打開了。孤兒院已經吃完早餐，也收拾完畢，送孩子們去工坊後，葳瑪來帶戴爾克去孤兒院。

「梅茵大人，早安。我來帶戴爾克去孤兒院了。」

「葳瑪，早安。那今天也拜託妳了。我下午會去一趟孤兒院，討論繪本的事情。」

我告知了今天的預定行程後，葳瑪點頭應道：「遵命。」然後和戴莉雅交接戴爾克的事情。例如夜裡的情況，隔了多久時間喝了多少的羊乳，才能預測接下來什麼時候要再喝羊乳，進行準備。

「因為現在沒有育兒經驗的灰衣巫女，若不想想以後收到嬰幼兒時的應對方式，往後會很難經營孤兒院吧。」

現在已經沒有在照料自己孩子時，會順便照顧孤兒的灰衣巫女了。而且想到孩子出生的背景，我也希望今後最好不要再增加。看來是該和神官長商量，討論今後收到孩童時的處理對策。因為總不能一直只麻煩我的侍從，造成他們的負擔。

「戴爾克不在，會好寂寞呢。」

戴莉雅說著，依依不捨地不停撫摸戴爾克，然後才交給葳瑪。

戴爾克去了孤兒院後，戴莉雅瞬間變得無精打采，羅吉娜的表情倒是有些如釋重負。兩人的反應正好呈現對比。

接著直到第三鐘響前，我都在練習飛蘇平琴，午飯之前的時間則和法藍一起幫忙神官長處理公務。吃完午餐，法藍和羅吉娜各自回到自己的房間休息。自從開始午睡後，羅吉娜和法藍也稍微恢復到了平常的生活步調。但是，還是看得出來很疲倦。

「你們兩人去好好休息吧。」

「梅茵大人，那我們暫行告退了。」

法藍和羅吉娜去午睡後，房內的侍從只剩下戴莉雅一個人。戴莉雅也已經打掃完了院長室，正在練習計算。我在辦公桌前做著紙版，等著路茲來訪。等沒多久，回奇爾博塔商會吃完午餐的路茲便帶著做好的玩具回來了。

「喏，梅茵，做好了。」

「哇啊，謝謝你！」

路茲搖晃著手上的搖鈴玩具，向我展示成品。搖鈴玩具塗上了偏暗的紅色，不知道兩個小寶寶會不會很開心。加米爾才剛出生沒多久，恐怕不會有明顯的情緒，所以我想先看看戴爾克的反應。

「我也向老爺訂了紙，所以隨時可以開始印繪本喔。」

「路茲，你工作效率好快！」

「我還差得遠呢。馬克先生說我不必要的動作太多了。」

在馬克的訓練之下，路茲正日漸展現出成果。雖然本人總說還贏不過馬克、班諾和萊昂，但在路茲這個年紀，真不知道他究竟想達到什麼程度。

「梅茵，別忘了向葳瑪拿紙版喔。工坊要開始準備印刷了。」

「嗯，交給我吧。」

送路茲離開後，我把其中一個搖鈴玩具收進自己的托特包裡，另一個拿在手上，呼喚人在一樓小客廳的達穆爾。

「達穆爾大人，我接下來要去孤兒院……」

「好，我知道了。」

我快步走向等在門口的達穆爾。達穆爾看了看我四周，表情變得嚴厲。

「喂，見習巫女，妳的侍從呢？怎能不帶半名隨從就外出。」

「……咦？」

我還以為有達穆爾跟著就沒關係，但看來護衛和侍從不一樣，不能算作是陪同的隨從。身為淑女，不能不帶侍從就離開房間。不得已之下，我只好叫來戴莉雅。

「戴莉雅，我現在要去孤兒院找葳瑪，請妳陪我同行。」

「梅茵大人，我……」

戴莉雅僵硬著臉龐回過頭來，把想說的話吞回肚子裡，不甘心地咬著嘴唇。雖然想說不要，但以她的立場不能拒絕。平常我會尊重戴莉雅的意願，但現在身為騎士的達穆爾正在等著，我不能這麼做。

「戴莉雅，只要到孤兒院前面就好，能請妳忍耐到那裡為止嗎？回程我會拜託葳瑪陪同。」

「……遵命。」

戴莉雅神色陰鬱地走在前面，在走廊上邁步。跟在戴莉雅身後，看得出來她的肩膀非常緊繃，腳步也很沉重。雖然因為戴莉雅背對著我，看不見她的表情，但現在肯定正痛苦地扭曲著吧。

走到孤兒院前面，戴莉雅立刻停下腳步。

「梅茵大人，那我先回去了。」

「喂，侍從，回去前先開門。難道要讓身為主人的見習巫女開門嗎？」

戴莉雅才想轉身離開，達穆爾厲聲喝斥。達穆爾是騎士，所以不能由他，也不能由我來打開孤兒院的大門。侍從的存在，就是為了讓主人不必做這些事。

聽到要她打開孤兒院大門，戴莉雅的臉色變得慘白，但看著表情依然嚴厲的達穆爾，只能萬不得已地走向大門。戴莉雅緊閉著眼睛，咬著牙關，用顫抖的雙手推開孤兒院的大門。

門扉發出「嘰嘰」的沉重聲響打開。門後便是孤兒院的食堂，並排著好幾張大桌子。更裡面可以看到一個大坐墊，一群灰衣巫女圍在四周。

聽到開門聲，灰衣巫女們一致轉過頭來。發現是我來了，所有人立刻背對坐墊上的戴爾克，在胸前交叉雙手下跪。

「梅茵大人，那我回去了。」

戴莉雅低聲說道，低垂著頭不想看見孤兒院裡的景象。

「嗯，抱歉勉強妳了。戴莉雅，謝謝妳。」

「哪裡。」

戴莉雅只回頭看了一眼戴爾克所在的方向，就要轉身離開。但下一秒，卻見戴莉雅瞪大眼睛，又一骨碌轉回來，突然衝向食堂裡面的坐墊。

「戴爾克！」

這時的戴爾克就要成功翻身，一半以上的身體跑到了坐墊外面。要是真的就這麼成功翻身，一定會從坐墊滾下來。戴爾克「唔、唔」地低喊著，扭過身體，就在他第一次成功翻身的同時，戴莉雅也滑行般地撲上前接住了他。

「討厭啦！戴爾克要是從坐墊掉下來受傷了怎麼辦?!妳們應該仔細看著他才對啊！」

戴莉雅橫眉豎目，把戴爾克放回坐墊中央。但她這麼說也是強人所難，畢竟青衣見習巫女來訪，大家必須下跪。我對寵愛戴爾克到不顧其他事物的戴莉雅搖搖頭。

「戴莉雅，反正妳現在也走進孤兒院了，不如就由妳照顧戴爾克吧？」

「啊?!」

聽到我這麼說，戴莉雅才驚覺自己站在什麼地方，瞪大了眼睛，急忙站起來。我把手上的搖鈴玩具拿給她。

「這是會發出聲音的玩具，我正想送給戴爾克，那就由戴莉雅給他吧。比起我給他，戴莉雅用這個玩具和他一起玩，戴爾克也會更開心吧。」

戴莉雅面帶猶豫，注視著手中的紅色搖鈴玩具。

「他現在應該可以看到紅色了……還是我給他比較好嗎？」

雖然我覺得第一個玩具由姊姊送給他比較好呢——我這樣說著，伸手想拿走戴莉雅手中的搖鈴玩具，她立刻高舉起手。她一舉高，我就拿不到了。

「那就由戴莉雅送給戴爾克了。葳瑪，方便和妳討論事情嗎？其他人也回去繼續照顧戴爾克吧。」

我走向可以看見戴爾克的桌子，開始和葳瑪討論事情，跪著的灰衣巫女們也紛紛重新開始行動。

「戴爾克，這是梅茵大人賜給你的玩具喔。看得到嗎？」

戴莉雅柔聲說道，拿著玩具在戴爾克眼前搖晃，發出噹啷聲響。戴爾克張著大眼睛，目不轉睛地看著左右晃動的玩具，顯然正用雙眼追逐著聲音與顏色。為了確認能不能給加米爾玩，我才想先看看戴爾克拿到玩具後的反應，看來是相當具有吸引力。從戴爾克的反應來看，加米爾拿到了一定也很開心。

「啊，好像看得見呢。」

「是對聲音有反應嗎？」

灰衣巫女們都沒有過與嬰兒接觸的經驗，興味盎然地觀察戴爾克和戴莉雅。聽見她們的話聲，戴莉雅像是又意識到了自己人在哪裡，面紅耳赤地瞪著我站起來。

「梅茵大人，我回院長室了！大家，戴爾克就交給妳們了！」

戴莉雅把搖鈴塞給其中一名灰衣巫女，便飛也似地跑出孤兒院。不過，既然戴莉雅已經進來過一次了，或許也能像葳瑪那樣慢慢習慣，不久也能夠踏進孤兒院吧。

葳瑪擔心地望著飛奔離開的戴莉雅。

「梅茵大人，戴莉雅沒事吧？聽說她很害怕孤兒院……」

「我也不曉得……但希望她會因為戴爾克的關係，慢慢習慣來這裡。戴莉雅是因為過去的記憶，才對孤兒院感到害怕，但她以前待的底樓已經不在了。」

戴莉雅以前一直在環境非常惡劣的底樓生活，直到受洗當天才搬到神殿長室，所以對底樓以外的孤兒院應該沒有任何記憶，頂多只是經過而已。希望她能實際感受到現在已經和以前的孤兒院不一樣了，習慣以後，至少可以出入食堂。

若不早點習慣出入食堂，戴莉雅會再也見不到戴爾克。因為等到戴爾克差不多可以一夜好眠，便會搬到孤兒院裡受洗前孩子們所住的房間。

「希望她可以不用與可愛的弟弟分開呢。」

「每天我去接戴爾克的時候，戴莉雅總是遲遲不肯放手，表情也很依依不捨吧？要帶走戴爾克的我好像變成了壞人呢。戴莉雅那麼疼愛戴爾克，要是再也見不到面，對兩人來說都是令人難過的事情，希望戴莉雅可以早日習慣來孤兒院。」

葳瑪微微一笑，臉色看起來並沒有羅吉娜和法藍那麼疲憊。

「葳瑪，是因為這裡還有其他人幫忙嗎？妳的臉色並沒有很糟呢。」

「因為我只有白天才要照顧戴爾克，也不是只由我一個人看著。但是，羅吉娜和法藍都是獨自一人在夜裡照顧戴爾克吧？我想一定很辛苦。」

不過，雖然葳瑪只有白天才幫忙照顧戴爾克，但大概是覺得葳瑪被戴爾克搶走了，聽說年幼的孩子中，有些人出現了行為能力倒退的現象。要哄他們睡覺的時候，一直黏著葳瑪，不肯讓她離開。

「葳瑪就像是孤兒院這個大家庭的母親嘛。有這麼多孩子要費心照顧，真是辛苦妳了。」

「因為我受洗前住在底樓時，曾有過得到母親疼愛的回憶，所以希望那些失去了母親的孩子們也能感受到母愛。如果孩子們能把我當作是母親就好了。」

葳瑪笑著說道，可以感受到她有多愛孩子們。能讓葳瑪負責管理孤兒院，我真的打從心底覺得太好了。

後來，我和葳瑪討論了繪本的事情。因為接下來要開始印新繪本，便請她把紙版交給我，還報告了彩色墨水已經完成，今後要請她畫出可以使用彩色墨水的圖畫。但因為還是採用和以前一樣的孔版印刷方式，所以必須每種顏色各做一張紙版。之後還預計製作蠟紙，所以可以畫出比以往更細膩的線條。

「梅茵大人，您真的非常愛書呢。居然接二連三地想出了這麼多新方法……我也會盡己所能畫出美麗的圖畫。」

「葳瑪，謝謝妳。」

討論完事情，葳瑪把紙版交給我的時候，大概也到了戴爾克肚子餓的時間。戴爾克開始咿咿呀呀哭鬧，但即使沒有葳瑪，灰衣巫女們也很快從底樓拿來羊乳，作起準備，顯然已經相當習慣。既然葳瑪不在，她們也能照顧戴爾克，那我最好快點回房。因為如果我繼續待在這裡，大家在行動時都會在意我。

「我知道大家都很辛苦，但戴爾克就麻煩妳們照顧了。葳瑪，不好意思，麻煩妳陪我走回院長室。」

對灰衣巫女們說完，我走出了孤兒院。

各自的主張

「討厭啦！」

返回院長室途中，突然聽見戴莉雅的大叫聲。自從戴爾克來了以後，戴莉雅的心情始終不錯，很少再聽到這麼歇斯底里的大喊，我和葳瑪面面相覷。

「聽起來是戴莉雅的聲音呢。」

「發生什麼事了嗎？」

「見習巫女，我們快點回去。」

在面露警戒的達穆爾催促下，我盡可能加快速度走回院長室，只見法藍和戴莉雅正在爭執不下。

「神官長根本不值得信任！」

「神官長當然值得信任。」

但比起口角，更像是戴莉雅單方面在咄咄逼人，難得的組合讓我眨了眨眼睛。

「法藍、戴莉雅，你們在吵什麼？」

直到我出聲為止，兩人似乎真的沒發現我回來了。法藍馬上回頭，慌忙賠罪，走過來迎接我。

「梅茵大人，歡迎回來。如此失態，真是萬分抱歉。」

和馬上恢復鎮定的法藍不同，戴莉雅往我跑過來，狠瞪著我怒吼：「梅茵大人，這到底是怎麼一回事?!」但是，我只是一頭霧水。

「呃……戴莉雅，妳在說什麼？」

「戴莉雅！怎麼能用這種態度對待梅茵大人！」

但戴莉雅不顧法藍的訓斥，抓住我的肩膀。

「要把戴爾克送給別人當養子是怎麼回事！」

「戴莉雅，我剛才已經說過好幾遍了，阿爾諾是來報告這件事情已經作罷了。快點放開梅茵大人。」

法藍繼續保持冷靜，拉開戴莉雅的手。但我還是不明就裡，完全狀況外。

……呃，誰來說明一下好嗎？

因為搞不清楚狀況，不知所措的不只我一個。送我回來的葳瑪見了法藍和戴莉雅的樣子，也眨著眼睛。

呃……這種時候該怎麼辦？對了對了，要問清楚兩人的主張。

想起了神官長從以前一直告誡我的事情，我稍微恢復了冷靜。環顧眾人後，我先對葳瑪說：

「葳瑪，謝謝妳陪我回來，妳可以先回去了。要是等聽完兩人的說詞再回去，會影響到孤兒院的運作。」

「我明白了。」葳瑪回答，走出孤兒院長室。但是途中還是因為在意法藍和戴莉雅，頻頻回過頭來。

「梅茵大人！」

「到二樓我再仔細聽你們說明。戴莉雅，妳先去泡茶吧。」

希望在煮沸熱水，小心慢慢泡茶的過程中，戴莉雅可以稍微平靜下來。懷抱著這樣淡淡的期待，我和法藍一起上樓。

上了二樓，只見羅吉娜有些恍惚出神，慵懶地坐在飛蘇平琴前面。眼神和我對上後，她才慢吞吞站起來。

「梅茵大人，歡迎歸來。」

「羅吉娜，妳知道發生了什麼事嗎？」

「不，我是被戴莉雅的聲音吵醒，詳細情況並不清楚。」

本來在睡午覺休息，卻被戴莉雅的怒吼聲吵醒了。羅吉娜變得十分寡言，雖然沒有表現在臉上，但心情多半十分惡劣。

「羅吉娜，妳回房間再休息一下吧。」

「恭敬不如從命。」

羅吉娜踩著蹣跚的步伐回去房間。我往法藍幫我拉開的椅子坐下，決定先聽法藍的說明。

「抱歉，我完全不明白是怎麼一回事。法藍，告訴我詳細情況吧。」

「戴莉雅從孤兒院回來時，半路上巧遇了要為神官長傳話的阿爾諾，兩人便一起來到院長室。當時我正在休息，接到戴莉雅的通知，才匆匆整理了服裝儀容，出來與阿爾諾見面。」

法藍和羅吉娜一樣，都是在午睡的時候被叫起來，而且不只是接待阿爾諾，還和吵起來的戴莉雅起了爭執。如果我在房間，就不需要叫醒法藍，單靠我和戴莉雅便能接待阿爾諾了。

「抱歉，都是因為我不在。」

「請別這麼說，即便梅茵大人沒有外出，阿爾諾來訪時都該通知我。」

法藍搖了搖頭。原來如果有神官長的傳話，不能只有我出面，法藍也必須在場一起聆聽。

「況且，阿爾諾確實只是為了傳話而來，所以並不麻煩。但戴莉雅會那麼激動，倒是出乎我的預料。」

法藍看著廚房的方向，輕嘆口氣。難得法藍露出了不耐煩的表情，可以知道面對戴莉雅的咄咄逼人是件多麼可怕的事。

「那麼，阿爾諾的傳話說了什麼？」

「他說神官長已經打聽過了有沒有人想收養戴爾克，但果然希望渺茫。」

依據法藍的說明，神官長真的照著我一開始的請求，幫忙尋找了願意收養戴爾克的對象。但是，雖然結果令人遺憾，也要我們不必沮喪，留在孤兒院好好撫養。以上就是阿爾諾傳話的內容。

當神官長告訴我，男孩子很難找到願意收養的對象時，其實我就已經死心了，也打算等到自己成為貴族的養女，再和戴爾克簽約。所以坦白說，連討論過要找人收養這件事，我都已經忘了一大半。

……神官長真是太克盡己職了。

聽完法藍的說明，我滿心佩服。然而，卻重新點燃了泡好茶水的戴莉雅的怒火。她有些粗魯地把杯子放在我面前，瞪向法藍。

「為什麼神官長會提出要讓別人收養戴爾克這件事?!」

從法藍的說明來看，我想阿爾諾和法藍都不知道戴爾克是身蝕。現在戴莉雅之所以這麼大發雷霆，主要也是因為在自己不知道的時候，竟然有過要把戴爾克送給別人當養子這回事。

我默默垂下目光。神官長說了，戴爾克是身蝕一事不能告訴任何人。現在必須隱瞞是因為戴爾克擁有魔力，才會尋找願意收養他的貴族，但是這樣一來，該怎麼向戴莉雅說明才好呢？

「像之前是梅茵大人和她的家人，現在又是我和戴爾克，拆散一家人是神官長的興趣嗎?!」

「我已經說過好幾遍了，神官長不可能有這種興趣！他自有他的考量。」

看來在戴莉雅心中，神官長已經變成了喜歡不斷拆散別人家庭的壞蛋。聽到她這樣說，也難怪十分尊敬神官長的法藍會忍無可忍，語氣也變得有些粗暴。

「戴莉雅。」

我深呼吸後，慢慢吐出一口氣，望著戴莉雅。

「現在孤兒院裡面沒有能夠照顧幼兒的灰衣巫女，所以是我拜託神官長，如果有人想收養戴爾克，對戴爾克來說也許會比較幸福。」

「什麼?!梅茵大人想拆散我們嗎?!」

戴莉雅立刻把矛頭轉向我。我搖頭否定。

「不是的。戴莉雅一開始也不想照顧戴爾克吧?那時會提出這個請求，是以誰也不想照顧戴爾克為前提。」

大概還記得自己說過的話，戴莉雅赫然張大眼睛，有些支支吾吾。

「但、但是，那只有剛開始而已啊。」

「沒錯，我去找神官長商量，也只有剛開始的時候。」

戴莉雅於是語塞，怒氣沖沖的模樣也停了下來。

「當時既沒有可以養育幼兒的灰衣巫女，我們也不知道要怎麼照顧。就算想請奶娘，也不會有人願意來神殿。對於晚上要照顧戴爾克的法藍和羅吉娜來說，又會造成他們很大的負擔，我才心想，希望有人會願意收養戴爾克。」

現在是因為會撥出時間午睡，戴莉雅也增加了幫忙照顧戴爾克的時間，一切都還應付得來，但一開始那幾天，所有事情都處在摸索狀態，真的讓所有人都身心俱疲。全看在眼裡的戴莉雅也很清楚這一點，雖然不滿地瞪著我，但只是噘著嘴巴嘟嘟囔囔，沒有真的說出來。

「是因為我開口這麼拜託，神官長才盡責地幫忙找了願意收養的對象。神官長一開始就告訴我，多半很難找到，所以我也不抱期待。但是，神官長還是盡力了。」

「……是這樣子啊。」

戴莉雅終於可以理解，放鬆了緊繃的肩膀。

「我也沒想到戴莉雅會這麼愛護戴爾克，所以事到如今，我反而很慶幸這件事情沒有下文。阿爾諾也傳話說了，今後就留在孤兒院裡好好撫養吧？」

「是的，神官長傳話說了，要我們不必沮喪，今後用心養育。」

法藍從旁補充。戴莉雅眨了好幾下眼睛後，又定定看著我，像是想要消除最後殘存的些許不安。

「……那麼，梅茵大人不會拆散我和戴爾克嗎？」

「當然。因為我很清楚戴莉雅有多麼愛護戴爾克，我自己也了解那種不想和家人分開的心情。」

「……太好了。」

戴莉雅如釋重負，撫著胸口吐氣。

「我絕對不要和戴爾克分開。因為，他是我的第一個家人。」

終於解開戴莉雅的誤會後，又過了十天。

可能是因為這是委託給約翰的訂單中最簡單的，又或者刺激了他的創造欲望，熨斗率先完成了。於是在開始印第二本繪本之前，我試著在紙版上塗了層蠟強化。既然沒有要刻字，那蠟就算塗得厚一點應該也沒關係。

「這樣子就可以印很多繪本了！」

看著塗上了蠟，提升了耐用度的紙版，我得意萬分地挺起胸膛說。路茲卻把頭一歪，環抱手臂。

「梅茵……神官長不是要妳一步一步慢慢來嗎？可以一下子就大量印刷嗎？」
「因為塗上蠟以後，就可以反覆使用啊。可以慢慢地、長時間地使用。」
「別把視線別開！」
雖然路茲又對我生氣，但關於插圖的紙版，我絕不退讓。因為文字部分總有天可以使用活版印刷，但圖每次都要重畫。
「這是為了讓葳瑪不用那麼辛苦嘛。可以重複使用比較好吧？」
路茲深知葳瑪每次畫好圖畫後，都要細心切割，所以板著臭臉，按著眉心說：
「……只有圖畫而已喔。」
於是只把插圖的紙版全上了蠟，我再交給吉魯。現在在梅茵工坊印書，已經可以全權交給吉魯和灰衣神官們掌管了。
自從可以把工坊交給吉魯負責後，路茲也變得比較有空閒時間，所以我最近都在路茲和達穆爾的陪同下，輪流一天去工坊和奇爾博塔商會，一天去神殿。現在義大利餐廳也開始裝設門扉和窗框，即將完工，所以還會和班諾一起去視察，也會去墨水工坊聽取海蒂的研究結果，整理成列表，十分忙碌。
「梅茵，妳怎麼突然不說話，在想什麼？」
「在想加米爾的事情。」
「又來了嗎？」
正忙得團團轉的我，此刻滿腦子全想著要怎麼為加米爾做玩具。聽孤兒院的人報告，戴爾克十分喜歡挖空木頭做成的搖鈴玩具，但每當他想自己拿，玩具就會掉到臉上，痛得嚎啕大哭。要是木頭做的玩具掉到了加米爾可愛的臉蛋上，一定會很痛，太可憐了，所以我想做給他沒有傷害性的玩具。

「路茲，我想要『鈴鐺』。」

「妳突然又要做什麼東西了？」

「如果有『鈴鐺』，就能製作布偶造型的搖鈴玩具，拿在手上玩喔。」

這裡雖然有鐘和手鈴這類可以發出聲音的金屬製品，但我從沒見過在日本十分普遍的圓形鈴鐺。雖然想發出清脆悅耳的鈴聲多半有難度，但構造並不難，應該能拜託約翰做出來。

「好，那我們去鍛造工坊吧。」

墨水工坊離鍛造工坊不遠。我興沖沖地前往鍛造工坊。

「你好啊。」

「歡迎光臨。喂～古騰堡！梅茵大人來了！」

從沒見過面的工匠一派稀鬆平常地朝著店內大喊「古騰堡」，看來是已經深植人心，甚至也不會拿來調侃了。即使約翰從店內走出來，無力反抗說：「別叫我古騰堡啦。」工匠也只是敷衍應和：「是是。」

「梅茵大人，今天有什麼吩咐嗎？鐵筆還沒有完成……」

刻字用的鐵筆我訂做了好幾種，還要一段時間才會完成吧。

「約翰，你要把這份工作交給其他學徒也沒關係，我想請你們做這種『鈴鐺』。」

我當場畫起鈴鐺的設計圖，約翰在旁邊看得興致勃勃。果然他們一般都是做手鈴造型的東西，沒有看過圓形鈴鐺。

「梅茵大人，這條裂縫是裝飾嗎？」

「不，是為了要能夠發出聲音，所以就算不是這個形狀也沒關係，請一定要割出缺口。也請不要割得太寬，讓裡面的珠子掉出來。」

我想裂縫的大小、金屬的厚度、內部珠子的大小和材質，都會讓鈴音產生巨大的差異，但這部分我並不是專家。只要做出類似的形狀，應該就能發出聲音。然後要做大一點的鈴鐺，再做一個小鈴鐺放在裡面。若不做成雙重鈴鐺，放進玩偶裡會發不出聲音。

「這個做起來確實不難……也是印刷用的工具嗎？」

「不，這個要用來做給小寶寶的玩具。」

我偶爾也會訂做印刷以外的東西啦──我嘛起嘴說，約翰笑得非常開心。

「因為跟書還有印刷無關的訂單，這還是第一次嘛。」

我還以為梅茵大人是個只對書感興趣的孩子──約翰說，顯得有些安心。雖然現在滿腦子都是加米爾的事情，但基本上我只對書感興趣沒錯。難得約翰這麼高興，暫時先讓他誤會下去吧。我正這麼心想，路茲卻馬上把他推回谷底。

「梅茵就是只對書感興趣沒錯，別以為你擺脫得了古騰堡這個稱號。」

「我知道，但讓我懷抱一下虛幻的美夢嘛。」

約翰露骨地表現出消沉的模樣，咳聲嘆氣。路茲更是落井下石：「約翰，你也得快點習慣梅茵的步調才行。」

「沒錯沒錯，像路茲就是很擅長監督我的偉大古騰堡喔！」

我說完，不知為何路茲也跟著約翰一起垮下腦袋。

……明明我是在稱讚路茲，真難懂呢。

「那今天直接回家吧。」

走出鍛造工坊，我才對達穆爾這麼說完，突然間鐘聲大作，通知居民現在發生了緊急情況。緊接著，東門上方出現一道紅光，是用魔導具發出的求救信號。

身為騎士的達穆爾最先對鐘聲和紅光作出反應。他的表情凌厲，瞪了一眼東門竄起的紅光後，立刻把我扛起來。

「事態緊急。」

達穆爾只丟下這一句話，就一路往我家狂奔。最近因為不得不陪著我在平民區到處亂跑，所以達穆爾穿梭在錯綜複雜的巷弄間已經沒有絲毫遲疑。路茲一頭霧水，一時間慌了手腳，但還是打算跟上達穆爾。

「路茲，我已經知道路了！看你要回家還是回店裡都行！」

對跑過來的路茲這麼說完，達穆爾繼續飛奔。平常我們會在水井廣場道別，但達穆爾今天卻扛著我直接衝上樓梯，敲了玄關大門。

「來了，請問哪位？……梅茵?!」

母親來開門後，達穆爾半是把她推開地逕自進屋，再把我放下來，然後神情肅穆，來回看向我和驚訝得眨著眼睛的母親。

「東門那裡發生了需要騎士團協助的緊急事態。」

「東門嗎?!」

「因為是細長的紅光，應該不是有人鬧事，而是發生了需要騎士出面判斷的狀況。但保險起見，直到確定見習巫女安全無虞之前，我暫時會留在這裡待命。」

突然有騎士上門，母親吃驚得瞪大眼睛，但理解了情況後，馬上點頭。

「梅茵就拜託您了。」

達穆爾站在玄關門前，以便隨時可以採取行動。這時加米爾哭了起來，母親走進臥室。我為有些氣喘吁吁的達穆爾汲了杯水。

「啊，見習巫女，真不好意思。」

達穆爾一口氣喝光了水，然後慢慢呼吸，平復呼息。繼續在達穆爾四周打轉也只會妨礙到他，所以我走向儲藏室，想看看家裡有哪些布料，要用來做放鈴鐺用的搖鈴布偶。

「白色布料有很多，那做兔子吧。」

找到了觸感柔軟的布料後，我回到廚房桌前製作模板，這時以前見過的那個白鳥魔導具穿透牆壁飛了進來。看到屋內突然出現白鳥，我嚇了一跳，但達穆爾只是朝著白鳥伸出手臂。白鳥立即往他的手臂降落，開口說話了。

「達穆爾，送見習巫女回神殿或回家後，與騎士團會合。」

男性的低沉嗓音重複說了三遍後，白鳥隨即一陣扭曲，變回了黃色魔石。達穆爾和神官長當時一樣，不知道從哪裡拿出了發光魔杖，敲敲石頭，嘀咕唸了些什麼。於是，魔石再度變回白鳥。

「現在已在見習巫女家中待命。我馬上回去。」

達穆爾說完揮下魔杖，白鳥便被牆壁吸收般消失不見。

「見習巫女，我要回騎士團了解情況。在我來接妳之前，絕對不能踏出家門半步，明白了嗎？」

「是。」

達穆爾告誡我連水井廣場也不能去，然後離開了我家。到底發生了什麼緊急事態？現在手邊完全沒有消息，所以我一頭霧水，但既然騎士團還要求達穆爾回去會合，我想可能是和我有關的事情。

「梅茵，騎士大人回去了嗎？」

餵完加米爾，母親神色不安地從臥室走出來。有騎士達穆爾在的時候，會覺得很安心吧。現在家裡只剩下我、母親、加米爾，萬一發生了什麼狀況，沒有人可以應對。

「是騎士團召喚他回去。表示騎士團的人認為達穆爾大人不需要留在這裡，所以是已經避免了糟糕的事態發生，或者已經結束了吧。」

我說完，母親才露出了稍感安心的笑容。

「所以是事情結束了才回去吧。太好了。」

在達穆爾帶消息回來之前，當天晚上父親先帶消息回來了。因為父親從春天開始在東門執勤，正好人在緊急事態的現場。

「爸爸，今天到底發生什麼事了？」

「嗯，是應該告訴妳一聲。」

吃完晚餐，父親輕舔般地慢慢喝著酒，告訴我來龍去脈。

「是外地的貴族大吵大鬧，要守門士兵讓他進城。」

今天是因為有外地的貴族想強行入城，才出現了緊急狀況。正如神官長先前說過的，今年春天開始，針對貴族的進出更改了許多規定。其中一條便是若無領主的許可，他領貴族不得入城。原本以往靠貴族之間的介紹就能入城，現在已經不行了。如果是領地內的貴族，早在冬天聚會上就親耳聽到了領主頒布的規定，但其他領地的貴族不可能知道規定有更改。所以被平民的守門士兵攔下後，當場勃然大怒。

「大概是早就料到了會有這種情況發生，所以大門這裡如果發生了與貴族有關的糾紛，就由騎士團出面解決。」

「哇，領主大人也想得很周到嘛。」

今天就是父親驅動了騎士團出借的求援用魔導具，喚來騎士團。父親說是一組成套的魔導具，只要用鑲有紅色石頭的榔頭敲打騎士團給的紅色石頭，就能發出求援信號。我想春天祈福儀式時，法藍他們搭乘的馬車中，應該也放了一樣的魔導具。

面對平民雖然可以肆無忌憚，但面對當地的貴族，外來者的氣勢總是矮了一截。聽了騎士團說明現在沒有領主的許可不能入城後，外地貴族雖然喋喋不休抱怨，但還是回頭離開了。

「貴族引發的糾紛，由貴族來解決是最妥當的。老實說真的幫了大忙。」

「可是，對方手上有這裡貴族的邀請函吧？明知道沒有領主的許可不能入城，為什麼還給了對方邀請函呢？」

「我也不知道。」

是春天之前就收到了邀請函嗎？明知道想不出正確答案，我還是偏頭思考。父親擺出無比正經的表情叫我。

「梅茵，妳要注意自己身邊的情況。之前神官長說過了吧？外地來的貴族有可能目標是妳。」

對於父親的提醒，我也正色點頭。

「爸爸會守在大門那裡，不讓危險的貴族進來，如果想闖進來，就會立刻叫來騎士團。妳也要小心別離開護衛身邊。」

大門、城市和女兒都由我來保護——父親這句話讓我非常開心，明明處在這種情形下，還是不由得綻開了笑容。

消失的兩人

隔天、再隔天，達穆爾都沒有來接我。因為還禁止我前往水井廣場，實在太無聊了，我只好窩在家裡，和多莉一起縫製要給加米爾的搖鈴布偶、構思第三本繪本的內容。多莉說她做好的搖鈴布偶，要送給珂琳娜的女兒睿娜特。

「我要在去探望珂琳娜夫人寶寶的時候拿過去。梅茵之後會去吧？」

「畢竟受了奇爾博塔商會那麼多照顧，總不能完全沒有表示，班諾先生也送了慶祝加米爾出生的賀禮嘛。」

等這次的風波平息，我打算去拜訪珂琳娜，多莉也打定了主意要一起去。剛出生的小女嬰一定也很可愛。我也有點期待歐托對女兒的寵愛會到什麼程度。

「不過……這個玩具是梅茵做的比較可愛呢。」

多莉低頭看著手中做好的搖鈴布偶，噘起嘴巴說。多莉做的動物類似白熊，我做的是兔子。因為白色布料裡面塞的是破布，和塞了棉花不一樣，表面有些凹凸不平。

「但針腳是多莉壓倒性獲勝呢。」

就像多莉說的，我做的搖鈴布偶雖然針腳不太整齊，但成品相當可愛。我為自己的成果志得意滿，多莉從旁邊探頭看了，卻輕輕聳肩說：

「梅茵，妳要是再不多多練習裁縫，以後會嫁不出去喔。」

「無所謂！我已經做好一輩子要奉獻給書的覺悟了！」

這一帶希望新娘要具備的條件，就是健康、做事伶俐和擁有出色的裁縫技巧。無論哪一項我都不及格，怎麼看都不可能找到對象，所以早就死心了。只要和麗乃那時候一樣，把書當成是我的情人，我就心滿意足了。而且與其要我嫁給某個人當妻子，每天筋疲力竭地縫製家人的衣服，我還寧願像現在這樣繼續做書、看書。

接下來再有鈴鐺就完成了。我正這麼心想，窩在家裡的第三天傍晚，路茲帶來了送到商會的鈴鐺。

「約翰把東西送來了。這些要用來做什麼？」

路茲說著，在掌心中滾動那幾顆鈴鐺。鈴鐺滾來滾去，發出了叮鈴叮鈴的可愛鈴聲。不愧是約翰，做得太棒了。

「鈴鐺要放進布偶裡面縫起來，然後搖晃布偶，就可以發出聲音了。」

為了不讓嬰幼兒誤吞進口中，鈴鐺一定要放進布偶裡面。布偶的眼睛和嘴巴，也都是縫了一條線而已。因為只剩下要放鈴鐺的預留缺口，所以在路茲的注視之下，搖鈴布偶馬上就完成了。

我試著搖晃後，布偶內部傳來了可愛的叮鈴叮鈴聲。大成功！

「加米爾，做好了喔。你聽得到鈴聲嗎？」

我在加米爾耳邊搖了搖兔子布偶，發出鈴聲，加米爾眨了幾下眼睛。因為加米爾的脖子還很軟，無法轉頭，但瞳孔有些晃動，尋找著聲音來源。

「好可愛喔！加米爾好可愛！」

看到加米爾對我做的東西有反應，我開心地咧開了嘴巴，結果下一秒加米爾就哭了。看來要成為受到弟弟喜愛的姊姊，還有很長一段路要走。

我一直待在家裡閉門不出，五天後的早上，法藍和達穆爾終於來接我了。

「梅茵大人，早安。」

「達穆爾大人、法藍，早安。」

「早安，見習巫女。」

我道完早安，達穆爾輕輕點頭，然後對因為值午班，還在家裡的父親說了：

「那我們帶見習巫女去神殿了。」

「麻煩您了。」

父親敲了兩下胸口，以士兵的敬禮方式回應達穆爾。達穆爾也回以相同的敬禮，接著神色嚴肅地又說：

「昆特，斐迪南大人託我傳話。現在因為領主去了中央，暫時不可能會頒發新的通行許可證，所以要小心也許會出現仿造的許可證。以上。」

「是！」

父親表情正經，收起下巴點頭。執行守門工作時的父親真是太帥了。

「那我出門了。」

「路上小心。」

在水井廣場和路茲會合，前往神殿。隨著越來越靠近神殿，我發現法藍的表情也越來越凝重。

「法藍，你怎麼了嗎？一直皺著眉頭……」

「稍後再向您稟報。」

因為不是能在馬路上談論的內容，法藍閉口不答，咬著牙關。

「等妳到了神殿自然會明白。」

我抬頭看向這麼說的達穆爾，但他只是面帶著貴族特有的沉穩微笑，讀取不出任何的情緒變化。

「那我走了，今天要去森林。」

「嗯，麻煩你了。」

如同往常和路茲在工坊門前道別，走向院長室。我表現出貴族千金應有的樣子，等著法藍為我開門，然後走進屋內。發現屋內的氣氛和平常不一樣，我眨了眨眼睛。

「……好安靜喔。」

屋內感覺異常安靜。平常都會聽到戴爾克和戴莉雅逗弄戴爾克的聲音，房裡也感覺得出有好幾個人的動靜與氣息，今天卻完全沒有。屋內安靜到了廚師們在廚房工作的聲響甚至清楚地傳到小客廳來。

是戴爾克在睡覺嗎？我這樣想著，小心著不發出腳步聲，走上二樓，卻看見羅吉娜在擦拭桌子。為免手指受傷，院長室的雜務基本上都是由戴莉雅負責，羅吉娜只負責音樂和文書方面的工作，現在卻動手在做事情，我隱藏不住臉上的困惑。

「羅吉娜，早安。戴莉雅呢？她身體不舒服嗎？」

我環顧了房間一圈問道。羅吉娜先是垂下雙眼，然後放下抹布，走向衣櫃。

「戴莉雅已經離開這裡了。和戴爾克一起去了神殿長身邊。」

「咦？」

因為太過突然，我一時間無法理解。我腦袋一片混亂，仰頭看向羅吉娜。羅吉娜拿著青衣，游移著視線在想要怎麼說明，然後露出哀傷的微笑。

「梅茵大人，在說明之前先替您更衣吧。否則法藍無法上樓來。」

穿上羅吉娜拿來的青衣見習巫女服，她再請我坐下。接著羅吉娜搖響桌上的手鈴，法藍便端著泡好的茶水上樓，將茶杯放在我面前。本來法藍泡的茶非常美味，我喝了一口，卻喝不出半點味道。放下杯子，看向兩人後，羅吉娜開口說了：

「是昨天發生的事情。我和法藍都去午睡，醒來的時候，我發現房內給戴爾克用的坐墊和尿布等東西全部不見了。再加上戴莉雅也不見蹤影，於是我心生不安，便去孤兒院尋找戴莉雅和戴爾克，戴爾克卻也不在孤兒院。我問了葳瑪，她說是戴莉雅告訴她，『因為是家人，所以要帶他離開』，便把戴爾克帶走了。」

看到害怕孤兒院的戴莉雅為了戴爾克，提起勇氣來到孤兒院接他，葳瑪因為想表示支持，便依言把戴爾克交給了戴莉雅。事後葳瑪說她作夢也沒想到，我的侍從竟然會把戴爾克帶到我房間以外的地方去。

「接到羅吉娜的通知，我便向神官長請求晉見。因為青衣見習巫女的侍從在神殿內突然消失，我認為必須向神官長通報，並且展開搜索。」

法藍緩緩吐了口氣。要是戴莉雅在主人不在的時候，被捲進與青衣神官有關的麻煩中就糟了。法藍這樣心想著，在去找神官長的半路上，卻看見戴莉雅和神殿長走在一起，懷中還抱著戴爾克。他本想當場質問戴莉雅，但被神殿長阻止，在向神官長報告了這件事後，才聽說了後來的情況。

「可是，要怎麼帶戴爾克去神殿長那裡呢？先不說曾是神殿長侍從的戴莉雅，但戴爾克是孤兒，應該不能離開孤兒院吧？」

之前我要找神官長商量的時候，就被告誡不能帶戴爾克離開，神殿長還是那種因為不體面，就覺得孩子們都該關在孤兒院裡直到受洗才能出來的人，現在卻讓孤兒戴爾克進入貴族區域，未免太奇怪了。

我提出疑問後，法藍垂下目光。

「……戴爾克已經不是孤兒了。」

「咦？」

「神殿長已經運用自己的權限，讓貴族收養了戴爾克。」

就算沒有我孤兒院長的，也沒有神官長的簽名，只要有神殿長的簽名，還是可以收養孤兒。但是，那是在收養人為平民的前提下。

「可是，貴族要收養養子，需要經過領主大人的同意吧？今天早上達穆爾大人才說過，現在領主大人不在，不可能頒發新的許可……」

「神官長說了，對象若是領地外……也就是外地的貴族，要收養養子並不需要此地領主大人的許可。」

不管到了哪個世界，真的到處都有人擅長鑽法律漏洞呢。即便是以他領格式簽訂的契約，只要有養父、養子、神殿長的血印，文件一樣具有效力。戴爾克已經成了他領貴族的養子。

「……這好像不是值得高興的事情呢？」

「是的，神官長也十分頭疼。」

法藍也像神官長那樣皺著眉頭，環抱手臂。然後，他慢慢抬起頭來，直視我的雙眼。

「梅茵大人，請您捨棄戴莉雅吧。我知道梅茵大人情深義重，但是，完全沒有向主人事先報備，擅自行動，還做出了對主人不利的事情，不能再留戴莉雅為侍從了。既然她要待在神殿長身邊，您必須解去她的職任。」

直到我宣告解任為止，戴莉雅都算是這裡的侍從。原本在搬去神殿長室之前，也該事先稟報一聲——羅吉娜也十分氣憤。

假使是剛成為侍從那時候也就算了，最近我還自以為和戴莉雅相處得很融洽，所以現在她突如其來的倒戈更讓我心痛。為什麼——這個念頭不停在心裡打轉。注視著茶水表面搖曳的波紋，我開口說了。

「……我會解去戴莉雅的職任。我有話要對她說，叫她過來一趟吧。」

大概是以為我對於解任一事會表現得更加抗拒，法藍緊繃的臉孔有些放鬆下來：

「遵命。」他在胸前交叉雙手後，離開房間。

談話就此告一段落，我再度拿起眼前的茶杯。剛才還喝不出味道的茶水，這次卻苦得令人難以下嚥。

法藍帶著戴莉雅一起回來了。相較於表情怏怏不樂的法藍，戴莉雅簡直是滿面春風。她飄逸著一頭紅髮，走上前來的腳步也非常輕盈。

「梅茵大人，早安。您找我要說什麼事情呢？」

戴莉雅臉上沒有絲毫歉疚。看著她一如往常的表情、一如往常的語氣，我感到暈眩。甚至產生一種錯覺，該不會戴莉雅和戴爾克其實並沒有搬去神殿長那裡，可能是哪裡搞錯了吧？戴莉雅的態度讓我忍不住愣在原地，但看見站在桌旁的法藍和羅吉娜都神色僵硬，我才回過神來，搖了搖頭。

「戴莉雅，我聽說妳回到了神殿長那裡……」

「是呀。」

戴莉雅的臉龐發亮，歡欣雀躍地向我報告。

「之前神官長想幫戴爾克尋找收養的對象，結果卻沒有找到，我向神殿長稟報了這件事情後，明明神官長找不到，神殿長卻一下子就找到了！而且收養的人還是貴族喔。」

很了不起吧！戴莉雅這麼說時的表情得意萬分。

「因為如果要請這裡的貴族收養，需要領主大人的同意，不能馬上收為養子，所以神殿長找了其他領地的貴族。神殿長的人脈果然就是不一樣！」

「但如果是他領的貴族要收養戴爾克，戴莉雅不就不能和他一起生活了嗎？」

他領貴族並不會馬上帶走嗎？還是也會一起帶走負責照顧戴爾克的戴莉雅？神殿長找來的對象，並不需要經過領主的同意。總覺得事有蹊蹺，我的臉色變得沉重，戴莉雅卻呵呵直笑。

「戴爾克會先託付給神殿長撫養長大，直到他成年為止喔。戴爾克已經不是孤兒了。還賜給了他一間神殿長室裡侍從用的房間，我可以和戴爾克住在一起了。」

……這樣子不太對勁吧？

如果要在神殿內撫養戴爾克直到成年，那即使戴爾克成了貴族的養子，也無法去貴族院就讀，也無法像家人一樣與對方相處吧。那位貴族究竟是為了什麼要收養戴爾克呢？如果目標是魔力，那讓戴爾克留在神殿長身邊長大更是莫名其妙。聽了越多，我越感到不安，戴莉雅卻笑得十分開心，臉頰都泛紅了。

「這樣子就算戴爾克長大了，我們也不會被拆散。待在梅茵大人這裡，身為侍從的我很快就要和戴爾克分開來住了。」

看來對於還去不了孤兒院的戴莉雅來說，若分別住在孤兒院長室和孤兒院生活，就等於是徹底的分離。的確，就算戴莉雅敢去孤兒院了，也不能夠住在一起，等戴爾克受洗後搬到男舍，要見面更是難上加難。只一心想著要和戴爾克一起生活，不顧一切魯莽前進，面對這樣的戴莉雅，我又能說些什麼呢。

「你們兩個人在那邊都沒有受到委屈吧？」

「是的，當然！」

目前神殿長好像只對戴莉雅表現出自己和善的一面。既然神殿長只在戴莉雅面前展現老好爺爺的面貌，那不管我說什麼，她都不會相信吧。我注視著大力點頭的戴莉雅，慢慢深呼吸。

「那麼，我就此宣布戴莉雅不再是我的侍從。今後對我來說，妳就是神殿長的侍從了，沒問題嗎？」

「遵命……梅茵大人，如果您話都說完了，我想回去戴爾克身邊了。近日內戴爾克的養父大人也會來訪。」

明明我是抱著吞了鉛塊般的心情在宣布解除侍從一職，遭到解任的戴莉雅卻好像一點感覺也沒有，只想快點回到戴爾克身邊，整個人心浮氣躁。

「抱歉叫妳過來。但是，因為你們兩人完全沒有知會一聲就突然消失，法藍和羅吉娜還找了你們好一陣子。在孤兒院幫忙照顧戴爾克的葳瑪、從工坊回來後看到房間空無一人的吉魯，還有今天早上才聽說這件事的我，真的都嚇了一大跳，還擔心戴莉雅和戴爾克是不是出了什麼意外。妳應該至少要留下一些隻字片語吧。」

雖然沒有口出惡言，但我忍不住在最後埋怨說道。戴莉雅回想了自己的所作所為，露出了想蒙混過關的乾笑。

「……因為神殿長說，如果梅茵大人知道我要帶走戴爾克，一定會反對，所以這件事情才偷偷進行。對此我是應該道歉，非常對不起。」

看來她也知道我會反對。戴莉雅別開視線，辯解是神殿長要她這麼做。

「那麼，照顧戴爾克可能會很辛苦，但妳加油吧。」

「是，我告退了。」

戴莉雅帶著明朗的笑容，回到了戴爾克身邊。本人覺得幸福就好，雖然我無法預見美好的未來。

「……戴莉雅和戴爾克真的不會有事嗎？」

「這是戴莉雅自己的選擇，戴爾克也不再是孤兒了，我們已經無能為力。」

「……說得也是呢。」

羅吉娜說得毅然決然，我也慢吞吞點頭。

但是，要是可以幫助他們的話——內心正這樣思考時，法藍在我身旁跪下，握住我的手，認真的雙眼往上注視著我。

「梅茵大人，請您務必小心，今後就算戴莉雅請您過去，您也絕對不能主動去見神殿長。」

我眨了眨眼，法藍神色不安地又說：

「剛才我去叫戴莉雅的時候，神殿長費盡唇舌要我請梅茵大人親自前往。是我再三重申，主人怎能為了侍從特別移步，才把戴莉雅帶出來，但神殿長的改變十分駭人。」曾經說過不想看到我、絕不能讓我進入神殿長室的神殿長，現在卻要法藍帶我過去。為了解除戴莉雅的職任，要我前往神殿長室。法藍認為這樣的改變令人發毛。確實是很不尋常。

「此外，關於前些天東門發生的紛爭，給予他領貴族邀請函的，正是神殿長。」

騎士團循著邀請函上的名字，前來向神殿長詢問詳情。聽說神殿長只是避重就輕，說是為了加深交流，但神官長從這陣子發生的事情，推測神殿長可能是為了戴爾克的收養一事，才邀請他領貴族入城。

「但明知道沒有領主的許可不能入城，神殿長為什麼還給了對方邀請函呢？」

「好像是因為神殿長並不知道此事。」

我不明就裡地偏過頭。法藍神色尷尬，稍微壓低音量說了：

「冬季期間，神殿長為了奉獻儀式，一直待在神殿。也因為並非是正式的貴族，很少受邀參加冬季的社交活動，所以才不曉得規定有所更改。」

神殿長嚴格說來不是貴族，所以未被邀請去參加貴族們在過冬期間舉辦的社交活動，也才不知道領主當場頒布的新規定，因此和以前一樣，邀請了外地的貴族。

「神殿長讓外地的貴族收養戴爾克，卻又要留在自己身邊撫養長大，我們誰也不知道他究竟在想什麼。梅茵大人，請您在採取任何行動時務必小心。」

可能是在擔心我，法藍的手有些顫抖。我回握住他的手，用力點頭。

擴人未遂

「梅茵大人，您要不要招納新的侍從替補戴莉雅呢？」

「有必要馬上招納嗎？」

和冬季不同，我現在並不住在神殿，工作量應該沒有多到需要馬上招人進來替補戴莉雅。

「我認為早點招納比較妥當。」

法藍說現在戴爾克不在了，他晚上也能安穩睡覺，只要由他和吉魯負責勞力工作，一切都還可以維持運作，但羅吉娜並不想從事會傷及手指的雜務，所以早晚需要招納替補人員。

「但若要我說真心話，我認為直到現在還在擔心戴莉雅的梅茵大人，太容易受到情感左右了，所以若能讓您把投注在戴莉雅身上的關心，轉移到其他人身上，我們也會比較安心。」

被法藍指出自己還太天真的地方，我不禁語塞。看來是待在有些冷清的房裡，我不自覺尋找起戴莉雅身影的樣子，被法藍看見了。法藍說得沒錯，與其一直擔心已經離開的戴莉雅，別讓法藍和羅吉娜為我擔心，才對未來更有幫助。我輕呼了一口氣，垂下視線。

「……那如果要招納新的灰衣巫女，就是莫妮卡和妮可拉了吧？」

莫妮卡和妮可拉，是冬季期間一直在協助艾拉料理三餐的助手。我知道兩人在葳瑪的推薦下，來到這裡後一直很辛勤工作，而且不只院長室的雜務，也能請兩人擔任廚房的助手。

其實義大利餐廳即將完工，除了艾拉，其他廚師都會轉去餐廳工作。因為艾拉認為待在這裡可以學到更多食譜，所以選擇留在這裡，我也和班諾談好了。當班諾送來新的廚師，艾拉也要負責指導。她和莫妮卡及妮可拉也都很熟悉彼此了，我想工作起來會比較輕鬆。

「莫妮卡和妮可拉嗎？梅茵大人，同時收兩個人沒問題嗎？」

法藍十分了解院長室的財務狀況，擔心地悄聲問我。有些季節確實財務狀況會比較拮据，但現在冬天手工活也收到了追加的訂單，只要接下來的繪本也順利賣掉，應該就不用擔心。

「因為兩個人冬季期間都很努力吧？要是只從中選一個人，往後冬天就會不好意思請另一個人來幫忙，既然要招納，那就兩個人一起吧。」

「還顧慮到灰衣巫女的心情，其實梅茵大人大可不必介意……」

羅吉娜苦笑說道，但明知道待在孤兒院生活，和成為侍從以後的待遇會截然不同，我很難只從中選擇一個人。

「比起戴莉雅，這兩人擔任侍從更讓人放心呢。要去通知兩人嗎？」

「是啊。兩人應該都沒有過擔任侍從的經驗，考慮到還要花時間指導，早點通知她們比較好吧。法藍是負責指導的人，你覺得呢？」

我想趕在義大利餐廳開幕、廚房的人手變少之前，先讓兩人學會院長室的雜務。但是，因為不想讓手指受傷的羅吉娜無法為兩人示範，所以屆時得由法藍或吉魯教導兩人怎麼做雜務。法藍若沒有多餘的時間，教育這部分便會有困難。

「現在文書工作已經可以交給羅吉娜，所以多少有些空閒時間。」

「那記得通知葳瑪，明天去一趟孤兒院吧。」

決定好了明天要做的事情時，大門傳來了敲門聲。

因為我的侍從們會自行進來，神官長和侍從等神殿裡的人員會使用手鈴。會敲門的，只有平民的路茲與多莉。

「是路茲嗎？可是離回家的時間還有點早呢。」

第五鐘響後，才剛過沒多久。法藍下樓前往迎接，我走到樓梯旁俯瞰一樓。

達穆爾帶著警戒的神色開門，果不其然是路茲。但是，不只路茲而已，多莉也一起來了。

「兩位請進。」

法藍邀請兩人入內，正要關門，不遠前方又傳來了吉魯的大叫聲：「等一下！」法藍開著門等待，吉魯氣喘吁吁地跑了進來。

「多莉，妳怎麼來了？」

「我來接妳啊。一起回家吧。」

多莉看著我跑下樓梯，露齒一笑。

「妳現在不是很危險嗎？梅茵就由我來保護！」

多莉拍著胸口說完，吉魯為了較勁，也從旁邊跳出來，立正挺起胸膛說：

「我也會保護梅茵大人！因為我是她的侍從啊！」

「你們兩人的心意我很高興，但接送的人變多了好像不好吧？」

我仰頭看向得護送這麼多人的達穆爾，他無奈聳肩。

「……護衛對象增加了反而危險。」

「對吧？但他們畢竟是擔心我，今天只好先拜託你了，達穆爾大人。我會請多莉不要再過來。」

已經來了也沒辦法。雖然比往常早了一點，但決定大家一起趕快回家。我在羅吉娜的協助下換好衣服，迅速做好回家準備。

「法藍，再麻煩你聯絡孤兒院了。今天我要早點回家。」

「遵命。期盼您及早歸來。」

離開神殿，前面是路茲和吉魯，接著是我和多莉，達穆爾走在我後面，一行人浩浩蕩蕩地在大馬路上前進。

「多莉，妳的心意我很高興，但妳下次不能再來接我了喔。」

我邊走邊提醒多莉。

「為什麼？」

「因為發生危險的時候，如果只有我一個人，達穆爾大人還保護得了我，但要是多莉也在，有時候他會沒辦法保護兩個人。」

雖然達穆爾是騎士，但能力還是有限。而且達穆爾身為我的護衛，發生緊急狀況時，當然是最優先保護我的安全，不一定會救多莉。逃跑時可能會撇下多莉，甚至有可能把她當成誘餌。

「所以要是真的發生了什麼情況，反而是多莉更加危險。」

「……我知道了。」

多莉鼓起腮幫子，一臉不滿地看著我。「明明我也可以保護梅茵……」但就算露出那麼可愛的表情，不行就是不行。自己就算了，但我無法容忍多莉有可能遇到危險。

一路經過中央廣場，朝著工匠大道筆直南下，往住家的方向轉彎。從大道彎進人煙稀少的小巷，走沒幾步路後，忽然看見歐托。他看來像是正在巡邏，手上拿著狀似長槍的武器，邊走邊左右張望。

「歐托先生，好久不見了。」

「梅茵！」

一看到我，歐托的臉亮了起來。

「原來妳沒事，太好了。這下子班長不會把我痛打一頓了。」

劈頭第一句話就是「原來妳沒事」，感覺一定出了什麼狀況。難道歐托做了什麼會被父親痛打一頓的事情嗎？

「……歐托先生，難道你做了什麼不該做的事情嗎？」

「不是我，是東門的守門士兵和士長。」

歐托說完聳聳肩。歐托都負責在室內處理文書工作，不會站在大門守門，但現在因為東門的士長和守門士兵犯下了父親想痛揍他們一頓的失誤，才不得不出來幫忙收拾爛攤子。

「今天中午過後，班長說是有重要的事情要通知，除了東門的士長以外，聯絡了各門的士長往城中集合，事情就發生在那時候。」

「咦？」

我聽了瞪大眼睛。該不會父親要通知的重要事情，就是「現在領主不在，不可能頒發新的許可證」這件事吧？內心油然升起非常不祥的預感。

歐托說父親雖然值午班，但在距離交接還有大把時間之前，就提早去了工作崗位所在的東門。然後馬上和東門士長談話，請他召集了各門士長，前往城中集合。父親向各門士長轉達了達穆爾所說的領主現在不在，以及可能會有人偽造許可證後，便回到東門。

「但是班長回到東門的時候，貴族的馬車早已經通過了。因為東門士長並沒有往下傳達任何指示，所以守門士兵誰也沒想到許可證可能是偽造的。後來到了班長交接的時候，他才知道居然發生了這種疏失。班長對士長大發雷霆，說他怎麼沒把這麼重要的事情傳達給所有士兵。剛才班長已經跑去神殿確認妳的安危，你們沒碰到嗎？」

比起有沒有碰到父親，有貴族的馬車通過了這句話更讓我不由得抬頭看向達穆爾。達穆爾睜著雙眼，也是一臉不敢置信。

「讓馬車通過了嗎?!難道是前陣子的……？」

「沒錯，你消息很靈通嘛。就是那個貴族。現在除了守門士兵以外，已經動員了所有東門的士兵出來尋找，但還沒有找到馬車，不曉得是不是已經去了貴族區。」

但進入貴族區的北門有騎士守著，應該馬上會發現吧——歐托歪過頭說。明明是領主下令禁止他領貴族進入城市，士兵之間卻好像完全沒有危機意識和緊張感。

「你們已經聯絡騎士團了嗎?!」

達穆爾怒吼道，眼尾都往上倒豎了。歐托卻無法馬上回話，「嗯……」地支著下巴陷入沉思。

「這我也不曉得。不知道士長通知了嗎？因為班長馬上就衝了出去，所以說不定還沒有。」

「你們這些笨蛋，應該要馬上通知！」

達穆爾怒斥幾乎沒有危機意識的歐托，立刻拿出發光魔杖，發射了代表求援信號的紅光。看到魔杖，歐托吃驚得整個人愣住，喃喃說道：「咦？是貴族大人……？」

這下子騎士團就會趕來了。我稍微安下心來，仰頭注視著高高竄上天際的紅光，這時眼角餘光中的多莉突然消失不見。

「咦？多……」

但還來不及回頭，就有什麼東西冷不防覆蓋住我，視野變作一片黑暗。接著我感覺到身體懸空，整個人開始左搖右晃。

「嗚呀?!」

有人正用手按著我的背部和腳，所以可以知道我被人扛起來帶走了。我慌忙掙扎，手卻只摸到了粗糙的布料，身體幾乎無法動彈。光線從布料的織線縫隙間隱隱約約地透進來，所以應該是用麻布袋那類的東西套住了我，再把我扛在肩膀上。

「救、救命……」
「梅茵！多莉！」
「快把兩人還來！」
黑暗之外傳來了路茲和達穆爾的怒吼，然後是好幾道追上來的腳步聲。聽起來多莉也一起被擄走了。我好像聽到了多莉的尖叫聲。大馬路上的嘈雜聲離我越來越遠，顯然歹徒是往巷弄間奔跑。
「班長！梅茵在那個袋子裡！」
「你們對我女兒做什麼！」
忽然間我聽見歐托大喊，接著是父親的咆哮，然後我的身體轉了一大圈。多半是為了抵擋父親的攻擊，把我丟了出去。在一片漆黑的視野中，我根本無法知道自己發生了什麼事，直接摔在石板路上，全身上下都受到衝擊。
「好痛！」
「梅茵?!」
「梅茵大人！」
路茲和吉魯焦急喊道，同時袋子被人用力一拉，我跟著坐起來。一片黑暗中還分不清楚東南西北時，又有人一骨碌抽起麻布袋，視野忽然變得無比清晰。因為突然從黑暗中回到光明，我的雙眼直冒金星。
眨了幾次眼睛，熟悉亮光後，我坐在地上環顧四周。路茲和吉魯正低頭看著我，達穆爾背對著我站在右手邊，保護著我警戒四周，還有拿著武器狠狠咬牙的父親，歐托則在他前面。

「多莉呢?!」

「在那裡……」

吉魯的紫色雙眼燃燒著不甘與怒火，緊盯著前方被當作人質的多莉。有個男人正用小刀抵著多莉，試圖逃跑。多莉倒抽了一大口氣，視線固定在眼前的小刀上，害怕得不敢動彈。

「不、不要……」

終於，我的雙眼清楚對焦在了面無血色、眼泛淚光又發著抖的多莉身上。瞬間我的理智立刻斷線，全身血液跟著沸騰，魔力流向全身。

「梅茵?!」

「梅茵大人?!」

我緩緩站起來。儘管身體熱得快要沸騰，大腦卻很冷靜，這種感覺十分熟悉。

這一年來我一直在神殿進行奉獻、舉行儀式，好像比自己想像的更能夠熟練地操縱魔力了。神殿長那時候，我的威懾會影響到出現在視野裡的所有人，但現在已經可以明確鎖定目標。

「喂，你想對我家多莉做什麼?」

我狠瞪著手持小刀威脅多莉的男人，只見他的臉色逐漸出現變化。原本他的臉孔在憤怒和激動下脹得通紅，現在卻恐懼得開始發青，緊接著更像是停止了呼吸般從醬紫色轉成烏黑。男人微微動了動身體，想要逃離我的威懾，但可能是無法動彈，僵硬臉孔上的雙眼瞪得極大。

「不想死的話，馬上把你的髒手從多莉身上拿開。」

置身在時間的流動變得非常緩慢的感覺中，我注視著嘴角吐出白沫，全身開始顫抖的男人，慢慢增強釋放出的魔力。

「嗚……啊……」

就在男人微微抽動了嘴角的那一瞬間，刀子「咻」的一聲劃空飛過，刺中了男人抓著多莉的上手臂。

「咦？」

我驚訝地眨了眨眼睛，恢復理智，與之同時父親握著短劍衝向男人。受到威懾無法動彈的男人根本沒辦法閃躲，挨了父親一劍。

「嗚啊！」

男人厲聲慘叫，鮮血往上飛濺，又被父親用力一撞後，多莉從扭打的兩人之間跌了出來。

「多莉！」

「妳沒事吧?!」

吉魯和路茲立即跑向多莉，用袖口擦去濺到她臉頰上的鮮血。

「好、好可怕……」

我也想要跑向癱軟在地的多莉，但才踏出一步，忽然注意到眼角餘光中有什麼發出了亮光。扭過頭一看，發現除了在和父親打鬥的那個男人外，另外一個應該就是剛才想擄走我的男人，手上的戒指迸出了光芒。我瞬間明白到是魔石戒指得到了魔力後在發光，立刻大聲提醒在給予男人最後一擊的父親。

「爸爸，快閃開！」

父親才剛回頭，達穆爾便咆哮喊著：「昆特，讓開！」將父親猛力撞開。

「唔?!」

撞開父親後，達穆爾的左手上立即浮起了像是盾牌的東西，彈開了筆直飛來的魔力光束。可能沒料到魔力會被彈開，使出攻擊的男人狼狽地看著達穆爾，開始後退。

「昆特，對方有魔力，這裡就交給我！你們快回神殿通知斐迪南大人！」

「了解！歐托，你抱著梅茵！」

父親應著，伸長手臂抱起腿軟不動的多莉，朝著大道疾速狂奔。路茲和吉魯也反應過來，跟上父親。歐托打橫抱起我，奔馳在大道上再度返回神殿。

「梅茵，妳流血了……」

歐托邊跑邊心疼地皺著臉龐。循著歐托的視線看去，只見我的膝蓋往小腿流下了一道鮮血。

「應該是剛剛被丟在地上的時候吧。」

剛才因為太過激動，完全感覺不到疼痛，但現在一看到傷口，馬上覺得有股痛意襲來。看著自己的血，我想起了男人方才噴起的鮮血。

「……歐托先生，現在算是非常危急、需要請求援助的情況吧？」

以扛著多莉的父親為首，路茲和吉魯也穿梭在大道的人群間向前疾奔。看著這副情景，我問歐托，他幾近尖叫地咆哮：
「不然還能是什麼情況?!」
「我只是想確認現在求救會不會被罵。」
我用大拇指按向自己膝蓋上的傷口，抹了鮮血，再拉出一直戴在身上的項鍊，往黑瑪瑙般的黑色石頭按下血印。
黑色石頭僅一瞬間發出金色光芒，但隨後只是內部出現了一道搖曳的金色火焰，除此之外並沒有發生任何事情。這是種會向齊爾維斯特捎去聯絡，抑或是可以標示我位置的發信器型魔導具嗎？雖然蓋了血印，我還是一頭霧水。
「那是什麼？」
「護身符。好像是如果我身陷險境，會有人趕來救我。」
在不明白魔導具的用途下，我再次把項鍊收進衣服裡。我們也在此時來到了奇爾博塔商會門前。
「多莉、路茲，你們和歐托一起留在他家待命。」
父親在店門口放下多莉，立刻下達指示。路茲喘著大氣，抬頭看父親。
「昆特叔叔，我也……」
「不行，你太礙事了。」
在路茲說出自己也想一起去之前，父親便厲聲拒絕。
「可是吉魯也會一起去啊。」

「吉魯是神殿的人，但你不是。」

我們不需要無法戰鬥的人——父親冷酷地駁回了路茲的請求，銳利的眼神看向把我放下來的歐托。

「歐托，多莉就拜託你了。我要帶著梅茵去神殿。」

「班長、梅茵，你們千萬小心。」

歐托握拳彎起手肘。父親也同樣握拳，彎起手肘，輕敲向歐托的拳頭。

「放心吧，騎士團開始行動了。」

父親肅穆的表情依然不變，舉起拳頭示意上空。以魔石變成的騎獸飛過空中。這些騎獸肯定正往達穆爾飛去，馬上就能會合吧。

「梅茵，走吧。」

父親抱起我，朝著神殿繼續狂奔。

他領貴族

父親抱著我跑回神殿，不知為何卻看見法藍已經待在大門那裡等著了。明明根本沒時間通知我要回神殿，為什麼法藍會在大門？

「法藍？你怎麼在這邊的大門，發生什麼事了嗎？」

「我從窗戶看見了向騎士團求援的紅光，才猜想梅茵大人有可能會回來。」

但沒想到您真的回來了。法藍說著，環顧我們一行人。沒看見本要一起回家的路茲和多莉，父親又取代了達穆爾，法藍馬上明白出事了吧。

「法藍，我們要找神官長……」

「神官長現在不在。」

「……咦？」

「詳細情況等回院長室再說吧。吉魯，不好意思，請你在這裡等達穆爾大人回來，並轉告他別前往神官長室，直接回梅茵大人的房間。」

回到房間，請人倒了杯水給抱著女兒在城裡跑了大半圈的父親，我們開始在一樓客廳交換資訊。法藍平靜開口。

「我先說明梅茵大人回去以後發生了什麼事吧。」

我們回去之後，沒過多久父親就跑來了。父親說完「前陣子的貴族入城了，快點向神官長報告」，又很快回到城裡確認我的安危。

「為了向神官長稟報，我急忙前往神官長室，阿爾諾卻告訴我神官長不在。」

法藍無可奈何下返回院長室，半路上卻被戴莉雅叫住。

「戴莉雅？她有什麼事嗎？」

「她說收養戴爾克的那位貴族抵達了，想問問之前照顧戴爾克的梅茵大人一些事情。我告訴她梅茵大人已經回家了，才讓她死心離開。我剛才還鬆了口氣，在神官長不在的時候，幸好不必讓梅茵大人前往神殿長室……」

然而您現在竟然回來──法藍用想這麼問的眼神看著我，感覺充滿了怨氣，但我也是情非得已。

「我們也是發生了不少事情。」

我簡單報告了回程路上發生的情況，法藍盤著手臂陷入苦思。

「現在再加上梅茵大人的報告，那也許神官長也收到了騎士團的請求。等達穆爾大人回來，神官長應該也回來了吧。」

但現在領主前往中央，會有護衛騎士同行，騎士團肯定人手不足吧。法藍嘆著氣補充道。

「梅茵大人，直到達穆爾大人回來與我們會合之前，請您先換上巫女服等待吧。」

我在神色不安的羅吉娜協助下，換上了青衣巫女服。

沒有等得太久，達穆爾便和吉魯一起回來了。因為騎士團已經前往支援平民區的突發狀況，所以達穆爾奉命回來繼續保護我。也遞了水給吉魯和達穆爾後，法藍很快說明了神殿這邊的情形。

「……奇怪了。」

達穆爾納悶嘀咕。

「在趕來現場的騎士團當中，我並沒有看見斐迪南大人。騎士團還要我負責報告，斐迪南大人沒有在神殿嗎？」

我們都對達穆爾的疑惑感到不解，決定再去一趟神官長室。對於聲稱神官長不在的阿爾諾，必須詢問他神官長究竟去了哪裡。達穆爾以嚴肅的口吻說，現在的情況就是這麼危急。

「見習巫女，這個妳拿著。」

達穆爾突然想到了什麼，從腰間的小袋子裡拿出一枚戒指，放進我掌心。戒指上鑲著一顆顏色有些混濁的小石頭。

「這是剛才那男人手上的證物，上頭有貴族的徽章。」

「我不能保管這麼重要的東西！」

「雖然小又品質不好，但好歹上面有魔石，為防萬一妳最好帶在身上。我和斐迪南大人不同，沒有魔石能借給妳。」

達穆爾說他是貧窮貴族，沒有多的魔石可以借給他人。雖然是歹徒的東西，總比什麼也沒有要好。聽到他這麼說，我試著戴上暫且保管的戒指。但是，這枚戒指也許不是魔導具，跟神官長借我的戒指不一樣，大小並沒有跟著改變。

「可能已經壞了吧。只要有徽章，就可以當作是證據，但不能用的話給妳也沒用。

妳有辦法注入魔力嗎？」

聞言，我試著往戒指注入魔力。

「呃……應該可以。」

但不同於神官長借我的魔石，真的只能灌注少許的魔力。

「因為魔石的品質不佳，要是突然灌注大量魔力，有可能會損壞，妳要小心。」

我把手握成拳頭，以免快要損壞的戒指掉下去，然後由法藍帶頭，父親和達穆爾分別守在我左右兩邊，一行人前往神官長室。

「吉魯，拜託你留守了。」

沒有戰鬥能力，還是孩子的吉魯就留在院長室。從小到大都被教誨不能使用暴力，今天卻看到了鮮血四濺、有人喪命的打鬥場面，似乎對吉魯造成了很大的衝擊。他的臉色非常難看，整個人像是失了魂。雖然很想陪伴在他身邊，但現在的我也心有餘而力不足。在表情僵硬的吉魯目送下，我們步出院長室。

「梅茵大人，請您千萬小心。」

一走進貴族區域，碰巧看見神殿長一行人正彎過前方的轉角走來。在肚子有些凸出，長得就像狸貓的神殿長旁邊，是一個外型有如蟾蜍，又醜又胖的男人。雖然服裝不一樣，但氣質來看簡直就像是狼狽為奸的貪官與惡商。兩人身邊跟著一大群灰衣巫女和從未見過的隨從，形成了十人左右的大陣仗。

法藍立刻往最近的轉角轉彎，避免正面碰上神殿長一行人。這條路通往深處的貴族門。雖然要繞上很大一圈，但最好在不與神殿長碰到面的情況下，取得神官長的庇護。父親把我抱起來，達穆爾警戒著四周，法藍也加快腳步往神官長室移動。

「達穆爾大人，和神殿長同行的那一位是誰呢？」

「是賓德瓦德伯爵……他就是那位偽造了許可證入城的他領上級貴族。恐怕此行的目標就是妳。」

達穆爾降低音量輕聲說道，抱著我的父親在手臂上用力。

「要是騎士團，或者至少斐迪南大人在這裡的話，就能夠逮捕他，但現在的我不論是身分還是魔力，都不是他的對手。就算對方不是騎士，不知道要怎麼戰鬥，但我們的魔力量還是相差懸殊。」

看得見離貴族門最近的門了。我們在門前轉彎，正想往神官長室走，卻發現神殿長一行人已經堵在走廊上等著我們。本來想避開他們，他們竟然搶先一步。

「賓德瓦德伯爵，那個小鬼就是見習巫女梅茵。」

神殿長露出了難以言喻的不快笑容，指著被父親抱在手臂上的我。蟾蜍伯爵發出「嘿嘿」笑聲，笑起來嘴巴像要裂開一樣，目光在我身上從頭到腳打量了一遍。

「哦，就是她嗎……」

那種令人發毛的目光讓我全身竄起雞皮疙瘩，下意識緊緊抓住父親。居然可以忍住沒有大叫「不要看我！」，我都想表揚自己了。

「嗯哼……剛才還聽說回去了，看來是急忙回來找庇護者吧。這就表示那些傢伙失敗了吧。」

沒用的傢伙——賓德瓦德伯爵嘶聲啐道，接著朝我伸出手來。

「梅茵，我就大發慈悲和妳簽約吧。」

「……恕我必須婉拒您的好意，我已經和人有約了。」

「哼，雖然受到庇護，但並沒有簽下任何契約吧？那我先一步簽約就行了。」

蟾蜍伯爵發出了「咕呼、咕呼」的奇怪笑聲，搖晃著肥胖的大肚子向前一步。

「賓德瓦德伯爵也要收養梅茵大人嗎？」

戴莉雅抱著戴爾克從神殿長後面走出來，發出了不合時宜的雀躍話聲，開心地說：

「居然能被貴族看上，真是太棒了！和戴爾克一樣呢。」賓德瓦德伯爵對戴莉雅投去了輕蔑的哼笑聲。

「收養？我和骯髒的平民嗎？別笑死人了。」

「可是，伯爵不是要和戴爾克……」

「我才沒收他為養子，我和那嬰兒簽的是主從契約。」

蟾蜍伯爵咕呼咕呼地笑著，拿出了契約書。雖然看起來是使用了羊皮紙的正式契約，但在裝飾得異常華麗的簽約項目那裡，卻還疊著一張紙。伯爵露出令人作嘔的笑容，把疊起的那張紙掀開來，簽約項目不再是養子，而變成了是與身蝕簽訂主從契約的文字。

「咦？那戴爾克……」

「雖然可以得到能延長壽命的魔導具，但一輩子都要為主人賣命。」

我說完，戴莉雅抱緊了懷中的戴爾克，劇烈搖頭，用祈求的眼神看向神殿長。

「騙人！怎、怎麼會……這是騙人的吧？神殿長明明說過，會讓戴爾克一直和我在一起。」

「放心吧，戴莉雅。那孩子會為神殿所用，留在這裡撫養長大，妳可以和他在一起這點不會改變。」

神殿長擺出老好爺爺的姿態，柔聲對戴莉雅說，接著又道：「這是交易。我得到這個孩子，相對地梅茵必須離開神殿。」戴莉雅聽了臉色刷白，來回看向我和戴爾克。

「梅茵大人必須代替戴爾克離開神殿……？」

戴莉雅茫然地喃喃說道，這時一個大肚腩切進我的視野，擋住了戴莉雅。

「這是為妳準備的契約書。好了，快點簽名吧。不論是初春那時候還是今天，都因為妳害我損失了不少手下，就用妳來彌補那些損失吧。」

伯爵往前一步，我們就後退一步。能夠救我的神官長的房間卻在神殿長一行人身後。

「神官長……」

聽見我的輕喊，神殿長揚起嘴角，露出了嘲弄的奸笑。

「真可惜，妳的庇護人神官長今日不在，想求救也沒用。快點從我眼前消失吧。」

接著神殿長向站在數步前方的蟾蜍伯爵說：

「賓德瓦德伯爵，此刻領主和神官長都不在，要動手就趁現在。這裡不管發生任何事都與我無關，所以要擅自帶走梅茵也無所謂。快點帶她出城吧。」

此話一出，現場的氣氛瞬間變得劍拔弩張。

父親把我放下來，往前跨了一步，伸手搭在武器上。不得不與地位比自己高的貴族為敵，達穆爾緊咬著牙拿出武器。法藍也從腰間的袋子裡拿出短劍。

「……除了孩子以外，殺了也無妨。抓住她。」

蟾蜍伯爵下令後，一行人中的三個男人往前衝出。三人散發出的氣息都和父親剛才打倒的男人一樣，完全是讓人清楚明白到簽了約的身蝕日後會變成什麼模樣的最佳範本。

「見習巫女，快後退！」

達穆爾上前迎戰其中兩人，父親和法藍則一起對付另外一個人。

比起受過正式騎士訓練的達穆爾，伯爵的私兵論戰力和魔力都相對較弱，要花點時間才能蓄積魔力，打鬥的動作也不熟練。但是，要同時應付兩個人似乎不容易，達穆爾辛苦奮戰，看起來非常吃力。

而只要應付一人的父親和法藍雖然乍看下壓制住了對方，卻因為對抗不了魔力，陷入了苦戰。如果是只用武器的打鬥，絕對是父親占上風，但對方若以魔力進行攻擊，平民的父親根本束手無策。

男人的戒指倏地發光，朝著父親和法藍釋出魔力。但在那一瞬間，達穆爾立即變出發光魔杖，高舉揮下。「鏘！」的清脆一聲，將魔力彈開。

「竟然是貴族……?!」

看到達穆爾拿出發光魔杖，蟾蜍伯爵和神殿長臉色丕變，用只差沒噴出口水的兇狠氣勢質問戴莉雅：

「戴莉雅，那傢伙是誰?!」

「他是擔任梅茵大人護衛的騎士。」

戴莉雅嚇得倒吸口氣，反射性回答。神殿長瞪大了眼，指向達穆爾。

「那個窮酸的小伙子居然是騎士?!」

是神官長隱瞞了這件事嗎？看來神殿長雖然知道我有護衛，但並不知道達穆爾是貴族還是騎士。而且為了能去平民區，達穆爾始終穿著簡樸的衣物，乍看起來也不像是貴族。

「既然已被騎士團發現，必須分秒必爭，只能讓他也從這世上消失了。」

伯爵直到剛才還嘻嘻笑著從容旁觀，此時臉色大變，往肥短手指上的戒指注入魔力，然後振臂一揮。泛著淡藍光芒的一團魔力從戒指飛出，襲向達穆爾。

「危險！」

我也有樣學樣地揮下手臂，釋出魔力。釋出的白色魔力撞上伯爵的藍光魔力後，使其偏離了原本的行進軌道。「磅！」的巨響，魔力打中牆壁，但彷彿被吸收了一般，壁面上一點痕跡也沒有。

「平民身蝕竟敢如此猖狂……」

伯爵煩躁地發出低嗥，更往戒指注入魔力。我也與之對抗，一邊注視著伯爵的戒指，一邊小心別弄壞戒指，往內部灌注魔力。這枚戒指能釋出的魔力，頂多只能改變魔力的方向。但畢竟達穆爾現在正和兩人苦戰，不可能再應付伯爵吧。

……而且這也比肉搏戰好多了。

要是敵人對我拳打腳踢，往我飛撲過來，我肯定一秒倒地，但如果只是要用魔力撞開對方的攻擊，還能爭取一點時間。

「憑妳那點魔力，我看能撐到什麼時候。」

伯爵咕呼咕呼笑著，就像獅子在耍弄小動物般，開始朝著我不斷丟來魔力。

為了不弄壞品質不佳的戒指，我盡可能以少量的魔力彈開飛來的攻擊。達穆爾、父親、法藍正和自己眼前的敵人奮戰，已經是自顧不暇。要是伯爵的魔力攻擊到其他人，現在的平衡會馬上瓦解。一想到不能失敗，呼吸便變得越來越急促，背部也緊張得布滿溼黏的汗水。

「呀啊！」

「唔……」

不知道彈開了幾次魔力後，伯爵暫時停止了攻擊，不快地瞪著我。多半是我撐得比他預期中還久吧。

……我還撐得下去。

我重新握緊拳頭，不讓過大的戒指掉下去，瞪著伯爵。伯爵跟著留意到了我手上的戒指。

「嗯？……怎麼搞的，原來妳已經戴上了隸屬於我的戒指嘛。哈哈哈，簡直是場鬧劇。根本沒必要做這些事，省了我的麻煩。」

伯爵看著我的戒指，突然大笑出聲。原來我手上的戒指是簽下主從契約後，會給身蝕的戒指，戴上這個戒指後，就無法對主人進行攻擊。而且只要身為主人的伯爵沒有解約，也無法自己拿下來。一旦違反命令，主人還會強行往戒指灌注魔力，對身蝕施加痛苦。品味真是低俗。

「不想受苦就服從我吧！」

伯爵得意地咕呼咕呼大笑，我立刻拔下戒指。大概是因為我沒和伯爵簽約，再加上戒指也快壞了，所以無法發揮原本的用途吧。

「這個戒指我隨時能拿下來喔。」

「什麼?!」

蟾蜍伯爵瞪圓雙眼，身後神殿長微禿的頭都脹紅了，氣得大吼：「妳這小鬼太傲慢了！」一把從戴莉雅手中搶走戴爾克。

「啊！」

事情發生得太突然，戴莉雅一時間反應不及，只是張大雙眼，眼睜睜看著神殿長用魔石強行吸走了戴爾克的魔力。被神殿長抓在手中的戴爾克頃刻間臉色發青，身體也開始抽搐痙攣。

「戴爾克！」

戴莉雅淒聲慘叫，伸長手想搶回戴爾克。但神殿長嘖了一聲，揮開她的手。

「……果然小嬰兒的魔力不多哪。」

神殿長如此評價從戴爾克那裡奪來的魔力，同時對我使出攻擊。我慌忙戴上戒指，彈開魔力，忿忿咬牙瞪著神殿長。

「你對戴爾克做什麼！」

怒火充斥全身，但搶在我發出威懾之前，神殿長先把無力垂著腦袋的戴爾克高舉到自己身前。

「哼，妳忍心攻擊嬰兒嗎？想讓戴莉雅跌進絕望的深淵裡嗎？」

「住手！梅茵大人，求求您！快住手！」

看到戴爾克被當作肉盾，戴莉雅又哀聲懇求，我根本不可能用魔力使出威懾攻擊。就在我屏住呼吸，猶豫不決的那一瞬間。

神殿長的灰衣巫女從旁欺近，抓住了我。

「呀……?!」

「梅茵?!」

「好！做得好，葉妮！抓住梅茵別放手！」

神殿長喊著，把虛軟無力的戴爾克拋也似地丟給戴莉雅。眼角餘光中，我看見戴莉雅哭著緊抱住戴爾克。

「放開我！」

「我不放。在我被神殿長納為侍從，被逼著擔任捧花時，羅吉娜和葳瑪卻被梅茵大人納為侍從，過著和克莉絲汀妮大人那時一樣的生活……我絕對無法原諒。」

葉妮的嗓音宛如在唱歌般輕柔甜美，當中隱含的恨意卻讓我背脊發寒。我不在了，她們兩人就會回到孤兒院。正期望著這件事的葉妮說什麼也不會放開我吧。

「總算能簽約了。」

賓德瓦德伯爵咕呼咕呼笑著，往我走來。無論我怎麼抵死掙扎，葉妮完全沒有放鬆力道。雖然葉妮的身材纖瘦又柔軟，但畢竟是成年女性，被她使力壓住，我原本就是沒什麼力氣的小孩子了，根本無力對抗。

伯爵拿出發光魔杖，變作小刀。握著小刀邪笑時的眼神，像極了斯基科薩。都是那種輕視身為平民的我，認為平民就該服從的貴族眼神。

和斯基科薩拿小刀對著我時一樣，我害怕得全身發抖，但發出利光的刀尖仍不斷逼近，用力劃向我的指尖。

「好痛！」

和路茲幫我輕輕劃下、讓我蓋血印時不一樣，伯爵的動作根本不在乎我的傷口會有多大，所以割得比想像中還要深，傷口馬上隆起血珠。

「把手張開。」

伯爵令人不快地嘻嘻笑著，拿出契約書逼近我。看到那蟾蜍般的臉孔那麼靠近自己，我只覺得噁心。為了竭盡所能表示反抗，我惡狠狠地瞪著伯爵，使出吃奶的力氣把手握緊，鮮血跟著滴了下來。

「我叫妳張開。」

我拚死抵抗想要強行張開我掌心的蠻力，但我本來就沒有什麼力氣了，手掌馬上會被掰開吧。

「不要、不要、不要！好痛！」

「放開梅茵！」

父親大聲怒吼，使盡全力往葉妮的背部狠狠一踢。在劇烈的衝擊之下，我和葉妮一起撲向眼前的蟾蜍伯爵。我剛好撞上伯爵肥肉四溢的大肚子，擠在葉妮和賓德瓦德伯爵之間，一瞬間感到窒息。父親一個箭步上前把我拉出來，再把我抱在手臂上。

「梅茵，抱歉爸爸太粗魯了。有趕上嗎？」

父親說，但並沒有看著我，而是一把抓起在伯爵旁邊咳個不停的葉妮，接著起腳踢向她的腹部。葉妮發出「咕噁」的混濁呻吟聲，嘴裡也吐出了東西。

「竟、竟然如此殘忍……」

親眼目睹在神殿裡從未見過的血淋淋暴力，神殿長和他的侍從都瑟瑟發抖。父親只是冷冷看向他們。

「難道抓住一個孩子用刀子傷害她，強迫她簽約就不殘忍嗎？」

「可、可惡的平民！」

和我們一起倒在地板上的伯爵撐起上半身，整張臉因為受辱而脹紅，憤怒至極地揮下戒指，釋出了目前為止最大的魔力攻擊。一團青光筆直朝著我們飛來。距離太近了，根本來不及往戒指灌注魔力。

……死定了！

看著往自己飛來的魔力攻擊，我忍不住閉上雙眼，但父親瞬間把我抱在懷裡，飛身滾到旁邊。

「嗚！」

「爸爸?!」

但因為還是沒能完全避開，父親的左肩直至手肘像被火灼傷般一片紅腫。看到父親痛苦呻吟的模樣，我腦海中有什麼開關啟動了。

從父親的懷抱裡滾出來後，我瞪向悠然站立，正往戒指蓄積魔力的伯爵，這次從一開始就毫不保留地釋出魔力。

「我饒不了你！」

魔力瞬間遍布全身，手上戒指的魔石也「碰！」的一聲，發出了氣球破掉般的聲響化成碎片。與之同時，無預警下直接受到威懾的伯爵不敢置信地瞪大雙眼，當場無力跪地。

伯爵奮力想要移動不停顫抖的雙手，卻好像被什麼重物壓住了般，遲遲無法抬起手來。我不會再讓他為所欲為。

「賓德瓦德伯爵?!」

聽見神殿長心急的大喊，我接著轉動頭部，瞪向神殿長。現在沒有了戴爾克這個肉盾，神殿長根本不足為懼。

但我才這麼心想，這次神殿長從懷裡拿出了一顆黑色魔石。

「別以為每次都能得逞！」

神殿長手上的黑色魔石吸走了我釋放出的魔力。神殿長笑得無比得意，但我還是繼續攻擊。然而，魔力只是不斷被吸進魔石裡。

「可惡，是我大意了。想不到妳擁有的魔力竟這般強大。」

視野的角落裡，剛才還跪倒在地的伯爵緩慢起身。方才的輕蔑神情已經完全消失，他面無表情地取出了發光魔杖。

黑色護身符

「見習巫女！」

達穆爾臉色大變，拿起發光魔杖擋在我和伯爵之間。達穆爾背對著我放出紅光，守在我的右手邊，我繼續往得意得臉孔都扭曲了的神殿長釋出魔力。

「沒用的。」

神殿長說著發出低笑聲，這時黑色魔石泛起了淡黃色，更發出了細微的「劈哩」聲。圓滑球體狀的魔石上，出現了一道又一道的裂痕。

「……什麼？」

神殿長無比震驚，但我不予理會，繼續瞪著魔石，更是灌注魔力。不出多久，整顆魔石由黑色轉變成了淡黃色。

「……怎麼回事?!」

到了最後，盈滿淡黃色澤的魔石已經不帶半點黑色，看來甚至像是金色。魔石表面布滿了細微的裂痕，在發出一道刺眼的亮光後，逐漸瓦解成了細砂。

看到魔石由黑變作淡金色，又成了一堆細砂從自己指間撒落，神殿長的眼睛瞪大到了前所未見的地步，顫抖著嘴唇凝視魔石。期間，我仍繼續往神殿長施加魔力。

「梅茵，妳竟然如此……咳呃！」

神殿長用充血的雙眼看向我，於是從正面受到威懾，按著胸口吐出鮮血。我正打算繼續釋出魔力，卻聽見達穆爾充滿痛苦的呻吟聲：「嗚咕！」

我立即轉頭，發現達穆爾跪在地上。大概是手沒有了力氣，發光魔杖從他手中掉下來，融解般消失在了空氣裡。緊接著他的身體慢慢傾斜，頹倒在地。

「達穆爾大人?!」

我急忙跑過去，卻聽見達穆爾發出痛苦的呼吸聲，已經失去了意識。「達穆爾大人、達穆爾大人……」不管我怎麼叫他，都只有呻吟聲回應我。

「哼，這點魔力就想當騎士，簡直不自量力……」

蟾蜍伯爵咧著嘴角嘲笑達穆爾，冷哼一聲。再這樣下去達穆爾有危險。我環顧四周，想要求助，發現剛才的三個敵人中，只剩下最後一個男人不穩地晃著身子。

父親扣住那男人的後腦勺，像在灌籃一樣，用力蓋在地板上。然後父親撇下翻著白眼昏迷過去的男人，護著無法使力的左手臂往我跑來。

「梅茵！」

「爸爸……」

法藍似乎也在和男人們的打鬥中受了傷，靠在通往貴族門的門扉上喘著大氣。

受到我威懾的神殿長跪在原地，咳嗽著吐出鮮血，多半是侍從的灰衣巫女們圍在神殿長旁邊，不知所措地打轉。戴莉雅則緊抱著癱軟無力的戴爾克，動也不動。

沒有受到什麼重傷，在場還站著的人只有我和伯爵。就在現場如此混亂的情況下，神官長室的門突然打開了。據說不在的神官長從中走出，看到走廊上的慘狀，吃驚得瞪大眼睛。

「這是怎麼回事?!」

一出房間，就看到地上倒著一群乍看之下只像屍體的受傷人們，任誰都會大吃一驚吧。但是，明明房外發生了這麼吵鬧的打鬥，為什麼從房間走出來的神官長卻都沒有注意到？這點更讓人感到驚訝。

「神官長，阿爾諾明明說你不在，為什麼會在這裡?!」

神殿長用尖銳的嗓音質問，神官長從容自若地轉向他。

「並沒有為什麼……因為我吩咐阿爾諾，告訴所有訪客我不在。事實上就算您來到房間，我們也見不到面，所以我並沒有說謊。」

明明在房裡卻見不到面，表示神官長肯定是在說教房間。那個房間只有用神官長的魔力才能進出，形成了與外界完全隔離的空間，聽不見外頭的喧囂。

神官長轉頭慢慢環顧四周。視線對上的瞬間，他稍微瞪了我一眼，我連忙躲到父親身後。說不定被神官長發現我又讓魔力失控了。一想到會被綁在椅子上，被迫聽那些讓人魂飛魄散的事情，我嚇得倒吸口氣。神官長按著太陽穴，重新面向神殿長。

「神殿長，我的事情容後再說，請先說明眼下的事態。看起來有素未謀面的訪客來到神殿，請問他是哪一位？」

但是，神殿長並沒有回答神官長的問題，只是悶不作聲，狠瞪著他。神官長的視線再投向伯爵，這時伯爵手上的魔杖已經不見了。賓德瓦德伯爵擺出貴族特有的傲慢神情，晃著大肚子，看向神官長。

「區區神官，我沒有必要向你報上名號。我是取得了正式的許可才來拜訪。」
「請容我看看那張許可證。」
「你不過是一介神官長，憑什麼要讓你過目。」
因為看過神官長在騎士團裡的待遇，所以我知道他是地位相當高的貴族，但看在來自他領的伯爵眼中，好像只以為神官長是神殿裡的人，態度非常高傲。受了伯爵影響，剛才扭曲著臉龐吐血的神殿長也擦了擦嘴角，重新擺出盛氣凌人的模樣站起來。
「神官長，這位可是亞倫斯伯罕的貴族，難道你想在領主不在時滋生事端嗎？」
「眼下挑起了事端的正是神殿長吧？如今領主因為領主會議不在，怎麼可能發給他領貴族許可證。」
神官長冷靜反駁，神殿長瞬間答不上話，掃視四周。目光一和我對上，他立刻往上勾起嘴角。
「我、我是早在之前就拿到了許可證。因此挑起事端的人可不是我，是破壞了神殿的和平，還攻擊貴族的梅茵。如果要追究責任，也全是梅茵的不對，快以違逆貴族的罪行逮捕她。」
神殿長立即推卸責任，面帶厭惡地指著我，咳出了一口鮮血。他故意向神官長展示自己手上和地板上的血跡，再用噴著口水的氣勢譴責我。
「你、你看，那傢伙不只一次，甚至多達兩次用魔力攻擊我。要是沒有惡意，怎麼可能做得出這種事情來，應該要讓梅茵擔起所有責任！」
賓德瓦德伯爵也表示贊同，控訴說道：

「是啊，我也同樣遭到了攻擊。只是被賦予了青衣的平民，竟然膽敢用魔力攻擊貴族的我。該受罰的是那個小鬼。」

伯爵指著我說，發出了咕呼咕呼令人反感的笑聲。是斯基科薩那時也主張過的貴族觀點。平民絕對不能違抗貴族。

「神官長，快點逮捕梅茵吧。再讓她無法發動魔力。」

神殿長說完，神官長輕嘆口氣，往我和父親慢步走來。見狀，父親緊握住我的手。我也回握父親的手，靜靜望著神官長走來。

「梅茵，妳又讓魔力失控了吧。」

「因為事態緊急。」

「我想也是，看了這副慘狀就能明白。」

神官長小聲低喃，用充滿同情的哀傷眼神低頭看我。那個眼神表示了神官長在這件事上無法包庇我。

「……神官長，我會被問罪嗎？」

「沒錯，因為對象是神殿長和他領貴族。不光是妳，妳的家人和侍從也一樣會被問罪。」

我聽了，仰頭看向父親說：「爸爸，對不起喔。」父親輕笑出聲。

「梅茵要進入神殿時，我就已經做好了赴死的覺悟。這次也一樣。」

但就算父親要我別在意，我還是非常愧疚。

「真希望我的魔力沒有這麼不上不下，要是可以強大到在神官長出來之前就殺了神殿長和『蟾蜍伯爵』，再把他們埋起來湮滅證據就好了。」

我聳肩開著玩笑說，神官長的臉頰也抽動了下，說：「很遺憾，妳不懂做事粗心又容易在最後關頭心軟，不可能做到湮滅證據。」

連我認識的貴族中最可靠的神官長都說救不了我，更沒有人能幫我了吧。

「唉……結果齊爾維斯特大人的護身符一點用也沒有嘛。還說會來救我。」

我拉出脖子上的鏈子，但黑色魔石中心依然只是搖曳著金色的火焰，沒有任何改變。我們將如神殿長和賓德瓦德伯爵所說，因為身為平民卻忤逆貴族而遭到處刑。

齊爾維斯特大人這個騙子。我這麼心想著注視項鍊，神官長也彎下腰來，凝視項鍊。定睛細看了一會兒後，神官長忽然變作不敢置信的表情，問我：「梅茵，妳為何有這條項鍊？」

「是齊爾維斯特大人說他去平民區的森林打獵，玩得很開心，所以送了我這條項鍊當禮物，還說是護身符。」

「原來如此，這確實是十分強大的護身符。」

神官長斷然說道，充滿悲痛與同情的眼神在剎那間消失無蹤。看來這個護身符真的很強大，連神官長都斷言可以推翻神殿長和賓德瓦德伯爵的指控。

……齊爾維斯特大人，對不起我還懷疑你，說你是騙子。

我在心裡向齊爾維斯特道歉，神官長交互看向我和父親。

「但是，前提在於你們能否下定決心，這才能真正成為強大的護身符。」

我仰頭看向神官長。只要有方法能救我的家人和侍從，以及身邊和我有關的人們，要我下任何決心都沒問題。
「什麼決心？」
「……成為養女的決心。」
「成為卡斯泰德大人的養女嗎？那我……」
早就已經做好覺悟了啊——正想這麼說，神官長卻搖頭打斷我。
「不是卡斯泰德，是成為齊爾維斯特的養女。」
不是看來非常可靠的卡斯泰德，而是內在根本是國小男生，做事不按牌理出牌的齊爾維斯特。太過始料未及，我張大眼睛，愣愣看著神官長。還心想是不是在開玩笑，但神官長淡金色的眼眸無比認真。
……齊爾維斯特大人的養女？
雖然是個莫名其妙的人，第一次見面就突然戳我臉頰，要我發出「噗咿」叫聲，但因為接觸過幾次，我也知道他不是壞人。而且，齊爾維斯特是因為想要幫助我，才給了我護身符。如果他能夠一起保護我的家人和侍從，我不介意成為他的養女。
「……如果大家可以因此得救，我願意。」
「梅茵！」
父親瞪大了眼喝道，但我緩緩搖頭。
「爸爸，對不起，但是我也想保護大家。請原諒我。」
「妳願意下定決心就好。」
神官長說著遞給我一枚戒指。鑲著黃色魔石的戒指落進我的掌心。魔石不論大小還是透明度，都和剛才損壞的證物戒指截然不同，一眼便能看出品質絕佳。

「梅茵，向風祈禱吧。守護妳重要的東西，別被我的魔力傷到。」

「被神官長的魔力嗎？」

出乎意料的發言讓我不解地仰頭看向神官長。神官長露出了我至今從未見過的冷酷表情，揚起嘴角一笑。

「沒錯，門若開了，魔力會洩露出去，引起麻煩，所以妳要做出足以覆住門扉的風盾，別讓魔力流到門外。難得有了這麼正當的名分，我要藉機剷除礙事者。」

因為從一開始便只能受制於蟾蜍伯爵和神殿長，神官長似乎對此感到非常不快。雖然不知道神官長究竟得到了什麼正當名分，但他愉快地彎著嘴角，轉身背對我，走向神殿長和伯爵。

「神官長，你封住梅茵的魔力了嗎？」

神殿長窺看著我的模樣問。神官長若無其事地答：「我給了她魔導具。」但神官長給我的魔導具，並不是用來封住我的魔力，反而是讓我能操控魔力。

然而神殿長聽了，卻逕自解讀成了對自己有利的意思，放鬆了警戒著威懾的緊繃身軀，露出不可一世的笑容。

「是嘛。那麼，這麼危險的人物就交給賓德瓦德伯爵處置，將她驅逐到領地外吧。」

神殿長回復到了平常的樣子，神官長對此只是不屑哼笑，轉眼間拿出了發光魔杖。然後神官長拿著魔杖，定睛望著神殿長，露骨擺出了敵對姿態。

「什、什麼？」

神官長唸唸有詞地揮下魔杖，從魔杖發出的光束便纏住神殿長，將他綑成一團。被綁成了像是不倒翁，神殿長氣憤得咬牙切齒。

「神官長，你這是在做什麼？」

「現在若讓你死了，事後會很麻煩。僅此而已。」

「……死？」

駭人的字眼讓神殿長發出了高八度的聲音，但神官長不予理會，再轉身面向賓德瓦德伯爵。伯爵明顯慌了手腳，指著神官長手上的發光魔杖。

「為什麼神官會有那種東西?!」

「當然是因為我是從貴族院畢業的貴族。」

發光魔杖大概是一種從貴族院畢業的證明吧。換句話說，在神殿長大的神官不可能持有發光魔杖。雖然他領貴族不知道，但神官長並不是在神殿長大的神官，而是出了神殿，連騎士團長也要向他下跪的高階貴族。

「那麼，由我來當你的對手吧，賓德瓦德伯爵。」

「你、為什麼知道我的名字……」

「有個他領貴族沒有領主的許可卻想入城，在東門被攔下來，還勞煩了騎士團出動，我怎麼可能不知道你的大名。」

原來神官長早就知道一切，剛才還故意問了伯爵的名字與情況。神官長的個性老樣子令人肅然起敬。有他站在我們這一邊，真是太可靠了。

「你多半以為只要出了這個領地，自己就安全了，但既然現在有了正當名義，別以為我會讓你輕易離開。」

「正當名義？」

我發現神官長正往魔杖注入魔力。看到神官長拿出的發光魔杖，瞪大了眼的伯爵也察覺到了魔力的流動，倉皇地拿起自己的魔杖。

感覺到了神官長流往魔杖的魔力有多麼強大，我不禁倒吸口氣。剛才蟾蜍伯爵的魔力根本無法相提並論。

「爸爸，快點把達穆爾大人搬到法藍在的那扇門前！」

我拜託父親後，慌忙跑到法藍身邊。我一靠近，法藍臉孔扭曲地想站起來。

「法藍，你別亂動！快坐好！」

雖然從遠處看不出來，但法藍身上到處都是細小的傷口和瘀青。

「法藍，對不起，你沒事吧？」

「真是萬分抱歉，因為不習慣這樣的事態，沒能幫上梅茵大人的忙。」

灰衣神官從沒受過戰鬥訓練，還被教導不能使用暴力，當然不可能習慣這種情況。反而是把法藍捲進來的我更過意不去。

「你太謙虛了。你不只沒妨礙到我的行動，不時還成功攻擊到了敵人吧。你的眼力很好，只要鍛鍊就能變強。」

父親扛著達穆爾來到門邊，這麼慰勞法藍。我往前站了一步，保護躺在腳邊的達穆爾，還有法藍和父親，開始往戒指灌注魔力，唸出祈禱文。

「司掌守護的風之女神舒翠莉婭，侍其左右的十二眷屬女神啊。」

我在想像中做出可以包覆住大門和我們四人的風盾，繼續唸誦。

「請聆聽吾的祈求，賜予吾聖潔之力，阻絕一切懷有惡意之人，為吾立下風盾！」

「鐙！」的清脆一聲，風盾出現在了我們眼前。從未親眼見過我使用魔力，父親茫然地低喊：「梅茵……」我背對著父親，繼續往風盾注入魔力。

……我一定要保護大家！

神官長和伯爵不斷往發光魔杖傾注魔力，但明明還未向彼此展開攻擊，溢出的魔力已經在四周互相牴觸，迸出火花。朝著風盾飛來的火花在碰到強風後，「碰！」的一聲被彈開。

「放心吧，我會保護大家。」

兩人的魔力逐漸膨脹，形成了足以吞沒四面八方的巨大威懾，讓沒有任何防護的神殿長他們無法動彈，只能僵著身體面對四濺的火花，瑟瑟發抖。在這種情形下，只有戴莉雅緊抱著戴爾克要保護他，開始來回張望，想尋找安全的場所。然後，她發現了我做出的風盾，踉蹌不穩地起身。

「梅茵大人，求求您。求求您救救戴爾克！」

但就算她用那麼悲痛的嗓音求救，現在我光是為了對抗神官長兩人魔力造成的壓力，和往魔石注入魔力以維持風盾，就已經竭盡了全力。我只能優先保護父親、法藍，還有失去意識的達穆爾，沒有餘力去救戴莉雅和戴爾克。

「想活下來就自己進來風盾！我沒辦法移動！」

戴莉雅小心地將戴爾克抱在懷裡，不讓四散的魔力火花傷害到他，努力對抗魔力的威懾，邁開沉重的步伐往我這邊移動。

「梅茵大人，您要救戴莉雅嗎？」

法藍語帶責難，但我輕輕搖頭。

「我根本沒有餘力救她，只是如果她進得來，就讓她進來而已。」

「但是……」

法藍不滿地欲言又止，我輕垂下目光。我明白法藍想怪罪她的心情，也記得他要我捨棄戴莉雅。但是，我並不認為暴露在神官長他們的魔力威懾中，兩人要是就這麼死了，也是他們活該。尤其戴爾克是在沒有自主意識下與人簽約，又被神殿長吸走了魔力，現在性命垂危。聽完我的說明，法藍吞回不滿，只是表情苦澀地呢喃說道：「梅茵大人，請您別對戴莉雅心軟。」

戴莉雅踩著緩慢又艱辛的腳步，走進了風盾裡，最後耗盡力氣地癱坐下來。但是，她還是緊緊抱著戴爾克不放，搖晃著一頭紅髮，抬頭看向我說：

「梅茵大人，衷心非常感謝您。」

「戴莉雅，我只是不希望你們兩人死掉，才不介意讓妳進來。但是，並不代表我原諒了妳之前的所作所為，這點不要忘了。」

「……是。」

看見戴莉雅進入風盾，大概是心想雖然言行無法獲得原諒，但至少能保住一命吧。

神殿長的侍從們也和戴莉雅一樣想要進來。

「梅茵大人，能讓我們也進入風盾裡嗎？」

「如果進得來的話，請。」

「感激不盡。」

但是，三名灰衣巫女中只有一個人成功進入了風盾。其餘兩人遭到彈開，被強風吹得老遠。

「……哇?!」

「呀啊?!」

風盾裡的灰衣巫女和戴莉雅看著被彈飛的巫女們，眨了眨眼睛。

「……為什麼？」

「因為懷有惡意的人不能進來。」

她們進不來並不是我的錯，而是風盾設定成了若對裡面的人懷有惡意，外面的人就無法進來。表示她們對於已在風盾裡的某人懷有惡意，可能是用魔力攻擊了神殿長的我，也可能是用腳踢過同伴葉妮的父親，或者是先進來風盾裡的戴莉雅和戴爾克。我既不是聖人君子，也沒有那個心力，即使對我們懷有惡意也想救她們一命。

「既然進不來，那也沒辦法。」

我如此低喃時，神官長的魔力膨脹得更是巨大，他掀起嘴唇唸了些什麼。就在一觸即發的狀態下，背後的大門突然「嘰嘰」打開。

「梅茵，讓妳久等了！」

齊爾維斯特得意地咧嘴燦笑，和卡斯泰德一同踏進來，同時神官長和伯爵的魔力一齊從魔杖飛出。

「怎、怎麼回事?!」

發現兩團巨大的魔力就在眼前即將接觸，我放聲大喊：

「請兩位快點進來風盾裡面，還有把門關上！」

鬧事的責任

齊爾維斯特和卡斯泰德以驚人的反射神經跳進風盾裡，再立即關上大門。我盡可能注入大量的魔力，強化風盾。無論如何要保護在風盾裡的所有人。

魔力從神官長和伯爵的發光魔杖如漩渦般往外飛出，衝撞在了一起。但因為魔力的大小和氣勢有著明顯的差異，伯爵很快被神官長的魔力撞飛。「咚！」的一聲巨響，伯爵整個人猛力撞在牆上，摔落到了地板上。受到神官長的魔力攻擊，伯爵身上也出現了和父親一樣的灼傷，不停在地上來回打滾，還痛苦得發出了「嘓啊！」的呻吟聲，聽起來真的很像蟾蜍。

「啊、啊……」

神殿長因為被光束層層綑起，所以保住了一命。但在這麼近距離下目睹強大魔力間的衝突，想必非常恐怖吧。他睜著雙眼，臉部徹底僵住不動。但是，被爆發的魔力波及，甚至無力自保的灰衣巫女和剛才倒在地上的男人們，全都消失得無影無蹤。

「梅茵，這才是所謂的湮滅證據。乾脆也讓這個傢伙灰飛煙滅吧。反正他本就是不該出現在這裡的人。」

神官長低頭冷眼看著身負灼傷，呻吟喊著「咕嗚咕嗚」的蟾蜍伯爵，仍然沒有絲毫大意，以發光魔杖指著他。「咕噫——！」伯爵發出慘叫，拚命往後退，但神官長馬上上前數步，重新縮短距離。站在同一陣線時，神官長的毫不留情真的很可靠，但絕對不能與他為敵。

……神官長真的好可怕。

「斐迪南，夠了。梅茵，妳也可以消除風盾了，沒有這必要。」

齊爾維斯特說道，身上沒有穿著青衣神官服，而是貴族的服裝。然後他揮開明亮黃土色的披風，離開風盾踏步上前。我遵照齊爾維斯特的吩咐，停止往戒指輸入魔力，解除了風盾，神官長也消除了手上的發光魔杖。

「斐迪南，退下。」

齊爾維斯特輕揚起下巴，指示神官長後退。於是神官長往後退了數步，在胸前交叉雙手，向齊爾維斯特下跪。

「……咦？」

看到神官長跪下，我怔怔張開嘴巴。原則上青衣神官之間並沒有身分差距，所以在神殿內不需要下跪，這一直是我聽到的規定。但是，現在神官長的態度，明顯不是以青衣神官的身分在面對齊爾維斯特。

……齊爾維斯特大人不是老家地位比神殿長還高的青衣神官嗎？莫非是冒牌神官？

從祈福儀式期間一路上的熟稔氛圍來看，我知道神官長和齊爾維斯特認識很久了，但在這之前，神官長和齊爾維斯特從未表現出能夠明確感受到身分差距的言行。

那麼，如果祈福儀式時表現出來的關係是私下的互動，代表現在的舉動是在公開場合下必須表現出來的。亦即齊爾維斯特既不是青衣神官，身分還高貴到曾宣稱自己在騎士團中擁有最高地位的神官長，必須要向他下跪。

……我該不會要成為非常了不起人物的養女吧？

冷汗沿著太陽穴淌下來。齊爾維斯特原本的身分不僅可以壓制住神殿長，神官長還得向他下跪。若非如此，根本無法解救包含我在內的身邊所有人吧。始料未及的發展讓我的心臟開始疾速狂跳。

「齊爾維斯特，你來得正好。快命令那個無禮之徒解開我的束縛！」

神殿長好像認識齊爾維斯特，被綁成了大粽子倒在地上，來回看向他和神官長。但是，齊爾維斯特只是瞥了眼跪在地上的神官長，並沒有對他下令。

「我是因為騎士團的請求才十萬火急趕回，現在究竟是怎麼一回事？」

「……你、你是誰？」

賓德瓦德伯爵的眼珠子忙碌地轉個不停，看著齊爾維斯特和神殿長，顯然完全沒能跟上情況的演變。

卡斯泰德往齊爾維斯特跟前跨了一步，威武立定，目光炯炯地瞪著伯爵。

「這位正是奧伯．艾倫菲斯特。」

「什、什什什……」

伯爵的身體忽然開始劇烈抖動，指著齊爾維斯特，反覆地嘟囔說：「怎麼可能、不可能、騙人。」我完全不明白伯爵為什麼像被蛇盯上的青蛙一樣，突然間抖個不停，正偏頭不解時，斜後方的父親忽然下跪。我立即挨向父親，小聲問：「爸爸，你知道是誰嗎？」臉色鐵青的父親語速極快地悄聲回答。

「擁有這座城市名字的人只有一個，當然是領主大人。」

……啊?!內在根本是小學男生的齊爾維斯特大人是領主大人?!

我差點要大叫出聲，但拚命摀住嘴巴，忍住了震驚的大叫。

……要求第一次見面的小女孩「噗咿」叫，還抽走她的髮簪，又在祈福儀式上向農民表演特技，更不帶護衛就自己跑去平民區的森林打獵，做出這些奇言怪行的人居然是領主？咦？這塊領地沒問題嗎？

「知道了是誰，你的態度是怎麼回事？簡直無禮至極！這是面對奧伯．艾倫菲斯特該有的態度嗎?!放肆！」

「小的不敢——！」

因為內心正想著無禮又失敬至極的事情，聽到卡斯泰德這麼喝斥伯爵，我不禁嚇得跳起來，立刻當場伏地叩拜。

「……梅茵，妳到底在做什麼？」

聽到卡斯泰德用夾雜了驚訝與傻眼的聲音叫我，我慢吞吞抬起頭，發現大家都跪在地上，在胸前交叉雙手，只有我一個人跪拜在地。周遭像在看著怪人的眼光讓我好想找個地洞鑽進去。

「因、因為聽到放肆，我才不由得……」

看來我在非常重要的場合上搞砸了。我慌忙重新跪好，齊爾維斯特慢慢環顧起四周，臉上是我從未見過的認真嚴肅表情。如果從一開始就只表現出這一面，聽到他是領主我也會相信吧。

最後齊爾維斯特的目光停在神殿長身上，瞇起雙眼。

「舅舅大人，那請你說明一下情況吧。」

什麼，這兩個人居然是親戚！那表示等我成為齊爾維斯特的養女，神殿長也會跟著變成我的親戚。

……我才不要這種親戚！

「噢，齊爾維斯特，你願意聽我說嗎？」

於是神殿長開始供述的內容，完全只對他自己有利，而且還大肆加油添醋。他說會邀請賓德瓦德伯爵前來此地，又引發了這些混亂，致使齊爾維斯特被叫回來，全都是因為我不乖乖束手就擒的關係。會被神官長以光束綑綁起來，遭受到痛苦，也是我的錯，神殿內只要發生了任何情況，也都是因為我這樣的平民穿上了青衣的關係。

八成是我的錯，剩下兩成是神官長的錯。他還指控神官長騙了他，謊稱自己不在神殿，想藉機陷害神殿長。坦白說，我真的不由自主產生了「神殿長是笨蛋嗎？」的想法。幫忙公務期間，所有帳簿都交給我計算，所以我很清楚。神官長對神殿長設下的圈套，才不是謊稱自己不在這件事。絕對不是。真正的神官長要恐怖一百萬倍。

「賓德瓦德伯爵，你的證言也一樣嗎？」

神殿長的內容開始反覆循環後，齊爾維斯特露出了不耐煩的表情，轉頭看向伯爵。受了灼傷的蟾蜍伯爵，主張也和神殿長如出一轍，都是平民我的錯。

……但橫看豎看，說他身上的灼傷也是我害的，未免太牽強了吧？

「斐迪南，輪到你提出證言及證物。」

「遵命。」

神官長用平靜的語氣述說伯爵是以偽造文書入城，還報告了我在平民區遇襲一事。更要求人正好就在東門工作的父親發表意見，從守門士兵的角度，佐證了神官長的證言。

「我是他領的貴族，怎麼可能知道新的規則，和手上的文書是否是偽造的呢？我只是受到邀請，於是前來此地，難道這也是重罪嗎？」

伯爵主張在平民區發生的攻擊事件與自己無關，更聲稱自己才是受害者。

「奧伯．艾倫菲斯特，我根本不知道這份文件是偽造的，一直以為自己得到了許可……」

蟾蜍伯爵咕呵咕呵地露出諂媚的笑容，從懷裡拿出文件。卡斯泰德沒收之後，交給齊爾維斯特。看著偽造文件，齊爾維斯特微微揚起嘴角。看到他像是在說「得到證物了」的表情，我突然想起還有該從伯爵那裡沒收的其他文件。

「剛才伯爵還謊稱要收養戴爾克，但其實是和他簽了主從契約，這種情況也算是偽造文書嗎？」

「這個女童說謊！我從一開始就是簽訂主從契約。身為貴族的我，怎麼可能收養平民孤兒！」

伯爵赫然張大眼睛瞪我，立刻指控我是騙子。跪在我身後的戴莉雅抱著戴爾克，用憤怒的眼神看向蟾蜍伯爵。

「神殿長和伯爵之前都說是收養，卻在某個項目上偷偷蓋了另一張紙。」

「閉嘴！」

「……讓我看看那份契約書吧。」

但是，因為疊起的部分已經撕下，現在的文件怎麼看都只是主從契約書，對伯爵來說根本不痛不癢吧。他非常乾脆地把契約書交給卡斯泰德。

「斐迪南，如何？」

「我先前過目的是收養文件。」

神官長瞪著伯爵，像在警告他「別胡亂說謊」。我是平民，戴莉雅是灰衣見習巫女，所以我們的證言會因為身分差距而輕易遭到抹除，但神官長是貴族，意見不會被推翻。只要看齊爾維斯特向神官長詢問意見的樣子，就能知道有多麼信任他。還以為神官長只是普通的青衣神官，已經闖下不少大禍的伯爵臉色越來越難看。

「應該是你看錯了吧？而且，反正對象只是身蝕孤兒，不管是收養還是主從契約，都沒有太大的差別嘛，不是嗎？」

怎麼可能沒有差別，這是強詞奪理吧。大概是判定情勢對自己不利，伯爵慌亂地轉動眼珠子，察看四周。然後，視線一和我對上，他立即想起什麼地指著我，話鋒一轉改變話題。

「更重要的是，請奧伯懲處那個平民！」

「平民？」

齊爾維斯特微挑起眉，對這個話題表現出了興趣。可能是從中看出轉機，伯爵馬上噴著口水控訴：

「我聽說那個名叫梅茵的小丫頭只是平民，是因為奧伯大發慈悲才贈予她青衣。然而，她的態度簡直目中無人，還為所欲為！竟然用魔力攻擊貴族，私兵為了保護我，因而損傷慘重。這個平民簡直危險且殘暴至極，不知道她究竟在想什麼……」

接二連三蹦出來的指控太過離譜，我大吃一驚。

……這隻蟾蜍在說什麼？腦袋是不是壞了還是有毛病啊？

「明明是伯爵指使了私兵過來捉我吧？難道你忘記自己做過什麼了嗎？」

「平民不准忤逆貴族！」

伯爵瞪著我怒不可遏，齊爾維斯特咧嘴露出了笑容。

「賓德瓦德伯爵，看來你有所誤會。你口中的平民，正是我的養女。」

「什、什麼?!領主要收養平民嗎?!」

賓德瓦德伯爵震驚不已，但齊爾維斯特沒有理他，向我招手。

「收養契約也已經簽訂。梅茵，過來。」

我站起來，走向齊爾維斯特。他拉起我脖子上的鏈子，抽出了連有黑色石頭的項鍊。

「這個便是證據。」

「這個小丫頭是領主的、養女……？」

「沒錯。倘若梅茵只是平民，那麼你的主張將被全盤接受，但如今梅茵已是我的養女。換言之，你的罪行不只是在不知情的情況下擅自入城，還要加上攻擊了領主一族。記得說過護衛受了重傷，還用魔力攻擊了本人吧？」

齊爾維斯特不屑一顧地哼了聲，轉向我說：「說說看這個伯爵對妳做了什麼。」

「他不只用魔力攻擊我，我在平民區也受到了襲擊，他還想強迫我簽下主從契約。看，這個傷口就是被這位用刀子劃傷的。」

我攤開掌心，展示好不容易停止流血的傷口。我一邊看著臉色大變的蟾蜍伯爵，一邊繼續公開自己得到的消息。

「還有，聽說春天祈福儀式時攻擊我們的男人們，也是與這位簽訂了主從契約的身蝕。因為他剛剛才在抱怨，不管是初春的時候還是這次，都因為要攻擊我，害他損失了許多手下。」

平民的證言雖然沒有任何力量，但領主的養女就具有說服力。再加上春天祈福儀式時雖然是私服出訪，但齊爾維斯特也一起同行。賓德瓦德伯爵肯定不知道，但他等同是襲擊了領主一行人。

「哦？看來還有其他罪行哪。賓德瓦德伯爵，我將在此逮捕你。現已確定的罪狀有非法入侵城市，以及攻擊領主的養女及其護衛騎士。」

齊爾維斯特說到這裡頓了一下，再以不容反駁的語氣厲聲宣告：

「此外雖然襲擊祈福儀式隊伍一事還有待查清，但既然當時我也與之同行，將視為是你方領主的開戰宣告。身為有可能動搖領地情誼的罪犯，將徹底查清你的罪狀，詢問奧伯·亞倫斯伯罕是否具有開戰意圖，再行發落處分。抓住他！」

卡斯泰德立即拿出發光魔杖，大力一揮，和束縛了神殿長一樣的光束便往外飛出。伯爵翻著白眼，嘴角吐出白沫，沒有絲毫抵抗就被逮捕了。

卡斯泰德再大步走向通往貴族門的門扉，打開大門，往上發出魔力形成的亮光。貴族門立即敞開，早在門外待命的騎士團帶走了伯爵和昏迷的達穆爾。

齊爾維斯特斜眼看著騎士團的行動，目光再投向倒在地上的神殿長。

「齊爾維斯特，像斐迪南這種不知是哪個女人生的孩子，你沒有必要聽他的意見。還有，你到底是受了何等矇騙，居然要收養梅茵這樣愚蠢的平民。竟然想要蠱惑領主，這孩子太可怕了。快點解除養女契約，這是舅舅給你的忠告。」

明明被光束五花大綁，倒在地上，神殿長還是一派趾高氣昂地給予忠告。從卡斯泰德和神官長厭煩的表情來看，可知他們已經聽到耳朵要長繭了吧。

「儘管斐迪南與我不是同個母親所生，但他是我的弟弟。不僅優秀，做事也細心認真，請你不要侮辱他。」

「異母兄弟豈可信任！姊姊大人她……」

「那是你家的情況，我們不同。」

……領主的異母弟弟，也就是前任領主的兒子吧？難怪騎士團要下跪！

直到現在才知道神官長的身世，我眨了眨眼睛。那如果兩位異母兄弟想要和睦相處，神殿長和齊爾維斯特的母親肯定會從中作梗吧。搞不好神官長會進入神殿，也和這方面的事情有關。

「你是我可愛的外甥，還是姊姊大人重要的兒子……我不希望看到你變得不幸。快點聽我的勸吧，齊爾維斯特。」

神殿長搖身一變成了可憐兮兮的老人，哀聲向齊爾維斯特懇求，但後者只是冷冷地俯視他。

「我是奧伯・艾倫菲斯特。這次身為領主，我將摒棄骨肉親情，進行裁決。」

「什麼?!姊姊大人才不會允許這種事！」

看來神殿長至今只要闖下大禍，都有領主齊爾維斯特的母親因為血緣親情，幫他暗中壓下，或是出言袒護。我一直覺得神殿長也太蠻橫又囂張跋扈，原來是有領主的母親當靠山，那在這個身分差距可以顛覆一切的城市，難怪可以為所欲為。

「舅舅大人，你做得太過火了，連母親大人也不能再袒護你。因為母親大人也將因為偽造公文和協助犯罪而遭到問罪。」

為了懲治神殿長，齊爾維斯特似乎決定連同自己的母親一起治罪。他的母親以前應該只是出言袒護神殿長，並沒有犯下足以隔離的重罪吧。但這次雖然是自己的親生兒子，仍是違背了領主的命令，偽造了讓外地貴族能夠入城的公文，已是不容置疑的犯罪行為。齊爾維斯特想必是打算將母親和舅舅一網打盡。

「齊爾維斯特，你想讓自己的親生母親成為罪人嗎?!這麼做你也不可能全身而退！」

「這全是你的錯！」

神殿長大聲責難，齊爾維斯特也對他怒聲咆哮。

「你至今犯下的罪行簡直多不勝數，都怪母親大人因為你是自己的弟弟，一直包庇你，才會演變到這個地步。能夠查到的罪行我會如數列出，你將遭到處刑，母親大人也會幽禁於離宮。我的統治不需要你。」

齊爾維斯特斷然說道，神殿長好像燃燒殆盡一般，用空洞失神的表情看著他。但是，領主的處分不容推翻。

「把神殿長及其侍從帶走。」

「是！」

就像我犯了罪會連累到我的家人和侍從一樣，神殿長犯下罪行後，侍從們也會一併受罰。在卡斯泰德的指示下，騎士們帶走了被五花大綁的神殿長，更前往神殿長室逮捕侍從。門邊的灰衣巫女也被帶走，騎士的手也伸向了戴莉雅。

戴莉雅抬起頭來，朝我投來懇求的目光。

但是，她的視線只和我交會了短暫的一瞬間。

戴莉雅露出死心的笑容，垂下頭去，將戴爾克交給我。

「梅茵大人，戴爾克就拜託您了。」

戴莉雅像吞下了無比苦澀的東西，緊皺著眉別開視線。這樣的表情讓我感到非常熟悉。是我對孤兒院進行改革時，她向我泣訴「希望當時也來救我」的表情。

胸口一陣刺痛。

那時候，我和戴莉雅說好了，「若妳以後有困難，我一定會幫妳」。

「齊爾維斯特大人，我有個請求。」

我使力抬起頭，對齊爾維斯特說。

「說吧。」

「能請您網開一面，讓戴莉雅免於處刑嗎？」

「為何？」

齊爾維斯特的深綠色眼眸裡亮起饒富興味的光芒。

「戴莉雅只是被那位伯爵和神殿長欺騙，雖然確實做出了不少令人不敢苟同的行為，但並沒有壞到需要遭到處刑。而且，她在神殿長身邊只當了侍從一段很短的時間，又還這麼年幼，應該幾乎沒有參與到那些惡行和捧花。」

「……嗯。但是，既然她也在場，也確實與這場混亂有關，總不能不給予任何懲處。那讓我看看身為領主的養女，妳會下達怎樣的裁決吧。」

倘若無法令我滿意，便二話不說處刑──齊爾維斯特的雙眼正強烈這樣訴說著。發現看好戲眼神中的凜冽光芒，我嚥了嚥口水。

「我會讓戴莉雅回到她說再也不想回去的孤兒院。」

「只有這樣嗎？」

「還、還有，她不能成為任何人的侍從，必須一輩子待在孤兒院生活。因為對孤兒來說，被納為侍從是唯一可以晉升的出路。既然摧毀了這個可能性，戴莉雅又十分害怕孤兒院，甚至抗拒進入院內，那麼對她來說應該是十分充分的處罰了。」

看見臉色變得蒼白的戴莉雅，齊爾維斯特輕輕點頭。

「看來確實是如此，那好吧。」

「感激不盡。戴莉雅，今後妳必須待在孤兒院生活。除了戴爾克，還要照顧其他孤兒們，就是妳往後的工作。」

「……遵命。」

戴莉雅緊抱著戴爾克，因不安而緊繃的臉龐稍微放鬆了下來。

今後的我

騎士們正在逮捕並帶走神殿長和他的侍從們，四周一片忙亂。我心想著有沒有自己能幫上忙的地方，注意到了戴莉雅懷裡還癱軟無力的戴爾克。

「請問，我很擔心戴爾克，所以先帶戴莉雅回孤兒院，向葳瑪說明情況吧。」

「這種事不重要，交給其他人吧。」

齊爾維斯特環抱手臂，站得筆挺，低頭看向我立即反對。

「現在最重要的是怎麼處置妳，都還完全沒有討論。斐迪南，房間借我。」

「遵命。我馬上進行準備，請在此稍候。」

神官長迅速轉身，回到神官長室，為接待領主齊爾維斯特作準備。

戴莉雅抱著戴爾克，小聲說道：「梅茵大人，謝謝您。我一個人也沒關係。那我去孤兒院了。」然後開始往孤兒院邁步。我注視著背影越變越小的戴莉雅，身後傳來了齊爾維斯特的說話聲。

「你是梅茵的父親嗎？」

「是，小民名為昆特。」

我吃驚地回過頭，只見齊爾維斯特臉上帶著毫無情緒起伏，看不出來在想什麼的表情，定睛望著還跪在地上的父親。

「帶你家人過來吧。雖然收養契約只要有你的簽名便足夠，但至少讓你們一家人做最後的道別。」

「……感激不盡。」

父親緊握著拳頭，慢慢起身，臉上一樣是面無表情。在這種因為身分差距，什麼意見也不能發表的情況下，父親像正努力把體內波濤洶湧的情感壓抑下來。

「昆特，請留步。我請人帶你到大門。」

法藍抬起頭，和父親一起站起來。他痛得臉部一陣抽動後，叫來灰衣神官，囑咐他為父親帶路。因為稍後還會和家人一起回來，也不忘安排人手在大門待命。

「嗯，看來斐迪南準備好了。梅茵，走吧。」

看見神官長的侍從為了帶路走出房間，齊爾維斯特開始大步移動。卡斯泰德對騎士團下達完了指示，也在一步後方跟上。我正想跟上卡斯泰德，法藍卻踩著有些踉蹌的步伐，想要走在我前面。

「法藍，要是身體不舒服，你不用勉強自己，可以回院長室……」

「不，我是梅茵大人的首席侍從。如此重要的談話場面，怎能讓主人隻身前往。」

發現法藍眼中的決心非常堅定，我也無法再繼續勸他，只好答應讓他同行。法藍忍著痛苦，往前邁步。

移動到神官長室，屋內已經作好了接待客人的準備。我在帶領下來到桌前，依著指引坐下後，齊爾維斯特和卡斯泰德卻是走向神官長的辦公桌，討論起事情。

「梅茵大人，真是辛苦您了。」

阿爾諾用溫柔的語氣安慰我，推來準備了茶具的推車。法藍和平常一樣想幫忙，但才伸出手，就發出痛苦的呻吟聲。

「法藍，你應該回房比較好吧？看你這麼痛苦，而且也還有其他侍從吧？」

我聽見阿爾諾悄聲斥責法藍。雖然不能加入侍從間的對話，但因為我也很擔心法藍的傷勢，真想說我全面贊成阿爾諾的意見。

「不，我不回去。是我拜託了梅茵大人讓我同行。」

「法藍還真是不知變通。」

……阿爾諾，說得好啊。再多說一點，讓法藍主動說出他要回去休息吧。

我在心裡聲援阿爾諾。因為法藍太頑固又一板一眼，堅持守著自己的職務，我才同意他同行，但其實也很希望他回房間休息。

「阿爾諾，你沒資格說我。既然神官長並非不在，而是人在秘密房間，至少可以告訴我一聲吧。你才是不知變通。」

法藍不滿地向阿爾諾抱怨。法藍說得沒錯，阿爾諾也有不知變通的地方。但是，神官長的侍從會不懂得變通，可能是因為神官長就是這樣的人吧。聽著兩人悄聲交頭接耳，我暗暗輕笑。

「茶泡好了便退下。」

神官長下令迴避，讓所有侍從都離開房間。現在屋內剩下的，只有神官長、齊爾維斯特、卡斯泰德和我四個人而已。之後我的家人也會過來，但顯然現在是內部的聚會。侍從一退下，齊爾維斯特便拋開領主的面具，全身放軟，垂下腦袋。

「唉，累死我了……我再也不想裁決親人了。」

「希望這樣一來能稍微整頓整體的風氣。最重要的事情還沒解決，把背給我挺直！」

卡斯泰德輕拍向齊爾維斯特垮著的肩膀，但他只是癟著嘴巴，往我瞪過來。

「卡斯泰德，你也想想，現在還在梅茵面前裝模作樣有什麼意義嘛。我早在祈福儀式那時候就露出各種本性了。」

「既然要當她的養父，至少剛開始要振作一點。」

望著在斥責齊爾維斯特的卡斯泰德，如果是他當我養父，看起來真是可靠得多。我再次體會到這件事，看著兩人的互動。

「既然神殿長是齊爾維斯特大人的舅舅，看來很親近的神官長也是您的異母弟弟，那卡斯泰德大人也和您有血緣關係嗎？」

卡斯泰德甚至還和神官長一起打了領主的頭，我想應該也有血緣關係。

「嗯，卡斯泰德是我父親那邊的堂兄。是我父親兄長的兒子。」

「父親的兄長？那是怎麼決定繼承人的呢？」

這裡的慣例並不是由長男繼承，而是由么子繼承嗎？我眨了眨眼睛，但反而是齊爾維斯特有些愣住。

「當然是依魔力量來決定吧。擁有的魔力量能否擔起整個領地可說是最重要的事情，基本上會從老家擁有強大後盾的正妻孩子中選出。」

「掌管領地也需要魔力呢。」

「……因為妳能很自然地與我們對話，我都忘了，妳真的非常缺乏基本知識。」

貴族的常識連在平民區出生長大的大人都不知道，所以他們理所當然知道的事情，我怎麼可能知道嘛。我板起臉孔，但齊爾維斯特維持著原本的姿勢，只有表情變得嚴肅。

「梅茵，接下來該談談正事了。」

「是。」

「妳因為在我給妳的契約項鍊上蓋了血印，所以算是已經收妳為養女了，但為了因應往後的各種情況，很多地方得動點手腳。」

齊爾維斯特說，首先我得成為卡斯泰德的女兒，再和他成為養父女。簡直就像是洗戶籍。

「必須先成為卡斯泰德大人的女兒，有什麼意義嗎？」

「大有意義。原是平民的小女孩成為領主的養女，和祖先曾當過領主的上級貴族女兒成為養女，兩者截然不同吧。」

「話雖如此，但騎士團的人都認得我，這樣還有意義嗎？」

騎士團的人一看到我，馬上會發現領主的養女就是當初那個平民青衣見習巫女。大家一定會心想，我怎麼突然就變成了卡斯泰德的女兒？

「如果只有騎士團的人看過妳，那靠卡斯泰德和斐迪南便能處理妥當。因為設定上，妳是卡斯泰德的愛女。」

「咦？但就算這樣設定，還是會被人發現吧？這太奇怪了。」

討伐陀龍布時，在場見到面的騎士約有二十人，事到如今才謊稱我是卡斯泰德的女兒，我覺得不可能。

「不，人的記憶其實意外容易改寫。妳是如今已經亡故，但生前卡斯泰德十分寵愛的第三夫人的女兒。」

齊爾維斯特搖搖頭，斬釘截鐵說道。

「第三夫人的女兒嗎？」

「沒錯。卡斯泰德的第三夫人出身雖然不高，只是中級貴族，卻擁有豐富的魔力。上級貴族的妻子們對此感到不是滋味，一直在刁難她。」

劇情變得越來越像是午間連續劇，不知道到底哪些可以當真。

「第三夫人生下了妳以後，不久離開人世。卡斯泰德因為不想讓妳也擁有和母親一樣的遭遇，於是把妳送進神殿，避人耳目地撫養長大。然而，因為不想被他人知道，隱瞞了妳的身分，舅舅大人卻自己產生誤會，到處向人聲稱妳是平民。不計其數的人因此受騙，甚至有騎士因而遭到處分。舅舅大人真是罪孽深重。」

……神殿長的罪狀還因為受牽連而增加了！

意想不到的發展讓我張大了嘴巴，看向齊爾維斯特，再看向一臉無言以對的神官長和卡斯泰德。

「可是討伐陀龍布的時候，我還對卡斯泰德大人說了初次見面的寒暄喔？」

「騎士團長自然要公私分明。都把女兒藏起來了，身為騎士團長，他當然不能在執勤時表現出父女的互動。看起來像是初次見面也是正常的，只要這麼主張即可。」

齊爾維斯特好像打算用這個設定說服眾人，但這麼自圓其說的設定真的行得通嗎？我感到莫名其妙，實在無法相信齊爾維斯特，便問神官長：

「這麼破綻百出的設定，真的在貴族社會行得通嗎？」

「梅茵，妳也許不記得了，但克莉絲汀妮正是這樣的身世。」

神官長冷靜回答，我才突然想起來。印象中我只特別記得克莉絲汀妮是葳瑪和羅吉娜的前任主人，還是藝術造詣深厚的巫女，但她其實也是因為被正妻疏遠，才在神殿長大的貴族千金。記得聽說為了日後可以接回去成為貴族，父親為她的生活起居砸下重金，還派遣教師前來。

「有過真實案例，確實很有說服力呢。可是，卡斯泰德大人真的不介意以這樣的設定，把我當成女兒嗎？」

「……無妨。我也想過要是和羅潔瑪麗有留下個女兒就好了。」

什麼！原來被其他妻子刁難，後來死掉的第三夫人是真有其人。

……我該不會一成為貴族就被欺負吧？

「嗚嗚，既然卡斯泰德大人不介意，那我當然沒關係。可是，突然冒出一個已經這麼大的孩子，不是很奇怪嗎？貴族在孩子出生的時候不會慶祝嗎？」

加米爾出生時還舉辦了宴會，馬上向左右鄰居露臉。因為不像麗乃那時候會以文字留下出生紀錄，在這裡必須通知越多的人越好，一起記憶孩子是在何時出生，但貴族不是嗎？

卡斯泰德回答了我這個問題。他手抵著下巴，像在回想各種情況，瞇起眼睛。

「如果是第一夫人的孩子，出生時是會慶祝，但如果是第二或第三夫人，孩子在出生時並不特別通知也不是少見的情況。因為在貴族社會，孩子都是洗禮儀式時才會露面，正式成為那個家族的一分子。在那之前，除非是交情極為親密的友人，否則很少讓人知道自己究竟有多少孩子。」

「原來是這樣啊……」

我「哦哦」地理解點頭。神官長淡淡一笑，又補充說：

「因為倘若孩子並不具有符合家族水平的魔力，會在受洗前被送到地位較低的人家當養子，不然就是被送進神殿。所以越是高階的貴族，直到確定孩子的魔力量之前，越不會輕易讓人知道孩子的出生。」

……好恐怖！貴族社會真的好恐怖！

因為和平民區不一樣，有魔力可說是基本條件，看來我的常識在貴族社會完全行不通。我在進入神殿時也感受到了極大的鴻溝，要當貴族肯定更加不容易。

「所以，養育為貴族時，孩子都是等到了洗禮儀式才必須在人前露面。於是卡斯泰德決定以洗禮儀式為契機，讓領主收養與母親相似，生來便擁有強大魔力的女兒。藉此讓女兒遠離其他妻子，並給予她有力的身分，以保護愛女……以上就是我們的計畫，明白了嗎？」

回想了大致上的劇情設定，我點點頭。

「感覺真像是貴族社會的『午間連續劇』，我可以寫成書嗎？」

「如果要寫成妳自己的自傳，請自便。」

「……嗚嗚，請恕我慎重拒絕。」

我只是一個喜歡看書的極度虛弱小女孩，怎麼可能寫自傳。我立即推辭，齊爾維斯特卻得意地揚起嘴角說：「難得我想得這麼周到，不介意妳流傳給世人。」

「因此，妳的洗禮儀式將在今年夏天舉行。地點會在卡斯泰德的宅邸，同時我會當場宣布收妳為養女。卡斯泰德，要什麼時候？」

「在星結儀式的幾天前舉行應該差不多吧？我也需要時間準備。」

聽到卡斯泰德說需要準備宴席、菜餚和邀請函，神官長沉思了一會兒後，搖搖頭說：

「幾天前不行，我認為最好再稍微提早。因為梅茵的身體太虛弱了，誰也無法預料她何時會病倒，需要更多充足的時間觀察情況。」

「這樣啊，得保留點來得及改期的時間吧。」

但是相對地，所有準備也要提前，真傷腦筋──卡斯泰德面露難色。

「卡斯泰德，洗禮儀式記得要廣招賓客。因為同時還要宣布梅茵將成為我的養女，讓越多人知道越好。」

「啊，對了。卡斯泰德，洗禮儀式前最好派個教師指導她禮節和問候方式。雖然在侍從的指導下基本上沒有問題，但之前從沒派給她正式的教師。」

三人撇下茫然愣在原地的我，接二連三決定了接下來要做的事情。

「呃，但我的洗禮儀式在一年前就結束了喔……現在要謊報年齡嗎？」

洗禮儀式是在七歲舉行，所以我已經在一年前受洗過了。

……要再舉行一次洗禮儀式，重過一次七歲，好像留級一樣，我不太能接受。

我心有不滿地噘起嘴，齊爾維斯特那雙深綠色眼眸沒好氣地瞪過來。

「只差一歲就別計較了，這是為了讓貴族社會能夠接受。而且光看外表，我看就算再謊稱少一歲也沒問題。」

「什麼再少一歲，太過分了……我真的有在長大喔。」

雖然是為了讓貴族社會接受，這也無可奈何，但就這麼決定了我要重過一次七歲。誰也沒有理會我的不滿，繼續討論。

「再來，是關於妳受洗後的生活。妳身為領主的養女，貴族的活動一律必須參加，但除此之外還是留在神殿生活。就和斐迪南一樣。」

「咦?!」

感覺生活會變得非常忙碌，我的臉頰一陣抽搐。

「因為魔力方面的問題，妳要是徹底從神殿抽身，對斐迪南的負擔太大了，再加上還有工坊的關係。今後將以領地的事業開始生產書籍，但實際上是由平民負責製作。所以若能保有和以往一樣的聯繫，我也比較好辦事。」

我也已經知會過奇爾博塔商會了。齊爾維斯特露出了在打各種如意算盤的表情，奸笑說道。

究竟是什麼時候?!但緊接著，我馬上想起了齊爾維斯特來工坊參觀時，曾一度把班諾帶走。憶起班諾當時宛如憔悴上班族的神態，我只能在心裡為他聲援。班諾先生，加油！

「呃……也就是說洗禮儀式結束後，我要同時兼任領主的養女、青衣見習巫女和工坊長這三種身分嗎？」

難度真是太高了。我扳著手指數出自己的頭銜，齊爾維斯特卻搖頭否定。

「有個地方不對。不是青衣見習巫女，而是神殿長。」

「什麼？」

我不由得把頭一歪，注視齊爾維斯特。是我聽錯了嗎？聽錯了吧。鐵定是我聽錯了。我拚命逃避現實，齊爾維斯特輕嘆口氣。

「現在的神殿長就是因為太過為非作歹，才遭到處刑，不會有人想接下他的位子。因為一旦接下這個職位，一言一行都將受到嚴格檢視，也不能營私舞弊，完全沒有油水可撈。再加上底下還是領主的異母弟弟和養女。明知道只會搞得自己精神衰弱，誰也不會想接。」

「咦？咦？可是，這種情況下，不是該由神官長繼任為神殿長嗎？」

還有比我更適合的人選啊。我看向神官長，齊爾維斯特只是無奈地聳聳肩。

「對外一個是領主的養女，一個是領主的異母弟弟，根本沒什麼差別，但兩個職務對應的工作卻完全不同。斐迪南更適合擔任神官長，處理實務工作、管束神官。要妳當神官長太強人所難了。」

神官長的工作確實又多又複雜。當神官長變成神殿長，而我變成神官長，要是問我能否勝任，答案肯定是不行。可是，神殿長是神殿的最高負責人，我也一樣無法勝任。

「可是神殿長一樣強人所難啊。我可是才剛受洗沒多久的小女孩。」

「放心吧，連舅舅大人都能勝任了。反正神殿長這位子只要威風地坐在那裡就好。

況且光是什麼都不做，就比那個老是惹是生非的舅舅大人要優秀幾萬倍。」

幸好上一任太沒用，當起來很輕鬆哪——雖然齊爾維斯特這麼說，但我想問題不在於此。我還是不知所措，神官長敲著太陽穴，開口說了：

「光是少了那個人，確實做起事情來會輕鬆許多。梅茵當上神殿長後，只要待在位置上即可，麻煩的事情都交由我來處理。更何況妳也都會乖乖幫忙，比起協助某個每次都把工作丟給我，自己卻馬上跑得不見人影的傢伙要輕鬆。」

神官長瞪著「馬上跑得不見人影的傢伙」說，齊爾維斯特只是哼一聲，悻悻然說：「梅茵，妳就和以前一樣繼續被斐迪南使喚吧。」我無視於說話這麼過分的齊爾維斯特，決定對神官長的體貼表示感動：「衷心感謝神官長。」

「梅茵，這樣對我好嗎？我本打算在妳接下神殿長的位置後，做為獎勵，讓妳可以繼續使用現在的房間，若在那裡與平民區的人見面，也會睜一隻眼閉一隻眼……」

「齊爾維斯特大人，我最喜歡您了。」

我立刻雙眼燦然生輝，在胸前交握手指說。卡斯泰德卻輕敲了一下齊爾維斯特的腦袋。

「雖然冠上了冠冕堂皇的理由，但他其實只是想把神殿當成是去平民區閒晃的據點。別被他騙了。」

「咦咦?!」

「卡斯泰德，說話別這麼難聽。我可是把堂兄的愛女收為養女，過來看看她也是正常的吧？」

雖然齊爾維斯特的表情正經八百，但定睛一看，臉上好像寫著「我想去打獵」。看來肯定就是想去平民區玩。

「齊爾維斯特，你要讓梅茵與平民區的人接觸嗎？好不容易讓她成為卡斯泰德的女兒，這樣是否太過危險……」

「如果要把製書視為是本地的產業壯大發展，勢必得與奇爾博塔商會保持聯繫。畢竟先摧毀那家店，再重新自己開店太麻煩了。」

神官長提醒會有風險後，齊爾維斯特卻說出了更加駭人的話。

「請問……摧毀奇爾博塔商會是……」

「先聽我說完。我沒打算毀了那家店。奇爾博塔商會的老闆腦筋理解得很快，也懂得把妳藏起來。知道妳身世的人，少得甚至令我吃驚，也幾乎都是奇爾博塔商會裡的人。除此之外，別人都以為妳是班諾的女兒，不然就是某富豪人家的千金。只要聲稱妳其實是貴族就好。」

雖然要在領主的主導下發展書籍產業，但實際上真正製作書籍的，是以我為中心的古騰堡們。與其把平民區的工匠們全叫到貴族區，保留平民能夠出入的場所更加便利吧。

「妳可以在以往的房間和平民區的人們見面。但是，禁止妳以家人的身分面見現在的家人。妳是從卡斯泰德的女兒成為領主的養女，必須與現在的家人另外建立起新關係。倘若做不到這點，妳的家人便不得進出。」

聽到可以在自己的房間面見家人，我立刻感到雀躍，卻在下一秒冷卻。現在的我還無法確定，究竟是能見到家人一面也好，還是見到面反而會讓我更痛苦。

「我不介意妳在工作上與家人接觸，比如在平民區移動時，由妳的士兵父親擔任妳的護衛，或是讓妳姊姊參加製紙工作。但是，妳必須以契約魔法立下誓言，從今往後不再與他們以家人相稱。」

在齊爾維斯特嚴峻的注視下，我的心臟發出了不快的跳動聲。

訣別

「既然梅茵要以卡斯泰德女兒的身分舉行洗禮儀式，也該改個名字吧。」

打破現場一片死寂的，是神官長的提議。我不明白這句話的意思，歪了歪頭。

「改名……嗎？」

「使用原名確實不夠高雅。」

看來貴族都需要取個長長的名字。換句話說，以後勢必會認識的貴族們也都有著又臭又長的名字。我不禁從現在就開始擔心自己是否記得住。

……但連諸神那麼長的名字都記得住了，應該沒問題吧？希望沒問題。

「最好取個小名可以叫作梅茵的名字。這樣即使奇爾博塔商會的人叫錯，也可以蒙混過關……梅茵，妳有想取的名字嗎？」

聽到齊爾維斯特這麼問，我以梅茵為主，試著思考適合的名字，但一時間什麼也想不到。

「我想不到什麼好名字……只想到像是梅茵TWO、NEW梅茵、RED梅茵。」

「發音聽來真是奇怪，有什麼涵義嗎？」

神官長無法理解地皺起臉龐。正如神官長所說，我用的是麗乃那時候的英文，所以在場三人都聽不懂。

「意思分別是梅茵二號、新梅茵和紅色梅茵。」

「最後的紅色梅茵是什麼？依妳出生的季節來看，妳的貴色該是青色，看髮色則是藏青或夜色，瞳孔則是金色。為什麼會跑出紅色？」

「我也不清楚為什麼會有人這樣說，但紅色好像具有很強和很快的意思喔。」

齊爾維斯特滿臉狐疑，但這個知識也是麗乃那時候的青梅竹馬告訴我的，所以我不清楚原因。不過麗乃那時候的母親曾實行過紅內褲健康法，所以可能是這方面的理由，才說紅色很強吧。順便說，聽說決勝內褲選紅色最好。雖然我在考試時拿到了一件紅內褲，但母親的愛太讓人害羞，所以我不敢穿。幸好最後考上了，母親還對著紅內褲膜拜，但其實我那天穿的是水藍色內褲。

……對不起，女兒這麼不孝。

我的思緒飛向遠方，但齊爾維斯特聽了我的發言，卻吃驚地瞠大雙眼。

「慢著！我才不明白為什麼會有那種涵義！紅色很強?!明明是火神萊登薛夫特的貴色青色才給人強大的印象吧?!」

卡斯泰德扶著額頭，眼神也有些飄向遠方。

「紅色是土之女神蓋朵莉希的貴色，象徵溫暖與包容，確實具有女性的氛圍，但各自解讀的涵義相差這麼多，真教人不安哪。」

……啊，嗯。若以這邊的常識來看，確實是這樣呢。

雖然是包含了希望自己可以變得健康一點的期許，想要塑造出變強以後，以全新身分登場的感覺，但看來誰也無法理解。

神官長用指尖敲了敲太陽穴，狠瞪了我一眼。

「笨蛋，若有很強和很快的涵義在，怎麼能夠當作是女性的名字。別這麼亂來。這可是妳今後要一直使用的名字，再好好想想。」

「……對不起。可是，老實說，我完全不知道貴族們都取什麼樣的名字，也不知道該怎麼取名比較好。」

在日本是依據每個家庭自己的慣例在取名，有些是從父母的名字中取出一、兩個字，有些是拜託寺院幫忙取名，不知道這裡是否也有什麼慣例。我提出這個問題後，三人一同側頭。

「有些人會效仿過去的偉人取名，也有些人會沿用祖先的名字，但倒是沒有可以稱作慣例的規定。」

我「哦哦」地點頭，聽著齊爾維斯特說明。卡斯泰德在他旁邊陷入沉思，然後慢慢抬起頭來看我。

「如果要從父母的名字中取字……那從羅潔瑪麗取兩字，改為羅潔梅茵如何？」

「哇，好有貴族千金的感覺喔。我覺得很棒。而且與其由我決定，這個名字更可愛，也更有女孩子的感覺。」

「梅茵，看來妳也該磨練妳的審美觀了。」

神官長輕笑道，往上站起來。接下來在家人到來之前，必須寫好改名和簽魔法契約用的資料。

神官長寫完所需的文件時，一陣輕細的鈴音響起。

「准進。」

神官長下達許可後，在外待命的侍從們打開房門。阿爾諾依照慣例，向神官長稟報即將迎接客人進來。然後在法藍的帶領下，多莉和父親手牽著手，母親抱著揹帶裡的加米爾走了進來。

「梅茵！」

多莉揮開父親的手，露出燦爛的笑容朝我跑來。

「多莉！」

多莉飛也似地撲上來抱住我，我也緊抱住她。她用力抱緊我後，又馬上放開，開始檢查我有沒有受傷。

「爸爸受了好嚴重的傷，表情還非常恐怖地來接我，連媽媽和加米爾也要一起來神殿，害我好害怕梅茵是不是出了什麼事。梅茵，幸好妳沒事。」

多莉單純地為我的平安感到高興，但母親見到神官長室裡的三名貴族，好像明白到了情況。她難過得用力閉上眼睛，抱著加米爾跪下。

「多莉，這幾位都是貴族大人，妳也要跪下。」

父親輕拍了多莉的肩膀說，當場跪下來。多莉眨了眨眼睛，環顧房間，看見桌旁一派雍容，穿著也講究高貴的三人，慌忙下跪。

「阿爾諾、法藍，退下吧。」

神官長下令迴避，帶家人進來的灰衣神官們便離開房間，緊緊掩上大門。身為在場權力最大的人，齊爾維斯特擺了擺手。
「在那裡坐下吧，允許你們直接回話。」
「感激不盡。」
父親行了士兵的敬禮後，坐在椅子上。看著父親的模樣，母親也緩慢移動。多莉感受到了現場緊繃的氣氛，不安地來回張望，坐在我旁邊。
齊爾維斯特疊著雙腳，緩緩吐出一口氣，再不疾不徐開口。
「為了平息此次的混亂，已決定梅茵要成為我的養女。」
「……是。」
「平民的梅茵要對外宣稱已經死亡。」
多莉猛然抬頭，小臉慘白地看著我。
「是我害的嗎?!都是因為我去接梅茵，才遭到了襲擊吧？」
「多莉，不是的。襲擊我的兇手就在神殿，所以就算多莉沒有來接我，我還是會受到襲擊喔。」
為了不讓多莉感到愧疚，我拚命說明。包括剛才因為情況太過危險，我還動手攻擊了貴族，犯下的罪行還會連累到家人和侍從。
「多莉，反而是我把妳捲進來，對不起喔。妳一定很害怕吧？」
「很害怕啊。雖然害怕，可是養女……」
多莉低下頭去，眼淚滴滴答答地掉下來，我伸手摸了摸她的頭。看見多莉這樣，齊爾維斯特一瞬間難受得皺起臉龐，但馬上變回領主的臉孔，平靜說道：

「梅茵將以上級貴族女兒的身分，成為領主的養女，為此你們可說是絆腳石。為免留下後患，本想過一律予以處分，但如此一來梅茵很有可能失控，所以才決定讓你們活下來。但是，往後不得再以家人的身分相見。」

聽了完全無從推翻的決定，家人身體一震，倒抽口氣，瞠著雙眼注視齊爾維斯特，雙唇不停顫抖。

「梅茵工坊將會繼續維持運作，製造紙張和書籍。她在神殿的房間也會予以保留，所以只要簽訂這份契約，我便允許你們單純只是會面。」

齊爾維斯特遞來用以簽訂魔法契約的契約書。是剛才由神官長寫好的。

「梅茵，由妳來唸吧。比起我們會更加可信吧。」

不識字的平民，常常因為看不懂契約書而吃悶虧。聽說有些契約書還會摻入只有貴族看得懂的文言文，商人也因此損失慘重。所以對文盲來說，讓值得信任的人來朗讀契約內容十分重要。

我站起來，走向桌子擺著筆和墨水的那一邊。左手邊是神官長、齊爾維斯特、卡斯泰德，右手邊則成排坐著家人。我看向兩邊，拿起契約書，用力抿緊了嘴唇。要自己唸出與家人斷絕關係的契約書，太痛苦了。

「今後須向身邊的人宣布梅茵已經死亡，且即便與梅茵相見，也不得以家人相稱。此外，須以面見貴族的態度對待梅茵。以上即是契約內容。」

我把契約書放回桌上，坐得最遠的多莉又開始不斷掉淚。

「一旦簽下這個契約，梅茵就再也不是我的妹妹了嗎？」

「不，就算沒有簽約，我也不再是多莉的妹妹了。」

單純只是若簽下這個魔法契約，我們還可以見面，但我要成為養女已是既定事實。

「我不要！」

「多莉，我也不願意啊，可是我不想再害妳遇到危險了。這次雖然得救了，但下一次誰也不敢保證。而且，以後說不定是媽媽和加米爾也會遇到危險……因為我的關係。」

大概是想起了受到攻擊時的恐懼，多莉沒有血色的臉蛋變得僵硬。畢竟受襲到現在還沒經過多少時間，會害怕也是正常的。

「我不想再讓家人遇到危險了。多莉，妳能明白的吧？」

「可是……」

多莉咬著下唇，只是不甘心地發出「嗚嗚」抽噎聲，仍然無法接受。結果我也跟著想哭，視野變得模糊，眼淚掉了下來。

「多莉……拜託妳在這裡簽名。如果妳不簽名，我真的再也見不到多莉了。就算不再是家人，就算不能叫妳姊姊，至少讓我見妳一面也好嘛。」

「咦？」

多莉瞪大了眼睛看著我，接著猛然起身，一邊哭著一邊快步向我走來。我張手抱住多莉。

「為了多莉和加米爾，我會努力做很多繪本跟玩具，所以來孤兒院和我房間找我玩吧。至少讓我看看妳，我想知道你們過得好不好。」

「梅茵，不要哭了。」

多莉緊抱著我，聲音因為嗚咽變得斷斷續續，拚命安慰我。

「我會來孤兒院玩的。也會努力學習寫字，可以看懂梅茵做給我們的書。」

「嗯，一定要來喔。還有，幫我把繪本和玩具帶回家吧。因為加米爾在洗禮儀式前不能來神殿，所以希望多莉能幫我拿給他。」

我忍不住因為多莉的溫暖咧開笑容，仰頭看她。

多莉吸著鼻子，一口答應。

「嗯、嗯，交給我吧！」

「還有，多莉要進珂琳娜夫人的工坊工作吧？等妳磨練好了手藝，成為一流的裁縫師，我再向妳下訂單，總有一天多莉要幫我做衣服喔。」

多莉聽了，雙眼頓時亮起強烈的光芒。她泛著淚光的紅腫雙眼定定望著我，重重點頭。

「我答應妳，以後一定會幫梅茵做衣服。」

「多莉，我最喜歡妳了。妳是我引以為傲的姊姊喔。」

再一次緊抱住彼此後，多莉一邊發出啜泣聲，一邊在魔法契約書上簽名。冬季期間來孤兒院學會的文字竟在這種情況下派上用場，真是有些諷刺。

多莉拿出自己的小刀，蓋了血印。簽完名後，多莉強忍著嗚咽，回到位置上。

「梅茵。」

母親站起來，連同揹帶把加米爾交給父親。她來到站在契約書前面的我，跪在地板上，直起身體，包覆般地將我摟在懷中。大概是母乳的香氣，在香甜又熟悉的氣味包圍下，我也環抱住母親。

「媽媽……」

我緊抱著母親，一時間想不到該說什麼，只是不發一語地用力抱緊。對此，母親用傷腦筋的語氣輕喃。

「想不到妳這麼快就要離開父母身邊了呢。」

「……媽媽，對不起。」

倚在母親的懷裡，母親的心跳聲和話聲同時傳進耳中。母親和哄我睡覺時一樣，溫柔地扒梳我的頭髮，就連這種時候，也開始說起平常早已聽慣了的叮嚀。

「梅茵，妳老是動不動就身體不舒服，所以一定要小心。只要有任何狀況，一定要找身邊的人商量。記得聽從大家的指示，不要給人添麻煩。不可以自己一個人魯莽行事。自己幫得上忙的事情就要幫忙，也不可以太過依賴身邊的人。還有……」

平常聽到這些叨唸，我都會「是、是」隨口應聲，但現在一想到以後再也聽不到了，突然覺得非常寂寞。我抱著母親側耳傾聽，每句叮嚀都點頭回應，但注意事項實在太多了，甚至有些到了中途還開始重複，我不禁有些想笑。

「還有，這是最後一件事。」

「還有嗎？」

我抬起頭，忍不住笑了出來。但母親直到剛才都還面帶笑容，突然臉龐一皺，眼淚沿著臉頰滑落下來。

「要好好保重，不要逞強……我愛妳，我的梅茵。」

「我也最愛媽媽了。」

母親好一會兒緊擁著我，然後慢慢鬆手，站了起來。

「媽媽，要我代替妳簽名嗎？」

父親因為工作的關係，多莉則是因為我教過她，也在孤兒院練習過，所以會寫字，但母親應該不識字。我詢問後，母親緩緩搖頭。

「媽媽也趁著冬天的時候和多莉一起練習了喔。因為想要看懂梅茵寫的信。別看我這樣，媽媽至少會寫家人的名字了呢。」

母親害羞地笑了笑，拿起筆，用有些笨拙的手勢往契約書寫下自己和加米爾的名字，然後蓋上自己的血印。

父親抱著揹帶裡的加米爾，往我和母親走來。是要把加米爾交給母親吧。母親也站在原地等待，沒有先回到位置上。

「爸爸，我可以抱抱加米爾嗎？」

「嗯。」

父親用僵硬又不靈活的動作抬起左臂，在母親的協助下，解下揹帶，把加米爾放進我懷裡。

我用最近好不容易像樣了些的動作抱著加米爾，低頭一看，發現他正張著眼睛。接著磨蹭他的臉頰，加米爾身上傳來了嬰兒特有的好聞香氣。我用力吸了一口，再往加米爾可愛的額頭親了一下。

「加米爾，雖然你不會記得，但我會為了你做很多繪本，以後一定要看喔。」

趕在惹哭加米爾之前，我連同揹帶把加米爾還給母親。母親顯得有些猶豫後，在加米爾的手指上淺淺劃了一刀，用少量鮮血蓋在加米爾的名字上。

母親安撫著痛得哇哇大哭的加米爾，回到座位上，於是我重新轉向父親。多半是受了灼傷的左臂使不出力氣，父親只用右手臂抱住我。

「爸爸，你的手臂沒事吧？一定很痛吧？對不起，都是因為我的關係，才受了這麼嚴重的傷……」

「不對。我明明是妳父親，卻這麼沒用。梅茵，對不起，爸爸沒能保護妳。」

父親近乎呻吟地低聲說道，不甘心得臉孔扭曲，流著眼淚。感受著父親使力抱著我的右手臂，我不停搖頭。

「才沒有呢，爸爸每次都保護了我喔。我以後要是結婚，一定要找一個像爸爸一樣會保護我的人。」

父親聽了眉頭揪起來，邊哭邊笑地搖頭。

「梅茵，這種時候應該要說妳想當爸爸的新娘吧。」

「嗯……我長大後、想當爸爸的新娘。」

我緊抱著父親說完，父親把臉埋向我的肩膀。

「是嘛……我一直想聽女兒對我這麼說。想不到夢想才剛實現，梅茵就得離開了，真讓人難過哪。」

聽到一直寶貝地保護我、撫養我長大的父親這麼說，我的眼淚再也停不下來。

「雖然我的名字會變，也不能再稱呼爸爸為爸爸了……可是，因為我是爸爸的女兒，所以，我也會連同城市一起保護大家。」

「梅茵。」

在父親的用力緊抱下，滿溢的情感再也無法抑制。與之同時，還沒有還給神官長的戒指盈滿魔力，開始發光。

「什麼?!」

「梅茵?!」

父親吃驚地放開我，來回看向我和發光的戒指，還有拿著發光魔杖站起來的三個人。

「梅茵，快壓下來！」

「不行……這份魔力必須釋放出去才行。因為這些魔力是為了家人滿溢出來的，必須為了家人使用才行。」

我呢喃後，戒指的光芒變得更是耀眼。嘴唇半是無意識地掀開，唸出祈禱文。

「司掌浩浩青空的最高神祇，暗與光的夫婦神；分掌瀚瀚大地的五柱大神，水之女神芙琉朵蕾妮、火神萊登薛夫特、風之女神舒翠莉婭、土之女神蓋朵莉希、生命之神埃維里貝啊。請聆聽吾的祈求，賜予祢的祝福。」

我一邊向神獻上祈禱，一邊緩緩舉高雙手。唸出神名的同時，戒指也搖曳著發出淡金色的光芒。注視著光芒，我更是專心一意地祈禱。

獻給即將分離的家人，我由衷所有的祝福。

「吾的虔誠之心奉獻予祢，謹獻上祈禱與感謝，懇請賜予祢神聖的守護。予以治癒傷痛的力量，予以向著目標前進的力量，予以排除惡意的力量，予以承受苦難的力量，賜

予吾所愛的人們。」

淡金色光芒化作了一粒粒光輝，充滿整個房間，發著亮光灑落下來。而且不只家人，好像也飛往了我在心中十分重視的人們，有一部分光芒也飛向了屋外。

「傷口、消失了……」

「是芙琉朵蕾妮的治癒之力喔。」

父親因魔力造成的灼傷消失得不留半點痕跡，我緩緩撫過他的左臂。

「梅茵，妳是我引以為傲的女兒。這份力量要正確使用，保護城市。」

「我保證，我絕對不會用來做會惹爸爸生氣的事情。」

我們輕敲了下彼此握起的拳頭，父親才轉向契約書，用顫抖的手簽名，再用小刀劃向手指，蓋了血印。然後，父親緊咬著牙低下頭去。

我拿起筆，依序看向家人。雙眼紅腫，正注視著我的多莉；大概是因為祝福的關係讓傷口癒合了，揹帶裡停止了哭泣的加米爾；抱著加米爾，望著我靜靜流淚的母親。還有低垂著頭站在我旁邊，按著眼角的父親。

「爸爸、媽媽、多莉、加米爾，我最愛你們了。」

攤在我眼前的，是一張不能再以家人相稱的契約書，和一張確定此後將由梅茵改名為羅潔梅茵的契約書。我咬了咬牙，一鼓作氣簽完名，再把掌心伸到父親面前。父親流著眼淚，表情極盡無奈地在我的手指上輕劃一刀。

我把隆起的血珠蓋在兩張契約書上。下一秒，簽好了所有人名字的契約書竄起金色火焰，燃燒後憑空消失。

「魔法契約就此成立。如今在你們眼前的是上級貴族的女兒，羅潔梅茵。」

家人吃驚地望著被金色火焰吞沒的魔法契約，聽見齊爾維斯特宣告契約就此成立，一致伏首跪地。

「那恕小民先行告退。」

「願您諸事平安，還請多加保重。」

「……再會。」

成為了上級貴族女兒的我，不能再以相同的視線高度和大家說話。

雖然他們不會明白這是什麼意思，但是我不在乎。至少想表達出自己的敬意與感謝，我九十度彎腰，深深低下頭去。

「本日感謝各位前來，衷心期盼後會有期。」

曾是家人的人們離開了，只剩下成為了羅潔梅茵的我，孤零零地被留在原地。

終章

路茲此刻人在奇爾博塔商會。從神殿回家的半路上，梅茵和多莉遭到奇怪的男人擄走，在昆特、達穆爾和歐托的奮戰下，才把兩人搶回來，剛逃進奇爾博塔商會。

「歐托、路茲，發生什麼事了?!除了有義務保密的，把能說的都告訴我！」

大概是接到了梅茵他們逃進商會的通知，班諾衝上樓來吼道。路茲煩惱著該怎麼回答時，歐托怒目瞪向班諾。

「班諾，別這麼大聲，會吵醒睿娜特。」

「噢，抱歉、抱歉。路茲，你別理歐托，快告訴我。」

歐托和班諾一如往常的對話，讓路茲稍微緩和了緊張。於是路茲從多莉去接梅茵，大家一起回家開始依序說明。一行人在回家的半路上遇到了正在尋找外地貴族的歐托，然後聊天聊到一半時遭到襲擊。對方的目標應該是梅茵，但路茲聽到他們說：「是哪一個?!」所以對方應該不認得梅茵的長相。達穆爾拖住了歹徒們，他們則逃來奇爾博塔商會。梅茵和昆特再趕往神殿，向神官長報告這件事。路茲也說明了達穆爾已經發出信號召喚騎士團。

「這麼說來，梅茵也發出了求救信號喔。」

歐托低喃說道，所有人的目光全集中在他身上。路茲因為追著昆特狂奔，並沒有注意到梅茵曾經發出求救信號。再加上昆特不准他去神殿，現在又多了自己不知道的事情，內心的悔恨不禁益發強烈。

「她用膝蓋流下來的鮮血，往脖子上戴的護身符蓋了血印。說是如果她身陷險境，會有人趕來救她。」

什麼啊？路茲滿腹疑惑。但相較之下，班諾似乎是有什麼頭緒，咂嘴說著：「可惡！未免太快了！」翻身返回店裡。

「老爺，那到底是……」

「這是最高等級的機密！」

不知道是針對誰，班諾憤憤咒罵著衝下樓梯。在自己不知道的時候，到底發生了哪些事情？路茲咬住嘴唇。明明發生了這麼危險的事，自己卻幫不上梅茵半點忙。任憑他再怎麼努力，還是存在著自己無法跨越的高牆。

「看，班諾的嗓門大到害睿娜特哭了呢。好可怕的舅舅喔。乖、乖。」

歐托抱起睿娜特，輕輕搖晃安撫。珂琳娜被班諾殺氣騰騰的模樣嚇得睜大眼睛，這才回過神來，開始動作。所有人以睿娜特為中心開始行動後，大概是恐懼沖淡了一些，多莉僵硬的表情也恢復了點生氣。託給奇爾博塔商會照顧後，多莉一直不停發抖，聲音也發不出來，現在終於小聲嘀咕說：「早知道應該把和梅茵一起做的搖鈴布偶帶過來。」然後，歐托開始了睿娜特的讚揚大會，多莉也炫耀起加米爾和他對抗。

……但兩邊我都已經聽到不想再聽了。

路茲沒有參加炫耀孩子大會，靠到窗邊俯瞰大道，心想著也許可以看到士兵和騎士們的動靜。但是，他只看見了如同往常的人潮，彷彿剛才發生過的襲擊只是幻覺。

……梅茵不會有事吧？

「多莉，接下來要去神殿，走吧。」

一段時間過後，來接多莉的昆特左臂上有著非常嚴重的灼傷。看到變作紅黑色的傷口，多莉的臉龐瞬間沒了血色。

「爸爸，你怎麼受傷了?!梅茵呢?!」

「在神殿。走吧。」

昆特平常面對女兒總是笑口常開，現在卻沒有對多莉露出半點笑容，低聲說道。在他身後，還有抱著加米爾的伊娃。明明身體還沒有完全恢復，連伊娃也必須外出，一家人被叫往神殿，一定是梅茵出了什麼事。如此判斷後，路茲仰頭看向昆特。

「昆特叔叔！我……」

「我之後再來說明，等我們回來吧。」

和梅茵再怎麼像家人一樣親密，他們依然不是家人。路茲並沒有一起被叫過去。無法前往神殿，路茲只能留在奇爾博塔商會待命。

「……那我會在店裡，不然就是二樓的老爺家。」

「店裡或二樓吧？我知道了。」

直到剛才，路茲只是陪著惶惶不安的多莉而已。如果只有他一個人，他不需要待在珂琳娜家。因為是都帕里學徒，該待在樓下的班諾家。

……但是待著不動，只會不安得靜不下來，還是做點工作比較不會浪費時間。

路茲決定和昆特他們一起離開珂琳娜家，回到商會。走到玄關，昆特冷不防轉身，用駭人的表情瞪向抱著睿娜特的歐托說：

「歐托，你也盡速返回大門。幫我轉告士長，我因為騎士的命令前往了神殿。」

「是！」

目送梅茵一家人前往神殿後，路茲轉身走進店裡。只見班諾和馬克正神色凝重地討論著印刷工坊的事情，路茲瞥了他們一眼。看來梅茵的護身符具有什麼秘密，足以對印刷工坊帶來巨大的影響。

……現在再不提起精神工作，會被拋在原地。

聽到梅茵護身符的事情，班諾就急忙衝下樓去，完全沒有意識到路茲也在現場。現在也是明明在和馬克商量，卻沒有把路茲叫過去。被禁止前往神殿也是沒辦法的事，所以路茲可以死心，但要是印刷工坊開始運作時被嫌「礙事」，他絕對無法放棄。

……我才不要只能置身事外！

路茲重新打起精神，開始計算梅茵工坊的收支。雖然吉魯很認真在計算，但因為還無法完全放心交給他，所以必須檢查過一遍。

「這種事交給工坊的人做就好了吧？就算算錯造成損失，也是他們自己不好。」

萊昂探頭看向路茲手邊，皺起臉說。萊昂是在神殿接受侍者教育的都帕里學徒，他認為路茲太過干涉梅茵工坊的事情了。看在還要和其他工坊及店家打交道的萊昂眼裡，似乎覺得路茲過於偏袒梅茵工坊。路茲總會細心計算梅茵工坊的收支，各種瑣碎小事也幫忙打理，看在他人眼裡，會覺得有差別待遇也不奇怪。但是，路茲自身完全沒有偏袒的打算。

「關於梅茵工坊孤兒院分店的成立與經營，都是往後要開新印刷工坊時的練習，所以我不能混水摸魚。」

「以後的工坊？你要負責這種工作嗎？」

萊昂驚訝叫道，路茲看著他用力點頭。

「老爺以後要成立新工坊，如果不能幫上他的忙，他就不會帶我去其他城市。是老爺說了，我就算在梅茵工坊出點小錯也沒有關係，要我好好練習。所以，我並不是偏心。」

「哼……所以是練習的跳板嗎？」

萊昂說得沒錯。和其他商家出身的孩子不同，路茲並沒有可以供他練習的老家後盾。只有在梅茵那裡，才能讓他從失敗中學習成長。

所有文書工作都做完後，正拿給班諾批准時，一團光芒突然從窗外飛了進來。光芒完全無視於牆壁和玻璃窗，直接穿透後，開始在屋內繞起圓圈。

「怎、怎麼回事?!」

班諾、馬克和路茲都瞪大眼睛。光芒在三人頭頂上方劃圓打轉，化作光點後，灑落在他們身上。神奇的是，唯獨避開了萊昂。

路茲愕然地抬頭看著，變作細小光點的光芒緩緩消失，現場再度恢復到了彷彿什麼也沒有發生過的寂靜。
「……這是怎麼回事？」
「不知道。」
「那些光芒只避開了我喔。」
路茲看著確實曾有光點落下過的掌心，但如今光點早已經消失不見，感覺好像是融進了自己體內。為什麼那些光芒只避開了萊昂？這到底是怎麼回事？四個人正偏頭不解時，昆特他們回到店裡來了。
「路茲，讓你久等了。」
一行人全帶著哭腫了的雙眼，表情非常晦暗。路茲一直以為他們要去神殿接梅茵回來，在場卻沒有看到梅茵。不祥的預感讓他心神不寧。總覺得一旦問了，就再也無法收回，所以他緊閉上差點要問出「梅茵呢？」的嘴巴。
得想點別的話題——路茲心急起來，視線游移，忽然注意到昆特明明剛才手臂上還有著嚴重的灼傷，現在卻完全好了。
「昆特叔叔，你手臂的傷……」
「是梅茵最後的祝福。光芒灑下來後，就治好了。」
昆特緊咬著牙關說話，聲音中充滿悔恨。聽到「梅茵最後的祝福」，路茲看向多莉和伊娃，身體開始發抖，喉嚨也一陣痙攣。在他開口問「最後是什麼意思？」之前，馬克先拍了一下掌心。
「那麼，剛才飛來這裡的光芒，也是梅茵的祝福吧？」

「……也飛來這裡了嗎？」

昆特吃驚地瞠大了眼。路茲點了點頭，告訴昆特剛才有許多光點飛了進來，還避開了萊昂，灑在三人身上。

「看來是梅茵重視的人們都收到了吧。連我的傷口都能治好，是非常強大的祝福喔。」

昆特哀傷地往上扯開嘴角。看見昆特已然死心的笑容，路茲領悟到了。一切在他伸手無法觸及的地方，就已經結束了。

「……梅茵怎麼了？她為什麼沒來？」

「梅茵已經不在了。被貴族帶走，離開我們了。」

多莉不停掉下眼淚來說。班諾緊皺著眉頭，瞇起眼睛。

「昆特先生，我想問一個問題。梅茵工坊會繼續運作嗎？」

「老爺！現在梅茵都不見了，您怎麼問這種問題！」

「閉嘴！這件事很重要！如果她是死了，我們商會就必須把工坊買下來，讓工坊繼續運作，但如果是被貴族收走，就要思考其他應對方式。」

和聽不懂班諾在說什麼的路茲不同，昆特似乎明白這些話的意思。

「……班諾先生，你早就知道了嗎？」

「詳細情況並不清楚，但歐托說過梅茵在護身符上蓋了血印。那麼，倘若梅茵並不是真的死了，我能猜到會發生什麼事。是奧伯．艾倫菲斯特帶走了她吧……那麼，新的工坊長叫什麼名字？」

昆特瞪著班諾，眼神恐怖到了在旁看著的路茲不禁背脊發涼，然後說了：

「她的新名字是羅潔梅茵，身分是上級貴族的女兒。梅茵已經死了。事情就是這樣。」

「什麼事情就是這樣……」

路茲啞然失聲。昆特像對梅茵做的那樣，輕摸了摸路茲的頭。

「為了保護家人，梅茵成了上級貴族的女兒。表面上會宣稱這是為了保護預計成為領主大人養女的上級貴族千金，我們和梅茵才能保住一命。相對地，也必須簽訂魔法契約，不能再以家人相稱。你們也已經和梅茵太過密切往來，最好謹慎行事，以免受到處分。」

「感謝忠告。」

班諾道完謝後，嘆著氣垮下肩膀。

「不過，我本來還以為會有兩年的緩衝時間，想不到這麼突然就提早了。」

「老爺，梅茵消失了耶?!」

現在梅茵被上級貴族帶走，以後不能再以家人的身分見面，這麼說太過分了吧！路茲對於班諾的反應感到憤怒，忍不住大叫。但是，班諾只是冷冷回望。

「路茲，梅茵並不是死了。她只是從今而後將以羅潔梅茵這個身分活下去。就算從平民成為上級貴族的女兒，你以為她的本質會輕易改變嗎？反而是今後擁有了權力，失控起來會更恐怖吧！」

現在梅茵就已經常常失控，一旦再多了上級貴族的權力，橫衝直撞起來，誰也阻止不了她。班諾搔著頭咆哮。

「況且如果只是改了名字，代表羅潔梅茵會直接接手成為義大利餐廳的共同出資者。現在奇爾博塔商會好不容易才從下級貴族開始，慢慢增加了與中級貴族的往來，現在卻突然成了上級貴族指定的商人，還是合夥人喔。哪有時間傷心哭泣，不如快點工作！管她是梅茵還是羅潔梅茵，你想那傢伙最想要的東西是什麼?!」

就算成為了上級貴族羅潔梅茵，那傢伙到死也改不了的愛書毛病也不可能改掉。她想要的東西當然只有一個。

「是書！」

「沒錯。即使對方的立場和應對方式改變了，我們要做的事情還是一樣，就是做生意。既然現在又有了領主的許可，我們奇爾博塔商會勢必會與羅潔梅茵接觸到。」

班諾說完，梅茵家人的表情都有了些變化。

「就算你們見不到上級貴族，不能與她交談，但我們可以在做生意的時候與羅潔梅茵談話，也會和她有文件上的往來。要在文件裡偷帶封信，也是輕而易舉的事。我就是預料到這點，已經讓路茲和梅茵簽了魔法契約，你們還能保持最基本的聯絡。」

雖然不能當面稱呼彼此為家人，但並沒有連寫信也遭到禁止吧。魔法契約也是有漏洞的——班諾說完，狡詐一笑。

「路茲，那如果我寫了信，你可以幫我交給梅茵嗎？」

聽到多莉這麼問，路茲才恍然驚覺。自己還可以幫上梅茵的忙。至少她並不是死了，所以還可以幫忙。想到要做書，還要當她與家人之間的橋梁，路茲用力點頭。

「交給我吧！」

現在離開商會要回家了。從這一刻開始，梅茵要當作是已經死了。一回到家，必須馬上舉辦梅茵的喪禮。

「路茲，對你的家人，你要說明梅茵是被外地來的貴族殺死了。我們也會立刻開始準備。」

昆特用力皺眉，瞪著虛空。梅茵是因為外地的貴族闖進來，才不得不成為貴族。這樣一想，昆特的說明也不算謊話。

「知道了。」

回到家，路茲向父母報告接下來要舉行梅茵的喪禮，然後扒也似地吃完晚餐。先吃完了飯的父母往手臂纏上黑色布條，急急忙忙衝出家門。路茲和哥哥拉爾法也幫彼此纏上黑布條，用以表示自己是與喪禮有關的人。

「……路茲，梅茵為什麼死了？她最近不是很有精神嗎？」

「昆特叔叔說，是被貴族殺死了，但因為我沒有在場看到，所以也不太清楚。」

手臂上同樣纏著黑布條的左右鄰居都聚集來到水井廣場上。原本遺體該放在木板上，以便搬運至墓地，但因為梅茵沒有遺體，所以無法這麼做。在眾人眼前，是一個小木箱取代了遺體。裡頭放有梅茵的一套衣服和以往戴在頭上的髮簪，就這樣而已。

「居然沒有遺體，這是怎麼回事？」
聚集在廣場上的鄰居們發現喪禮的情況非比尋常，全瞪大了眼睛。身為喪主，昆特痛苦得臉龐扭曲，垂下頭去。
「梅茵……被外來的貴族襲擊殺害，遺體也被搶走了。」
「這真是……太讓人難過了。」
被貴族搶走的東西絕對拿不回來。街坊鄰居都知道昆特有多麼疼愛孩子，又有多麼溺愛虛弱的梅茵，所以不用問也知道連遺體都拿不回來，一定是心如刀割。而且因為與貴族有關，沒有人能再繼續追問。
「好不容易最近變得比較健康了呢……」
鄰居們望著木箱，開始回憶梅茵的洗禮儀式和帶加米爾出來露面時的情景，你一言我一語地講述。
相傳亡者國度的門扉，都是在黑暗之神與光之女神相遇的黎明時分開啟。當太陽一如往常升起，會在夫婦神的引導之下，前往亡者的國度。直到死者順利前往亡者的國度之前，要訴說故人的回憶直到天亮。
但是，梅茵和鄰居們幾乎沒有交集，所以能說的事情很少。
「……路茲，你和梅茵感情很好吧？你來講點事情吧。」
路茲回想了和梅茵相處的這兩年半時光。最一開始，梅茵連大門也走不到。就算想要書，沒紙也沒墨水，所以編過草的纖維、做過黏土板……好不容易可以做紙了，也沒辦法馬上把書做出來。

「梅茵她不管做什麼事情，馬上就會病倒。可是，為了自己想要的東西卻又非常努力。一開始她連走到水井旁邊都會氣喘吁吁，後來已經可以走到森林了。」

「對喔，記得她還捏過泥土、削過木頭，做過很多奇怪的事情。」

「不是還和路茲一起用鍋子煮樹枝嗎？」

一起去過森林的弗伊他們也回想起來，紛紛說了梅茵在森林裡做過哪些事。路茲的家人也接著斷斷續續地說了些話。

「梅茵想出來的食譜真的很好吃。」

「梅茵不只幫忙昆特在大門的工作，學習寫字和計算，還教了我們家路茲呢。是個聰明的孩子。」

「哦……這我倒是從沒聽說過。」

洗禮儀式結束後，路茲成了商人學徒，梅茵成了神殿的見習巫女。但是，因為神殿的見習巫女傳出去並不好聽，所以沒有特別告訴其他人。對外都說梅茵會幫忙大門的工作，並透過路茲的介紹，在家裡做些奇爾博塔商會給的文書工作。所以，真的沒有多少人知道受洗後的梅茵在做什麼。

其實梅茵在孤兒院成立了工坊、做了墨水、做了書。還成為約翰的資助者，做出了金屬活字，又為海蒂的彩色墨水研究提供資金，還和英格一起反覆測試，就快要做出印刷機了。梅茵真的很厲害！

雖然路茲很想這麼告訴大家，但他不能說。因為關於做書的事情，他不知道究竟哪些部分可以告訴他人。

「梅茵身體虛弱，發育也很慢，我總是很擔心她不知道什麼時候會離開我們。像多莉是兩歲還三歲的時候開始什麼事都說不要，想要自己來，梅茵卻是到了五歲才開始……」

在那之前梅茵很愛哭，一直抱怨只有多莉這麼健康不公平、她可以去外面不公平——伊娃抱著加米爾，低聲喃喃說道。聽到女兒埋怨沒有讓她擁有一副健康的身體，當母親的會很難過吧。

這些應該是指之前的梅茵吧，路茲心想。路茲認識的梅茵絕對不會哭訴「不公平」，一直很努力在增強自己的體力。雖然常常到最後都是白忙一場，但為了看書，她每次都全力以赴。

「後來雖然不再老是哭喊不公平，但也凡事都說要自己來，而且變得很愛生氣。大喊說什麼『我受夠這種身體了！』然後開始打掃房間，結果卻又發燒，跳了奇怪的舞蹈以後卻昏倒，還說這個對身體很好，吃了卻拉肚子……」

說完，伊娃輕笑起來。

……這些就是我認識的梅茵了。

路茲腦中清晰地浮現出了梅茵的各種奇言怪行。

「等到她叛逆期結束，不再因為一些莫名其妙的事情突然生氣、大哭，也開始可以和路茲一起去森林了。我並不奢望她能和一般的孩子一樣，但好不容易可以出門了，還能參加祭典，現在卻這麼突然離開我們身邊……」

之後梅茵的家人流著眼淚，好像什麼話都說不出來了。四周的人悄聲說著，好不容易變得比較健康，女兒卻被外來的貴族殺害，還沒有遺體，這也是沒辦法的事吧。因為能說的事情很少，這場喪禮很安靜。在篝火的照亮下，昆特流著眼淚，不語地削著板子，製作梅茵的墓碑。

眾人輪流閉眼休息，一直等到了天亮。等到第二鐘響，媽媽們拿出麵包和茶水分給大家。因為在喪禮結束之前不能吃肉。吃完簡單的早餐，鄰居們一起扛起輕若無物的木板前往神殿。居民死亡時必須向神殿通報，領取下葬時所需的名牌。

向神殿的守衛報告有居民死亡一事，守衛讓他們進了禮拜堂。當有城裡的居民死亡，通常會由灰衣神官出面處理，今天卻是神官長。

「今年七歲，在夏季出生，名字是梅茵嗎？我知道了。」

在禮拜堂等了一會兒後，神官長拿著一塊平坦的白色牌子走回來，交給昆特。那是梅茵在洗禮儀式上蓋血印登記過的名牌。這個牌子也等於是下葬的許可證，對於沒能花錢準備墓石和墓碑的窮人來說，可以當作墓石使用。

在神殿領了名牌，接著前往城外的墓地。男人們扛著的木板上因為只放著木箱，沒有什麼重量，大家的腳步自然而然變快。而且關於梅茵的回憶也不多，所以大家也都沉默寡言。

最後，木箱埋在了離墓地入口最遠的一處角落。因為木箱本來就不大，埋進土裡也沒有花上多少時間。昆特把名牌按在削作墓碑用的板子上，名牌牢牢嵌進了板子裡。和周遭的墓一樣，這塊板子會插進土裡立於墓前，當作是墓碑。

有錢人家的墓碑上刻了許多文字，但因為貧民識字的人不多，所以這一帶窮人的墓碑上極少看到文字。只能透過削好板子的形狀和名牌嵌著的位置來確認，但梅茵的墓碑上刻有「心愛的女兒」這五個字。

前往城外的墓地下葬後，喪禮就算結束了。倘若死亡的是一家之主，還得討論遺產要怎麼繼承，今後將撐起整個家族的繼承人也要講幾句話表明自己的決心。但是，梅茵才剛受洗完而已，當然不需要這些事情。

喪禮隔天，周遭人們都回到了原本的生活。路茲也回歸到平常的生活。

他走出家門，跑下樓梯，穿過水井廣場後再跑上樓梯，敲了敲門。來開門的多莉一臉納悶地看著他。

「路茲，早安。有什麼事嗎？」

「還問我什麼事……啊！」

如今梅茵已經變成羅潔梅茵，他不會再和她一起去神殿了。也不需要守著老是到處亂跑的梅茵。不用再一邊走路，一邊注意梅茵的身體狀況，不會再一起做東西，她也不會因為寂寞就向自己撒嬌，遇到麻煩就向他哭訴，這一切都不會再有了。

「……梅茵她，真的不在了吧。」

路茲本來還以為就算變成了羅潔梅茵，梅茵依然還在。但是，必須以上級貴族女兒身分活下去的羅潔梅茵，已經不是梅茵了。不是路茲認識的，一直以來相處至今的梅茵。

到了這一刻，路茲才真正明白梅茵不在了是什麼意思。他的身體突然開始顫抖，喪禮時沒掉下來過的眼淚一鼓作氣湧出。

直到路茲鎮定下來為止，多莉就像安慰梅茵時那樣，慢慢地撫摸他的頭。

「路茲，你還可以在工作的時候和梅茵說到話吧？」

「……可以是可以，但她已經不是梅茵了。」

「是呀。可是，梅茵直到最後都說，就算不能說到話也沒關係，至少想看看我們的臉喔。」

多莉慢慢地說出了她與梅茵最後的對話。就算不能以家人相稱，至少也想看到家人健健康康的樣子。會有這種希望的梅茵，那就算只是生意上的關係也好，也會說她想和路茲說說話吧。

「路茲，你今天帶我去一趟奇爾博塔商會吧。」

「多莉？」

「我想實現和梅茵的最後一個約定。」

多莉說完走進臥室，回來時手上拿著梅茵平常慣用的托特包。裡頭放有和梅茵一起做的，要給睿娜特的搖鈴布偶，還有梅茵用過的寫字板。

「我和梅茵說好了，要進入珂琳娜夫人的工坊，成為一流的裁縫師，再幫她做衣服。我要用我的方法去見她。路茲不是也和梅茵做了很多約定嗎？」

聽到這句話，路茲想起了他與梅茵討論過的許多事情。他和梅茵說好了要一起做書、賣書，梅茵想的東西，也都由他來做。

「……我不應該再哭了呢。」

他得做很多很多的書，讓梅茵可以看書看上一整天。

路茲用力擦掉眼淚，拿起行李，和多莉一起推開沉重的玄關大門。

後來，在前往貴族區之前

芙麗妲　貴族區探訪

「哎呀，又到這個時期了嗎？」

就寢前更衣時，我發現手環上的魔石有些變了顏色。手環上並排著黑色的小魔石，其中有一顆已經變得透明。

我因為是身蝕，與貴族簽了契約，契約主人會給予我可以吸取滿溢魔力的魔導具。魔石的變色是種徵兆，代表內部已經累積了不少魔力，所以必須去拜訪契約主人漢力克大人。

「爺爺，請您向漢力克大人提出會面請求吧。魔石的顏色開始變了。」

隔天早上，我這麼拜託爺爺。因為進入貴族區需要許可，尚未成年的我必須要有爺爺陪同。

「期限又快到了嗎？」

「是的，這次探訪的禮物也送磅蛋糕如何呢？」

「對方好像很滿意，就送磅蛋糕吧。」

「那麼，這次就送加了酒漬水果的磅蛋糕吧。」

磅蛋糕在冬天推出了新口味，這次添加了梅茵提供做法的酒漬水果，切成小塊後加進麵糊裡。為了測試麵糊裡頭該加多少酒漬水果，雖然失敗了很多次，但在尹勒絲的努力之下，最終的成品非常美味。這款磅蛋糕帶有濃郁的酒香，在貴族男性之間也相當受到歡迎。

但是，因為酒漬水果本身就是試作品，所以做不了太多的磅蛋糕。尹勒絲鬥志滿滿，說今年夏天要做更多的酒漬水果。

「這陣子也該推出新商品了……」

爺爺說，意味深長地看向廚房。不只正在廚房裡的尹勒絲，我也十分想要推出新的商品。

「但是，一直遇不到梅茵呢。」

班諾先生徹底藏起了梅茵，不讓四周的人知道她的行蹤，所以要找機會遇到梅茵非常困難。所有要提交到公會的文件資料，都是經由奇爾博塔商會送過來，連本該透過公會進行的金錢交易與一年一度的春季收支報告，也全是由班諾先生出面代理。

身為工坊長，梅茵雖是商業公會的會員，卻毫不露臉到了令人吃驚的地步。儘管如此，她工坊的營業額在城裡仍是名列前茅。諸如植物紙和繪本，還有在冬天當作是手工活製作，已經開始販售的各種玩具……雖然梅茵工坊推出的商品乍看下數量不多，卻全是價格高昂且獲利驚人的品項。而且，由奇爾博塔商會負責販售的所有新商品，也都已經向梅茵買下了權利吧。

「奇爾博塔商會不斷地推出新商品呢……甚至有些商品還和原本的服飾業務根本毫無關係。」

絲髮精、髮飾和嶄新造型的衣架，這些和奇爾博塔商會原本的業務都還扯得上關係，但是植物紙、繪本、玩具和寫字板這些商品，卻與服飾一點關聯也沒有。

「不過，和梅茵有關的不只是商品而已吧？」

「是呀。」

在提交至商業公會的契約書當中，只要是簽有梅茵名字的契約書，比如與墨水協會的契約、以資助者身分向鍛造工坊下的大型訂單、對木工工坊下的大型訂單，班諾先生預計開設的餐廳的共同出資者……全都是大筆金額的交易。

「明明聽說梅茵進了神殿當見習巫女，不知道她究竟在做些什麼呢。現在交易的金額反而比一般商人還要高。」

磅蛋糕的契約已經到期了，梅茵卻完全沒有來露臉，也沒有捎來任何聯絡。

……我可以就這麼獨占磅蛋糕的做法嗎？但因為半點消息也沒有，我是打算就這麼獨占下去呢。

魔石開始變色後又過了十天，漢力克大人答應了會面。在約定當天，聽到第五鐘響後，我和爺爺一同前往貴族區。

「那走吧。」

「是，爺爺。母親，那我出門了。」

上了馬車，與爺爺並肩而坐後，車門啪噹一聲關上。坐在搖搖晃晃的馬車內，手腕上的手環也跟著不停晃動，主張自己的存在。

「顏色變了不少哪。」

「必須快點交給漢力克大人，請他幫忙清空呢。」

把手環交給漢力克大人後，他便會把魔力清空，然後再交還給我。其實此行的目的只有這樣，但清空魔力似乎需要一點時間，所以漢力克大人每次都會順便招待我們吃晚餐。

「如果是吃午餐，心情就能輕鬆多了呢……」

「邀請我們吃晚餐，是把我們視為正式賓客款待的證明。」

「我當然也知道不能拒絕。」

若是受邀共進晚餐，想當然會超過閉門時間，所以向來會在漢力克大人的宅邸留宿一晚。既然要過夜，就必須沐浴泡澡。

「梅茵提醒我以後，現在我都會小心縮短泡澡的時間，所以比較不會那麼不舒服了，但貴族那種熱得讓人頭昏腦脹的泡澡，我還是無法喜歡。」

「……這部分也只能習慣了。」

爺爺輕聲笑道，但在我不得不花費長時間泡澡的時候，爺爺都在和管家談論生意上的事情。我故意稍微鼓起臉頰。

「比起泡澡，我更喜歡談生意，所以已經在忍耐了唷。」

馬車在大道盡頭的神殿前方向右轉彎。建造材料與神殿相同的白色高牆一路往前延伸。沿著隔開貴族區與平民區的白牆行駛了一會兒後，便是通往貴族區的入口。

「我前幾天學到，原來數百年前，這個城市就只有貴族區而已吧？」

「嗯，沒錯。據說是現在領主大人的祖先成了領主後，擴大了城市的面積。」

當有外地貴族攻打進來，領主無力守護城市時，通常新一任領主的力量都比舊領主要強大。於是因應新領主的力量，城市的面積也會跟著擴張。

「原本的城市全部翻新，變成了貴族區，然後又在南邊建造了給平民居住的平民區吧？」

「沒錯。而原本正門前方用來盤查，暫時禁止旅人通行的住宿設施就變成了神殿。聽說現在貴族們仍會利用位於神殿後方的貴族門進出，但這與我們無關。」

正如爺爺所說，現在的北門是從前為了守衛所設立的通行門，並不富麗巨大，而今供我們平民出入貴族區。

幾名平民士兵和下級貴族騎士站在北門前。支付了通行費用後，再送給騎士們幾樣商品當作是慰勞的心意。然後檢查許可證，詢問我們進入貴族區的目的與目的地。騎士們的眼神明顯帶著對平民的輕視，讓我心生不悅，但要是因此放在心上，今後會無法在這裡生活下去吧。所以我並沒有花上太久時間，就能以笑臉面對那種令人不快的眼光。

「好，那換車吧。」

「是。」

因為在平民區所用的馬車布滿髒污，都要在北門換乘可以行駛於貴族區的馬車。然後，坐在幾乎不會晃動的舒適馬車裡，奔馳在潔白無瑕的美麗街道上。

「我每次都在想，真希望也能在平民區乘坐這輛馬車呢……」

「恐怕是不行。因為這輛馬車多半裝設了可以減緩搖晃的魔導具。」

漢力克大人是下級貴族，宅邸位在離北門較近的地方。不知道貴族區是不是也和平民區一樣，離大門越近越便宜呢？

「芙麗妲大人，恭候多時了。」

管家上前來迎接，帶領我們進入客房。這裡的客房氛圍與我們家十分相似，是因為爺爺就是模仿了漢力克大人家的裝潢。但與我們家不同，這裡在日常生活中都會使用魔導具，所以即便外觀相似，仍存在著極大的差異。

「讓你們久等了。」

漢力克大人出現了。與我簽約時是十七歲，所以現在是二十歲了吧。如同外表給人的感覺，是位正直又溫文爾雅的貴族大人。他的父親在兩年前過世，年紀輕輕就成為一家之長，聽說過得相當辛苦。

漢力克大人雖然已有正妻和孩子，但並沒有第二夫人，平民的我等到成年之後，身分也將是愛人，而非妻子。如今漢力克大人家的經濟情況，可以說都是仰賴我們家的援助。

爺爺說過，漢力克大人雖然是位經濟狀況有些拮据的貴族，但這是因為他們一族人個性都耿直敦厚，不會做些違背良心的事情，也不會蠻橫地壓榨平民。據說就是因為漢力克大人的為人，才選擇了他做為與我簽約的對象。

「在這因水之女神芙琉朵蕾妮的治癒而綠意盎然的吉日，能在諸神的引導下與您會面，願能蒙受您的祝福……別來無恙了，漢力克大人。」

我用貴族特有的冗長問候語與漢力克大人寒暄。在說著只要季節變換就得更改神祇名字的麻煩問候語時，我忽然想起了向梅茵買來的繪本。

……對了，梅茵說過要製作與眷屬神有關的繪本，不知道是否已經完成了呢？

梅茵做的繪本，可以依據自己的喜好重新製作封面。雖是黑白繪本，卻淺顯易懂地描寫了諸神的故事，插圖也非常美麗。我打算等到買齊了諸神與眷屬神的繪本後，再製作皮革封面。

「芙麗妲小姐，手……」

漢力克大人的聲音讓我回過神來，我伸出戴著手環的左手。漢力克大人不知從哪裡拿出了發光的短杖，輕敲了一下手環，又低聲唸了句話，手環遂改變大小，可以從手腕上拿下來了。

「嗯，顏色變了不少呢。妳的身體有哪裡不舒服嗎？」

漢力克看著摘下的手環，神色擔心地問我。即便對象是簽了契約的平民，漢力克大人也不會擺出高高在上的態度，這點讓人十分有好感。

「我一切安好，感謝您的關心。」

「那麼，稍後在餐桌上見吧。」

「遵命。」

漢力克大人拿著手環離開房間，隨後管家走進來，開始和爺爺談論生意上的事情。

接下來直到晚餐之前，我必須在女侍從的服侍下沐浴淨身，潔淨儀容。拜訪這座宅邸時最難熬的苦行開始了。

花費長長時間結束了教人筋疲力竭的泡澡後，便是晚餐時間。通常在餐桌上，都是聊些平民區最近的情勢。中規中矩地報告了商品的流通情況，和關於我的教育進度後，也提到了尹勒絲順利開發的新口味磅蛋糕。

「我那成年後剛離家的弟弟倒是相當喜愛磅蛋糕。我不太喜歡過甜的甜點，但這款磅蛋糕的酒香十分濃厚，甜度也不會太高，吃起來不容易膩。」

看來比起漢力克大人，他的騎士弟弟更喜歡甜食。漢力克大人的弟弟在秋天之際接到了護衛任務，卻犯下嚴重過失，必須支付罰金。當時是由我們家先代為支付，但因為還沒有見過面，不知道究竟是什麼樣子的人。

「老爺，抱歉打擾您用餐。」

管家臉色有些發白，附耳向漢力克大人悄聲說了些什麼。漢力克大人立即起身。

「芙麗妲小姐，真是抱歉，我臨時有急事，今天就先失陪了。」

還在用餐途中，漢力克大人便和管家一同離開了餐廳。因為妄加揣測非常失禮，所以我和爺爺謹守分際地討論著菜餚的味道，結束了晚餐。

「爺爺，請您好好歇息。」

「嗯，祝妳好夢。」

一名男侍從為爺爺帶路，我則是由女侍從帶路，前往客房。我被帶往的是往常慣用的那間客房，剛才也是在這間房間沐浴。

「芙麗妲大人，請進。」

「……哎呀？」

記得沐浴的時候，我的行李都已經被搬了進來，放置妥當，這時卻沒有看見我的行李。我不解地偏著頭，在帶領下走向床鋪。女侍從掀起床鋪的布幔。

「那麼，請您在此歇息……呀啊?!」

女侍從突然發出了尖叫聲。在我預計使用的床鋪上，現在卻正躺著一名男性。他的面貌與漢力克大人十分相似，正緊皺著眉頭，發出痛苦的呻吟聲。

「達穆爾大人?!……十、十分抱歉，芙麗妲大人，我馬上去詢問管家。」

女侍從慌了手腳，急忙轉身跑出房間。既然行李被搬走了，表示已經為我準備了其他房間，卻沒有向下面的人確實傳達吧。

……真傷腦筋，這下該怎麼辦呢？

我總不能追上侍從，獨自一人離開房間，但儘管失去意識，和一名男士單獨留在房裡的情況也令人尷尬。我只能托著臉頰，悄聲發出嘆息。

「芙麗妲大人，真是萬分抱歉。」

管家倉皇失措地衝進房裡。

管家說明，平常漢力克大人的弟弟都是住在騎士宿舍，但因為在執行騎士團的任務途中受了重傷，便先送來離貴族門最近的老家，直到有人能來為他療傷。而因為弟弟現正昏迷不醒，沒有時間整理房間，才把他送進了已經整理完畢的房間。

「我們已經為芙麗妲大人準備了另外一間房間，但看來是太過慌亂，沒有確實傳達這項指示。真的是對您非常抱歉。」

「既然老爺的弟弟是在昏迷的狀態下被送進來，也難怪大家會驚慌失措。如果已經準備好了房間，那我往那裡移動吧。」

明白原委後，我鬆了一口氣。就在這時候，一團亮光忽然從窗外飛進房間，在躺著的達穆爾大人上方來回旋轉，然後灑落在他身上。在一片漆黑的房間裡，光點紛飛灑落的景象十分美麗且夢幻。

「……這個也是魔法嗎？好漂亮呀。」

我伸出手去，光芒卻像擁有自己的意識般輕飄飄避開。我目不轉睛地看著飛舞的光芒，達穆爾大人突然無預警間坐起來。

「見習巫女，妳沒事吧?!」

「咦?!」

達穆爾大人撐起上半身的同時，手上也握著發光的短杖。他帶著可怕的表情環顧四周，好像正在與什麼奮戰，緊接著一臉茫然。

「……這裡是哪裡？」

他多半以為自己還在失去意識時的那個地方吧。達穆爾大人神情混亂地來回看著四周，管家跨步走到他面前。

「達穆爾大人，您的傷勢還好嗎？您是在失去意識的情況下被送回來，所以讓您躺在這裡休息……」

「我沒事。從這些殘餘的光輝來看，是治癒的祝福生效了吧。」

達穆爾大人低頭看著自己的手臂說完，臉色登時大變。

「我得馬上趕回騎士團！」

「達穆爾大人，您應該再稍微觀察……」

達穆爾大人用敏捷到完全看不出剛才還毫無意識，只能發出痛苦呻吟聲的身手滑下床鋪，接著一個箭步衝向陽台，把窗戶完全打開。

「我的護衛任務還沒結束！要是這次任務再失敗，我……」

達穆爾大人僅是揮下手臂，陽台上便出現了一頭擁有巨大白色翅膀的飛馬。然後他俐落地跨坐上去，表情駭人地飛上天空。在漆黑的夜空中，一對白色翅膀正在大力拍動。

從一團光芒飛進來，直到達穆爾大人騎上飛馬離開為止，這一切真的可以說是發生在眨眼之間，被留在原地的我和管家只能愣愣地目送他離開。

「……芙麗妲大人，我帶您前往房間。」

「是的，麻煩你了。」

根本無法挽留，只能眼睜睜看著達穆爾大人離開的管家回過神來，帶我前往為我準備的另一間房間。

上了床後，我回想達穆爾大人剛才說過的話。他確實說了，「見習巫女，妳沒事吧」。現在神殿裡頭的見習巫女，應該只有梅茵一個人。如果達穆爾大人是在護衛任務途中受了重傷，表示梅茵也很有可能被捲進了什麼事情裡。

「究竟發生什麼事了呢？」

但就算詢問漢力克大人，貴族也不會輕易把事情告訴我。倘若說明我是梅茵的朋友，也許會願意向我說明，但現在還不知道梅茵究竟被捲進了什麼事情裡，有可能反而會為我們自己帶來麻煩。還是先別公開我和梅茵的關係比較保險吧。

「但是，至少要確認她的生死……」

隔天吃早餐時，漢力克大人為昨晚因達穆爾大人引發的混亂向我道歉。

「真是失禮了。因為我弟弟的事情，底下的人沒有確實做好聯絡。」

「哪裡，請別放在心上。我還是第一次在近距離下看到貴族們使用的魔法。非常美麗又神奇，我還覺得自己很幸運呢。」

早餐過後，漢力克大人為我戴上所有魔石都變回了黑色的手環，我們才告辭返家。

「爺爺，我想調查一些資料，請借給我後面資料室的鑰匙。」

我急忙換了身衣服，前往商業公會。後面的資料室只有得到公會長許可的人才能進入，搜集存放著和契約魔法有關的資料。我打算進來尋找梅茵與班諾先生簽訂的那些契約文件。和任何人皆能閱覽的資料室不同，保管於此的契約文件一旦簽約者死亡，都會出現某些變化。

因為很少有人會簽訂魔法契約，所以要找到與梅茵有關的資料並不難。

「……羅潔梅茵？」

在我手上的資料，簽約的人變成了班諾先生、路茲與羅潔梅茵。如果是身蝕與貴族的主從契約，並不需要改名，但既然改了名字，表示一定是有貴族收養了梅茵。就如同我也曾經收到過這樣的提議，梅茵多半是成為了貴族的養女吧。

有貴族了解梅茵所擁有的商品知識，還看出了其中的價值。屆時造成的影響，將不只局限於這座城市。我拿著資料，快步奔進公會長室。

「爺爺，我有重要的事情要說。請看這份資料。」

見到改名成了羅潔梅茵的魔法契約資料，爺爺瞠大眼睛。

「……梅茵與貴族簽約了嗎？如果是有身蝕的女孩，確實也有成為貴族的養女這條路可走，但是那個梅茵怎麼會……」

梅茵曾經說過，她直到最後一刻都想和家人在一起，所以不會與貴族簽約。如果要和家人分開，寧願選擇死亡。然而這樣的她，卻成了貴族的養女。

我並不想成為貴族，我的心願是當一名商人，過著計算帳本的生活。我告訴了爺爺我的意願，然後與最適合的人選簽約。也多虧於此，將來我能在貴族區開店，在成年之前也能與家人一起生活。我對自己的選擇沒有半點怨言。

……但是，那梅茵呢？

「爺爺，請叫班諾先生過來一趟。他一定知道發生了什麼事。」

齊爾維斯特　收拾殘局

「那恕小民先行告退。」

「願您諸事平安，還請多加保重。」

「……再會。」

就在方才，我剛結束了對親人的定罪，和拆散一個家庭的不快工作。快點稱讚我吧。若沒有一個人來對我說「你做得沒有錯」，領主這個位置實在是讓人坐不下去。我這樣心想著，望著跪在自己女兒面前的那對父母。

「本日感謝各位前來，衷心期盼後會有期。」

羅潔梅茵維持著站立的姿勢彎下腰，深深低下頭去，目送曾是家人的人們離開。這個動作十分陌生。如果要感謝諸神，通常會雙膝跪地伏拜，我從沒看過這種站著低頭的動作。這讓我實際體會到，她確實是擁有過異世界記憶的孩子。

但是，即便是未曾見過的動作，仍能清楚感受到隱含在其中的情感。對家人的感謝與思慕彷彿具體呈現在了眼前。我也知道拆散感情如此和睦的一家人的兇手正是自己，因此一家人分離的光景，更是讓我感到心痛。

注視著關上的房門，獨自一人杵在原地的嬌小背影隨即不穩搖晃。就在我稍微垂下雙眼，別開視線的同時，坐在旁邊的斐迪南立即起身，像是早已料到般大步上前，伸長手臂抱住無力倒下的羅潔梅茵，再朝著房門厲聲呼喊。

「法藍，進來！」

話聲一落，在門外待命的灰衣神官立即動作敏捷地進入屋內。他是羅潔梅茵的侍從，但記得剛才身上的傷勢還是只要動到身子，就會痛得皺起臉龐。

「梅茵大人！」

奔向羅潔梅茵的法藍身上還殘留著祝福的光輝。大概也和她父親一樣得到了祝福吧，身上已經看不到半點傷痕。從他緊張的神色，看得出是發自內心擔心主人。連侍從的灰衣神官都收到了祝福，她的祝福究竟散布到了哪種程度？就如本日親眼目睹到的，一旦重要的人出事，羅潔梅茵那強大的魔力很容易便會失控。必須去調查究竟有多少人收到了祝福。

「無須太過擔心，她只是過度使用了魔力。」

斐迪南說著拿出隨身備用的藥盒，往羅潔梅茵的口中倒入某種藥劑。該不會是那個難喝得要命的藥水吧？因為犧牲了味道，效果絕佳，但居然把那種藥水倒進不省人事的小女孩嘴裡，未免太狠毒了。斐迪南這傢伙還是老樣子，凡事只講求效率。可憐的孩子。

「法藍，把她帶回房裡，讓她躺下休息。關於今後的事情，明日下午我會前往說明，記得召集所有侍從。」

「遵命。」

法藍抱起無力且失去意識的羅潔梅茵，離開了神官長室。那幅畫面驀地與殘留在記憶中的往日光景重疊。

「阿爾諾，麻煩你泡茶。泡好後就退下吧。」

「是。」

看著斐迪南對他十分器重的樸素侍從下令，我小聲對卡斯泰德說了。

「卡斯泰德，你不覺得羅潔梅茵越看越像布洛嗎？」

「布洛？啊，是你以前養過的那隻蘇彌魯吧。」

蘇彌魯不怕人，還會發出「噗咿噗咿」的可愛叫聲，在貴族間是種十分受到喜愛的玩賞型魔獸。我小時候也養過一隻，無奈的是布洛十分虛弱。布洛有著介於黑色與藍色之間的鮮豔毛皮，還有著圓滾滾的金色雙眼，不只身體虛弱，比起我更喜歡親近卡斯泰德，而這些羅潔梅茵都與布洛十分相似。我向卡斯泰德徵求同意後，他卻「嗯……」地吞吞吐吐。

「其實那不算是親近我，是你的不對。都怪你太愛逗弄牠，老是害牠瀕臨死亡邊緣。牠會親近我只是想逃離生命危險。」

「你話可不要亂說，我當年多疼牠啊。」

「你小時候真的不懂得什麼叫適可而止。你當初不停追著牠跑，還對牠又揉又抱，任何小動物沒死也只剩半條命。」

卡斯泰德大嘆口氣，按著太陽穴說。什麼！原來布洛每次玩到一半就虛脫不動，不是因為牠身體虛弱，其實是我害的嗎？

「這次你要懂得適可而止，別再亂來了。聽斐迪南的報告，我覺得羅潔梅茵恐怕比布洛還要虛弱。」

「比布洛還虛弱？這可難了。」

我還以為布洛因為是魔獸，明白我的偉大才心生畏懼，豈料居然是因為感受到了生命危險才四處逃竄。第一次知道真相。

「……但羅潔梅茵還沒有討厭我吧？而且我才剛救了她。」

「你在初次見面時不停戳她，想測試她可以忍受到什麼程度，惹得她很不高興吧？她那時候的表情可是非常厭惡。況且你才剛拆散了他們一家人。」

「唔唔……」

看見樸素無華的侍從推著放有茶水的推車走來，我閉上嘴巴。望著發出喀噹聲響，一一擺在眼前的杯子，我的心情不由得鬱悶起來。

……未免太枯燥無味了吧。

斐迪南的侍從全是男人，而且在他的教育之下，所有人的動作都沒有一絲多餘，神色淡漠地做著自己的工作。雖然優秀，但真是太無趣又乏味了。

「斐迪南，你不考慮收巫女當侍從嗎？」

「我不需要為了成為愛人頻送秋波的女人，何況周遭只要有一個女人在，其他人也會心浮氣躁，妨礙到工作。」

斐迪南斷然表示「我身邊不需要花枝招展的女人」。

「阿爾諾，屏退所有人，別讓任何人靠近。」

「遵命。」

他領貴族的闖入、神殿長的更迭、羅潔梅茵的改名與收養養女，全意外地在這天同時發生。在向侍從與其他神官說明之前，必須先花點時間妥善商議。

等到其他人的氣息完全消失，斐迪南才喝了口茶，慢慢吐氣。

「總算是勉強達到目的了。」

「……是啊。」

收養了不願與貴族簽約，直到最後一刻都想逃開的梅茵。處決了過火行為越來越不知節制的神殿長。成功隔離了一直包庇神殿長的母親。再加上還逮捕了與神殿長互相勾結的貴族，因此得到了能用來對付亞倫斯伯罕領主的王牌。這樣一來，領地內擁戴母親的貴族們也會安分一些吧。

「單看結果可說是無懈可擊……但餘韻真是糟糕透頂。」

倘若無視於對親人設下陷阱的行為，以及拆散了友愛一家人的沉重心情，結果可以說是讓人非常滿意。

「齊爾維斯特，別太消沉了。這算是最好的結果了。」

「還不都怪你太講求效率。」

別人常說我心機重、城府深，是因為有八成都是斐迪南出的主意。

「因為我對神殿長和領主的母親沒有任何感情啊。」

斐迪南哼了一聲說。即便他們對我來說是骨肉親人，但對斐迪南而言，只是礙事的累贅。雖然心裡明白，但聽到他當面這麼說，胸口還是有些隱隱作痛。

「那羅潔梅茵呢？抹除了梅茵的存在，讓她成為羅潔梅茵，你對這件事情一樣沒有任何感覺嗎？」

「……考慮到將來，我認為這是最快且最好的結果。」

嘴上雖然這麼說，但斐迪南的表情和上一秒不同，顯得有些陰沉。梅茵一家人的感情之好，看在以一族存續與繁榮為最優先考量的貴族眼裡，實在是難以置信。對於拆散了如此友愛的一家人，看來斐迪南多少也有些罪惡感。

「那傢伙……恐怕好一陣子都會情緒不穩吧。」

斐迪南說完，為難地皺起臉龐。聽說冬季期間光是住在神殿，她的情緒就相當不穩定，魔力經常出現波動，所以必須一直看著她。個性上有些淡漠無情的斐迪南居然會擔心一個人，真是難得。看來羅潔梅茵的存在對於只講求效率的斐迪南來說，也許會是不錯的情感再教育。

「如果要安撫和勸慰因失去家人而感到不安的羅潔梅茵，就交給你們兩個人吧。這部分我不插手。」

「齊爾維斯特？」

「我是奧伯・艾倫菲斯特。連親生兒子我都不能寵他了，更不能去疼愛養女。」

與其疼愛養女羅潔梅茵，我更想好好寵愛今後將肩負起相同重擔的兒子。但是，為了培育下一任領主，周遭的人都不斷耳提面命，要我絕對不能慣壞孩子。我和斐迪南不同，很不擅長切割。有太多事情都被領主的立場絆住，無法去做。

「你從以前就很難公私分明呢。」

卡斯泰德苦笑說道。如果是斐迪南這種凡事講求條理和效率的人當上領主就好了。

斐迪南的母親不是正妻，真是讓人感到萬分遺憾。

「但話說回來，羅潔梅茵沒事嗎？她可是呼喚了最高神祇和五柱大神，連身體健康的人也會累倒，她該不會因此送命吧？」

卡斯泰德瞥向房門的方向。我也跟著一同望去，盤起手臂。一般並不會同時向複數的神祇祈禱。因為魔力會大量流失，成功機率也會顯著下降。尤其是生命之神會藏起土之女神，因而受到了土之女神的兄姊神們疏遠。我從未聽說過同時祈禱後還能成功的例子。

……再加上，那些祝福還賜給了不只一個人。

「應該說成功了才奇怪吧。我當下還以為她的祝福絕對會失敗。」

我說完，今後名義上將成為羅潔梅茵生父的卡斯泰德便發出沉吟，瞪著半空。

「這可真是留下了大麻煩給我，但羅潔梅茵對於自己做出來的事情，完全不了解有多麼重要和寶貴吧？」

「是啊，她完全不明白。」

「斐迪南，你也受到了祝福吧？是你教了她怎麼使用魔力嗎？」

當時祝福的光芒避開了我和卡斯泰德，灑在了斐迪南身上。這表示他們已經建立起了相當信賴彼此的關係，但對於自己沒能收到那麼強大的祝福，我內心有些不是滋味。明明我才是她的養父。我瞪向斐迪南，他反瞪回來。

「你真囉嗦，我已經講過好幾遍了。梅茵從一開始就會使用魔力。」

梅茵第一次參加的儀式，便是那次騎士團要討伐陀龍布的請求。所以為了魔力的增幅與輔助，斐迪南將魔導具戒指借給了她。到這裡為止，我都還能理解。然後，梅茵突然給予了騎士團英勇之神安格利夫的祝福。聽說本人只是看到陀龍布後感到害怕，想要祈求大家好運而已。但就算聽了報告，我還是覺得莫名其妙。

「她說她只是挑選了貴族可能會說的話，結果卻自己變成祝福，她也嚇了一跳，其實反而是突然受到祝福的我更加吃驚。因為我從來沒教過她怎麼使用魔力。」

「看她那麼熟練的樣子，沒想到竟然是第一次，還是偶然發生的祝福。」

收到了安格利夫祝福的卡斯泰德撫著下巴說，既感佩又無言以對地嘆氣。不論是在沒有任何人的教導下，也沒有任何輔助，便能夠自行壓縮快要滿溢而出的魔力，還是為了祈求大家好運，就無意間給予了祝福，老實說這兩件事我都無法理解。

「我實在很難相信自己形成了祝福這種事，而且為什麼她年紀還這麼小，就已經那麼熟練於操控魔力？」

「我想可能是因為她擁有在異世界活到成年的記憶，學習能力也相當高吧。」

孩童的意志力根本抑制不了魔力。但在梅茵年幼的身軀裡，同時還存有著在異世界長大成人過的記憶，所以才能抑制下來吧。這是斐迪南的推論。

「成為青衣見習巫女以後，透過向神具奉獻，她也習慣了魔力的流動，所以雖是偶然，便在唸出神的名字後形成了祝福。她也知道只要有魔石，就能夠自由運用魔力。而且也曾親眼看過騎士們給予武器黑暗之神的祝福。自己更曾實際使用神具，獻上祈禱，變成了祝福。所以她才知道在這裡，只要向神獻上祈禱，便能得到祝福吧。」

「知道歸知道，但一般人可以突然流暢唸出那麼長的祈禱文嗎？」

用以取得神的祝福的祈禱文非常冗長。不光神的名字，也得記住所有神祇分別會給予什麼樣的祝福。因為討伐陀龍布是騎士團的工作，所以見習騎士在初期就必須背誦用以取得黑暗之神祝福的祈禱文，但印象中所有人都背得十分吃力。

「梅茵曾對我說過，只要事先背好一句祈禱文，之後再結合聖典上神的名字及聖句就好了。」

回想起來，春天的祈福儀式那時候，梅茵在遇襲時便說過，「只要向神祈禱就會變成魔法」，簡直是亂來。雖然理論上沒有錯，但在貴族院受過教育的人絕不會那麼隨便浪費魔力。

「……身為貴族的女兒，羅潔梅茵往後都會隨身帶著魔導具。那在她進入貴族院之前，先教給她一些魔法相關的知識比較好吧？」

魔導具對貴族而言不可或缺。如果是一般的孩童，只要有可以吸收滿溢魔力的魔導具即可。但是，因為無法預料羅潔梅茵會被捲進什麼事情裡，所以我打算也給予她能夠釋放魔力的魔石。

「齊爾維斯特說得沒錯，她若按照自己的方式隨意使用魔力，反而更加危險。難保她不會在其他地方看到和學會其他方法。」

卡斯泰德對於我的提議點了點頭。斐迪南緊皺著眉，開始用指尖敲起太陽穴。那副陷入沉思的模樣我非常熟悉。那是斐迪南正在擬定教育進度表，準備要展開熱血指導的前兆。

……真可憐，我等著看好戲。

「啊，對了。斐迪南，你也先幫羅潔梅茵診斷一下她的健康狀況吧。你以前就說過讓人有些在意的事情。如果她的魔力流動有問題，你能幫她調配藥水吧？」

一旦成為領主的養女，屆時得由醫師慎重進行檢查，只要發現任何異常情況，便會鬧得沸沸揚揚。若是稀奇罕見的症狀，說不定還會有喜歡研究的怪人跑來，希望能讓他檢查看看。如果想要私下診斷，最好在進入貴族區之前，由自家人進行檢查。

「只要事關羅潔梅茵，我想任何事情的結果都會異於常人，所以齊爾維斯特說得對，最好先在神殿為她進行診斷。」

和羅潔梅茵有關的事情，連斐迪南都無法加以預料。若不是使用了魔導具，誰會相信她是個擁有異世界記憶的孩子。利用價值雖高，但這些事最好在暗中進行。

「還有，幫我把這個交給奇爾博塔商會的班諾。」

「這是什麼？」

「讓他統一口徑用的設定，還有今後的預訂計畫。」

只要我們三人堅稱羅潔梅茵其實是卡斯泰德的女兒，為了不讓世人發現她的存在，才送進神殿撫養長大，在貴族區和神殿內部應該是行得通。但是，我們至今與平民區幾乎沒有交集，所以完全無法掌握究竟有多少人知道梅茵的存在，對她又了解多少。

「平民區那邊的事情，就交給平民處理吧。班諾看來是個不錯的幫手，只要下達好指示，應該就會處理妥當。」

平常老是被我使來喚去，什麼事情都丟給他做的斐迪南露出了難以言喻的表情，好像有話想說，接過文件。接著他草草看完文件，赫然張大眼睛。

「齊爾維斯特，你想統一口徑我可以理解，但這上面的義大利餐廳餐會是怎麼一回事?!」

……嘖！囉哩叭嗦的說教又要開始了。這傢伙怎麼還是這麼頑固、正經八百、不知變通，還凡事都要求合理。到底為什麼這傢伙長大後會變成這樣？就是因為他缺乏童心，看起來才那麼老成。

「齊爾維斯特，你在聽我說話嗎？」

「理由就是那個……對了，為了擴展印刷業，不是該和班諾一起決定不少事情嗎？」

我回答完，連卡斯泰德也眉毛倒豎。

「那叫他過來一趟就好了，領主何必親自前往平民區?!」

「不要，那多無聊。而且我想吃那間餐廳的飯菜。」

「在說真心話之前先講場面話！」

要是不說場面話就不能自由走在自己的城市裡，真不該當什麼領主。雖然麻煩，但只要有表面上的理由就行了吧。我用小拇指掏著耳朵，編出表面上的理由。

「……好吧，表面上是因為如果要在文官們的包圍下談話，氣氛那麼凝重，和平民區的商人想談話也談不成吧。只會變成是由我下命令，會談便結束了。這樣子根本無法採用成功商人的意見。」

在大批文官的包圍下，我甚至不能允許平民直接回答，更遑論詢問對方的意見。

「關於印刷業，我已經和班諾談過了。至少對奇爾博塔商會而言，這並不是突如其來的指令。」

會在視察孤兒院時遇到班諾，完全只是偶然。因為我沒料到在孤兒院的工坊裡，會有人認得我是領主。我不只對班諾下了封口令，同時也詢問了他身為商人的見解。原來不只我和斐迪南，班諾也認為印刷業將會改變歷史。

劇烈的變化，也會帶來劇烈的反彈。但是，會有巨大的變化，是因為梅茵擁有異世界的知識。「我假設最糟糕的情況，如果殺了梅茵，能夠阻止這股潮流嗎？」我當時這麼問道，班諾緩緩搖了搖頭。

「不，不同於羊皮紙，能夠量產的植物紙已經開始在市面上流通。適用於印刷的墨水配方也透過墨水協會，傳到了各個工坊，開始量產。印刷所需的金屬活字做法也已經流向鍛造工坊。此外，雖然只是試作品，印刷機也完成了。甚至還有個商人學徒參與了這一切，說他的夢想是不只這座城市，要前往世界各地賣書。即使梅茵一人消失，如今這個潮流也已經無法遏止。」

班諾也說正因如此，奇爾博塔商會才藏起了梅茵的存在，審慎選擇梅茵帶來的商品，再拿出來販售。

「只要有梅茵在，這股潮流只會加速流動。因為她真的滿腦子只想著書，到了讓人無言以對的地步。」

印刷業傳播到各地只是時間早晚的問題。縱然他是領主，也很難逐一摧毀植物紙工坊、梅茵工坊、墨水工坊、鍛造工坊，乃至流向墨水協會的所有情報。

既然時代潮流已經不能改變，就只能讓這股潮流為領地所用。

「我已經吩咐過奇爾博塔商會，今後要把以梅茵為中心的印刷業，轉變為由艾倫菲斯特主導的產業，並且開始進行準備，以便在梅茵成為貴族時可以加速發展。首先，我打算在鄰近城市的孤兒院內也同樣成立工坊。」

接下來要讓文官和奇爾博塔商會跑一趟鄰近城市，視察可以成立多大規模的工坊，還有面積大小、人數和需要哪些工具。

「總之，羅潔梅茵得等到洗禮儀式和神殿長的就任儀式結束後才能外出，所以還有點時間。叫班諾在那之前完成視察，蓋好義大利餐廳吧。」

這下子表面上的理由都備齊了，沒問題了吧。我看向斐迪南，卻見他的眉頭皺得比剛才還深，而且露出了厭惡至極的表情。

「除了自己的娛樂以外，你不能把你的能力也運用在其他事情上嗎？」

「除了娛樂以外，我平常可也都是不遺餘力。」

為了瞞著斐迪南偷偷撇下工作，還有該怎麼把工作分配給身邊的人，讓自己樂得無事一身輕，我可是不遺餘力在動腦筋。要是以為我只對自己的娛樂全力以赴，那可就誤會大了。

第七鐘噹啷噹啷地響起。看來不知不覺談了很長一段時間。我站起來，兩人也跟著起身。

「今天就到此為止。等到領主會議結束，再來討論洗禮儀式的細節。接下來我得返回中央。」

我和卡斯泰德是從領主會議的晚餐會偷溜出來，所以得在明天早上的正式會議開始之前趕回去。

「這一次請帶副團長擔任您的護衛吧。我要準備羅潔梅茵的洗禮儀式，希望能讓我留下來。」

「知道了。斐迪南、卡斯泰德，那麼等作完健康診斷，卡斯泰德那邊也作好了準備，便讓羅潔梅茵搬到貴族區。」

這段期間，神殿這邊也得作好迎接羅潔梅茵為新神殿長的準備。

「對班諾的說明，和神殿這邊的諸多事務及準備，就交給斐迪南處理；卡斯泰德，你就負責準備洗禮儀式，並妥當處置今日逮捕到的犯人。」

我說完，兩人一致跪下。

阿爾諾　我與法藍

他領貴族進入神殿，引發軒然大波，隨後領主到來，解任神殿長，這一切都發生在昨天。所有商議包括神官長首席侍從的我在內，所有人都被屏除在外，所以我完全是一無所知，就這麼迎來了天明。

「阿爾諾，把這個交給梅茵的侍從，要他們以最快速度送去奇爾博塔商會。」

「遵命。」

吃完早飯，幾乎是在第二鐘響起的同時，神官長交給了我傳喚用的邀請函。一大早便要人送出邀請函，展開諸多行動，神官長的臉色看來像是一夜未眠。

「如果有人問起昨晚的事情，便告訴他日後會統一說明。」

在我要踏出房間的時候，神官長又補充說道。昨日在神官長進入工坊時，法藍前來表示有事要向神官長稟報。神官長雖吩咐過我，「告訴別人我不在」，但其實若是有心，我仍能聯絡上人在工坊裡的神官長。但是，我刻意無視了法藍的請求，結果房門外卻掀起了一番驚濤駭浪。雖然最後他僅是抱怨我「不知變通」，但倘若發現我其實是刻意無視，不知道法藍會露出什麼表情呢？

「法藍，早安。」

看見法藍和吉魯正在井邊汲水，我走向兩人。梅茵大人那裡的人手想必是嚴重不足，因為連首席侍從都不得不動手做起這種雜務。親眼看到少了戴莉雅後，他們有多麼勞累，我不禁揚起了淡淡的笑意。

法藍把汲好的水倒進吉魯拿著的木桶裡，訝異地轉頭看我。如今法藍已經長成了連瑪格麗特大人看了也會大失所望的高壯體格，但每當他像現在這樣張大眼睛，當年服侍瑪格麗特大人時的纖瘦少年身影便會清晰浮現。

「阿爾諾，早安。怎麼這麼一大早過來……」

「我來替神官長辦事。他吩咐要以最快速度把這封邀請函送去奇爾博塔商會。」

法藍接過我遞去的邀請函後，立刻交給吉魯。

「遵命。吉魯，你換好衣服馬上去送。」

「知道了，我馬上去。」

吉魯一手拿著邀請函，一手提著裝了水的木桶，急忙奔回院長室。看著從前曾經調皮到無可救藥，如今卻像尋常侍從般在認真工作的吉魯，我在內心嘖嘖稱奇。

「人手少真是辛苦哪。」

「從今天開始就會增加了，希望會輕鬆一點。」

看來少了戴莉雅以後，要招納新侍從了。要是能再勞苦一陣子就好了……我這樣心想著，轉身背對法藍。

「那就麻煩你們了。」

返回神官長室途中，知道昨天曾發生過紛爭的青衣神官艾格蒙大人一看見我，便急急跑上前來。

「阿爾諾，昨天到底發生什麼事了?!現在神殿長室不僅上了鎖，門前也沒有半名灰衣神官，不管問誰都說不知道。神官長他肯定知道發生了什麼事吧?!」

因為追隨在神殿長身邊，艾格蒙大人每次與神殿長同行時，不時會對神官長擺出高傲的姿態。此刻他一邊噴著口水，一邊在近距離下對我怒吼。我強忍著想擦拭臉龐的衝動，回以神官長吩咐的回答。

「神官長說日後會統一說明。很遺憾，當時我也被屏退在外，所以詳細情況並不清楚。」

「你說詳細情況不清楚，那至少知道一點內幕吧！快說，發生什麼事了?!」

「確切罪行我不清楚，但領主大人和騎士團好像都趕來神殿，逮捕了神殿長。不知道究竟發生了什麼事呢。」

我側著頭，觀察對方的表情，只見艾格蒙大人臉色發白。至今他之所以這般目中無人，全是因為有神殿長當後盾。現在神殿長不在了，神官長會成為新的神殿長吧。不知艾格蒙大人的立場會有什麼改變。出了一口怨氣，太痛快了。

走回到神官長室附近，我看見神官長帶著侍從之一的薩姆往某處走去，於是轉而步向兩人。

「神官長，您要去哪裡呢？」

「今天應該有喪禮，我去一趟禮拜堂。阿爾諾，你去準備接待奇爾博塔商會。」

會來神殿禮拜堂通報死訊的一般都是平民，所以幾乎不會由青衣神官出面受理。為何神官長要親自前往呢？我感到疑惑，回到神官長室，準備接待訪客。

不一會兒，後門傳來奇爾博塔商會的馬車已經抵達的通報。我前往正門玄關，迎接奇爾博塔商會一行人。

「恭候大駕。」

神官長多半想在極機密下進行事情，連這場會談也屏退了侍從。現在究竟發生了什麼事？除了被告知下午要去拜訪梅茵大人之外，其餘我什麼也不知道。

「阿爾諾，走吧。」

「是。」

午飯過後，我依言拿著神官長交付予我的數張植物紙，領頭邁開步伐。神官長眉間的皺摺比平時更加深邃，表情非常凝重，代表他在心裡有某些無法認同的事情。但既然什麼也未被告知，我也無須多作思索吧。

經過迴廊，來到孤兒院長室門前，感覺就好像回到了還是前孤兒院長瑪格麗特大人侍從的那時候。站在孤兒院長室門前，現在自己卻要搖響象徵來訪的手鈴，仍讓我感到十分不可思議。搖了手鈴後，便和當時一樣由法藍開門。

「神官長，歡迎您的大駕光臨。」

客廳的模樣與瑪格麗特大人還在時幾乎沒有兩樣，是因為沿用了原本的家具吧。由於負責開門的人與客廳的景象全然沒有改變，更讓我覺得過去的情景彷彿歷歷在目。我懷念地眯起雙眼，法藍和神官長在我身旁談話。

「她的情況如何？」

「現在還有些發燒，但已整裝完畢。另外也遵照您的指示，召集了所有侍從。」

我和法藍一同上樓，情不自禁環顧一圈，尋找起瑪格麗特大人的蹤影。腦海中浮現出了她那頭亮麗動人的金黃色秀髮，和經常微笑眯起的藍色眼眸。當她勾起微笑，唇邊的那顆痣極其妖豔，只要優美地對我招招手，心臟便急遽跳動。

然而與我的記憶不同，此刻在孤兒院長室裡的，是因為發燒，氣色看來比往常要好的梅茵大人，以及她的侍從們。侍從中有兩名很少見到的少女，正神色緊張地看著這邊。應該是替補戴莉雅的侍從吧。看來還未成年，與我並沒有什麼交集。

「這兩個人是？」

「她們是莫妮卡和妮可拉。我在昨天將她們納為侍從，替補戴莉雅的空位。今後將由她們照顧我的生活起居，並且擔任廚房的助手。」

「是嘛。那麼，我接下來開始說明今後的安排。」

神官長接下來的說明讓人大受衝擊。他聲稱梅茵大人只是偽裝成平民進入神殿，但其實是上級貴族的女兒羅潔梅茵大人。

明明親眼見過好幾次她的平民家人，我卻沒有在內心驚訝大喊，反而十分乾脆地接受了事實，心想「啊，所以最後變成了這樣吧」。在神殿，青衣神官再蠻橫跋扈也無人能阻攔。面對貴族的無理要求，說什麼也沒有用。一旦他們下了決定，那就是對的。姑且不論內心的想法，梅茵大人，不對，羅潔梅茵大人的侍從們也是立即點頭，回道：「遵命。」對他們來說，比起平民的主人，上級貴族的主人更容易理解吧。

「今年夏天，羅潔梅茵將在父親的宅邸舉行洗禮儀式，同時成為領主的養女。此外，將以領主養女的身分，就任成為神殿長。」

聞言，梅茵大人……啊，不對，是羅潔梅茵大人的侍從們都眨了眨眼睛，一副耳朵雖然聽到了，意思卻無法理解的表情。我也一樣。

把受洗前的貴族小孩送進神殿，或是由成年的青衣神官擔任監護人將之隱藏起來，並不是什麼稀奇的事。因為貴族的小孩都是在洗禮儀式上才會正式露面，不會公開其存在的孩子，自然會在受洗前被帶到神殿。所以聽到上級貴族的女兒請神官長擔任監護人，藏在神殿裡養育長大，這種說法確實是可以接受。但是，聽到梅茵大人，不對，是羅潔梅茵大人要成為神殿長，這就讓人很難馬上意會過來。

「神殿長因為犯下諸多不法勾當，觸怒領主，已經遭到逮捕。直到羅潔梅茵以領主養女的身分就任成為神殿長之前，會由我暫時兼任神殿長的職務。」

雖說要兼任神殿長的職務，但其實半數以上神殿長該負責的工作早已經落在神官長身上，所以工作量並不會有什麼變化吧。反倒是今後將不再有人提出瑣碎的要求，也不會前來抱怨，實質上工作量反而算是減少。

「在洗禮儀式之前，羅潔梅茵會住在父親的宅邸，為洗禮儀式進行準備並且接受教育。洗禮儀式之後，會接著舉行神殿長的就任儀式，侍從們務必為此作好準備。住所也將遷至神殿長室，也要先去整理妥當。今後這個房間，會用來接見奇爾博塔商會等平民區的人。」

在所有侍從都一臉茫然的情況下，法藍最先回神作出反應。

「神官長，請問神殿長的就任儀式需要準備哪些東西？」

「服裝會由我準備。你們的工作，就是整頓神殿長現在的房間，以供羅潔梅茵之後入住。」

法藍聽了點點頭，拿出寫字板，開始寫字。神官長再看向羅潔梅茵大人。

「羅潔梅茵，我上午已經和班諾面談過，為了往其他城市拓展印刷業，接下來要前往外地的孤兒院視察。為此，需要派名了解工坊的人前往，人選由妳來選吧。」

羅潔梅茵大人逐一看向自己的侍從，目光與雙眼發出期待光芒的吉魯對上後，微微一笑。

「如果是要視察孤兒院和成立工坊，那可以拜託吉魯嗎？因為你最常出入工坊，也最常和奇爾博塔商會的人們往來。」

「是，我會加油！」

我還以為羅潔梅茵大人肯定會指派法藍。老實說，她居然信任且器重吉魯到能夠派他出城，我真是匪夷所思。難道法藍並不如我所想的受到重用嗎？

「法藍，接下來你要負責帶大家整理房間，還要指導妮可拉和莫妮卡吧？雖然會害你增加更多工作，但吉魯不在的時候，工坊也麻煩你管理了。」

「遵命。」

原來法藍得留下來，著手處理堆積如山的工作，這可真是大快人心。但是，法藍那帶著淺笑的表情真令人不快。和在瑪格麗特大人身邊當見習侍從時一樣，如今法藍一樣是在侍奉青衣巫女。然而，他在接受羅潔梅茵大人的命令時，卻顯得比那時候還要開心。明明瑪格麗特大人一對他下令，他就會百般不願地垂下臉龐，咬住嘴唇。

「……如果今後為了成立工坊，吉魯要常常出城，是不是該挑選一名灰衣神官，讓他成為此處孤兒院的管理人呢？」

「這件事不急在一時，現在反而需要洗禮儀式時的樂師。從今而後每當舉辦茶會和宴會，都會需要樂師。我打算買下羅吉娜成為妳的專屬樂師，妳覺得如何？」

「梅茵大人，不，羅潔梅茵大人，我也在此誠心拜託您。」

羅吉娜顯而易見地臉龐發亮。灰衣巫女不是被買為當作貴族的僕從，而是成為樂師，實屬罕見。看來神官長十分認同她在音樂方面上的才能。

「也是呢。有個熟悉的人在我身邊，我也會比較安心，那就讓羅吉娜成為我的樂師吧。但是，在我搬到貴族區之前，還是要麻煩妳繼續協助法藍。」

「衷心感謝羅潔梅茵大人。」

已經成年，又學會了大部分工作的羅吉娜若脫離侍從行列，對法藍來說會是莫大的負擔吧。看見法藍想要祝福卻又無法發自內心的苦澀表情，我險些失笑。

「還有，這是班諾要給妳的。」

羅潔梅茵大人看完神官長遞去的資料後，托著臉頰歪過頭。

「我本來就打算去貴族區的時候，要帶艾拉一同前往，請她負責製作點心，但現在看來，為了增加義大利餐廳裡的貴族餐點，雨果他們也會送去尹勒絲那裡學習呢。妮可拉、莫妮卡，妳們兩人有辦法負責準備這裡的三餐嗎？」

「現在我們的廚藝還沒辦法為羅潔梅茵大人準備餐點，但如果要在這裡煮給侍從們吃，應該是沒有問題。」

這裡的侍從竟然還要自己煮飯，人手到底有多麼不足啊？和眨著眼睛的我不同，神官長露出了無言的表情。

「羅潔梅茵，妳不用煩惱這種事，若有需要，再增加侍從即可。」

「神官長，依我的收入，現在這樣已經是我能負擔的極限了。」

「笨蛋。妳擁有上級貴族的父親，還是領主的養女，今後要成為神殿長。不同於以往必須自己賺取所有收入，預算當然會增加。」

這回神官長露骨擺出了厭煩的表情說。如今已是上級貴族的女兒，成為神殿長後，還想用自己收入維持一切的羅潔梅茵大人。看來她的思考還沒有轉換過來。

但是，若羅潔梅茵大人成為神殿長，法藍便是神殿長的首席侍從，原則上身分會比神官長首席侍從的我還要高吧？這就讓人有些不太愉快。我想起了法藍深受瑪格麗特大人的寵愛，比我還受重用的那個時候。

……我撤回前言。太可恨了。讓人火大到只是在不被神官長發現的程度下找他麻煩，仍讓我無法忍受。

因為神官長是在瑪格麗特大人辭世後才來到神殿，所以不曉得法藍曾有一段時間，單是看見青衣巫女便感到不適，也不知道他對這間孤兒院長室抱有不快的回憶。所以，我才推薦了此處成為羅潔梅茵大人的房間，還推薦了吉魯當侍從，成為他的同事。像是討伐陀龍布和奉獻儀式那時候，只要看見法藍不悅和痛苦的表情，我便喜不自勝。雖然羅潔梅茵大人不巧因為我的惡意受到牽連，但誰教她是法藍的主人，這也無可奈何。

然而，現在法藍與羅潔梅茵大人相處時，卻好似已經克服了過去，若無其事地在這間房裡生活。對於法藍的變化，我內心氣憤難平。我在沒有表情的面具底下越來越心浮氣躁，神官長拿出了一只嵌有偌大青色魔石的戒指魔導具。

「羅潔梅茵，這是妳父親給妳的禮物。」

羅潔梅茵大人從神官長手中接過戒指，戴在手指上。巨大的魔石在她的小手上顯得十分突兀。

「羅潔梅茵，過來吧。要在這扇門上登錄妳的魔力。」

和神官長室相同，只要掀開床鋪的布幔，後頭便會出現一道門。一道令人懷念，心潮起伏，感到憤怒的門扉。我壓抑著洶湧起伏的情感，看向法藍。

不出所料，法藍的臉色變得鐵青，眼中甚至浮現了膽怯。雖然剛才看起來還一派從容自若，但果然並沒有完全克服過去。幽暗的狂喜在我胸口蔓延開來。

「法藍，你怎麼了？臉色好難看。」

羅潔梅茵大人擔心地看著法藍。

「我沒事，請您不必擔心。」

「怎麼會沒事，你的臉色這麼蒼白。」

面對眾人擔心的表情，法藍顯得十分為難。

……我想也是。幾乎每晚都在瑪格麗特大人的召喚下被帶進那個房間，這段過去肯定不想被任何人知道吧。

「神官長，詳情請恕我暫且省略，但法藍對裡面的房間擁有不太好的回憶。」
「放心吧。房內的空間是用魔力製造出來，所以構造不會和以前一樣。」
不知道內情的神官長只是簡單如此說道，和羅潔梅茵大人站在房門前，開始進行魔力登錄。對於只是看到那扇門便臉色大變的法藍而言，無論內部構造是否不同，都會為他在精神上造成很大的負擔，但神官長似乎沒有注意到這麼多。但這也是因為法藍十分善於忍耐，表情沒有太大變化的關係吧。
「這樣一來登錄便結束了。如果妳想討論不想被侍從聽見的事情，便可以使用這個房間。畢竟妳的房間就算屏退了所有人，還是聽得見聲音。」
「任何人都進得去嗎？」
「和我的工坊不同，我並未特別設定限制。」
往後在日常生活中都會使用這扇門了。光是看到法藍對此無法表示抗議，只能一人默默忍耐，我的心情便無比愉快。
「法藍，你沒事吧？」
「……阿爾諾，謝謝你。」
「但如果神官長問起，我會向他報告，這點先請你見諒了。」
……但就算神官長沒有詢問，我也打算向他報告一切。被尊敬的神官長知道自己最不想讓人發現的過去，不知道心情如何呢？
我在心中落井下石，臉上掛著淺笑。法藍一臉莫可奈何地對我點頭。
「神官長多半會追問吧，這也沒辦法。但是，我只希望至少不要傳入梅茵大人，不，是羅潔梅茵大人的耳中。」

……哦？比起神官長，你更不想被羅潔梅茵大人知道嗎？啊啊，那麼，該挑什麼時候，在什麼地點，以怎樣的話語告訴她這段過去呢？

明明得到了我最渴望的瑪格麗特大人的寵愛，卻對此感到抗拒的你。

因為與灰衣神官發生關係，無法回到貴族社會，瑪格麗特大人在絕望中了結自己的生命時，卻不伸出援手只是茫然看著的你。

在瑪格麗特大人去世後，還打從心底鬆了口氣，說著「得救了」的你。

法藍，我還沒有原諒你。

班諾　減少工作量

……怎麼每個傢伙都不停把工作丟給我！想活活累死我嗎?!

聽聞梅茵變成了羅潔梅茵的翌日早晨，我便接到了神官長的傳喚。因為我知道關於梅茵的許多內幕，所以早就料到會收到邀請函，但怎麼也沒想到居然在混亂發生後的隔天早上就送來了。明明是每次預約會面都要等上好幾天時間的貴族，這次的動作未免太快了。

第二鐘響，大門開啟後，帶來商品的人們不斷湧入，店內十分忙碌。就在店內最繁忙的時段，吉魯帶著邀請函跑了進來。我第一次收到沒有指定任何日期，就只寫著「盡速趕來」的貴族邀請函。

「接下來交給你們了！」

我和馬克急忙換了衣服，趕往神殿。接下來的會談極其重要，攸關到奇爾博塔商會今後會面臨怎樣的處置。昆特已經提醒過我，一旦貴族判斷我們對於成了上級貴族女兒的羅潔梅茵來說沒有必要，很輕易便能消滅我們。現在是生死存亡的時刻。

「奇爾博塔商會的班諾，感謝你前來。阿爾諾，別讓任何人進來。」

與神官長的會談保密到家，甚至屏退了所有侍從。

「你知道要談什麼事情嗎？」

「……是有關羅潔梅茵大人的事吧？」

「消息真快，還有誰知道？」

這時說謊也沒有意義，而且神官長是羅潔梅茵在神殿裡關係最親近的人，我也不想讓他對我留下壞印象。

「梅茵的家人來商會時，在場有我和今日也來到神殿的馬克，以及路茲和另一名都帕里萊昂，全部共是這些人。」

接著我再報告了路茲和歐托告訴我的，有關在平民區發生的擄人事件，以及他們當時來到我家避難，後來梅茵的家人來接路茲。

「這麼說來，達穆爾在報告中也提過，當時路茲也被捲了進來。」

神官長低喃說完，開始說起羅潔梅茵今後的安排。他先是說明當初上級貴族的女兒被送進神殿後，為了拯救孤兒院，成立了羅潔梅茵工坊。因為立下了功績，羅潔梅茵將成為領主的養女，洗禮儀式過後更會就任成為神殿長。

「因為她給予了孤兒們工作與食物，我們會把這件事情促成佳話，以掩飾她在受洗前就擁有工坊的不自然。班諾，你也要向與奇爾博塔商會以及梅茵工坊有過往來的人妥善說明。別忘了，你們可是隨時都有可能從這世上消失。」

「遵命。」

雖然梅茵的父親昆特也提醒過自己，但同樣的話從身為貴族的神官長口中說出來，帶來的壓力完全不一樣。

「我也知道這個命令棘手又難辦，但我不希望領主因為不清楚平民區的情況，感到麻煩，便選擇一一清除與羅潔梅茵有關的人。」

我嚥了嚥口水。貴族若想消滅對自己不利的平民，根本是輕而易舉。領主必須守護領地，在今後能夠不斷創造出財富的羅潔梅茵與我們之間，不用想也知道他會選擇哪一邊。我立刻在心裡把關於梅茵及羅潔梅茵的情報控管，提升成為首要之務。

「還有，這是領主給你的。」

神官長再遞來了領主的命令書。雖然上頭洋洋灑灑寫滿了貴族特有的拐彎抹角，但歸納起來就只有兩件事。

一個是「關於印刷業的那個計畫要提早進行」，另一個是「星結儀式結束後會前往餐廳用餐，趕在那之前完工吧」。

……發現來工坊參觀的青衣神官其實是領主時，有人能明白我有多震驚嗎？

當時就已經大受衝擊，這次更是讓我頭痛。本來還以為有兩年的時間可以慢慢擴展印刷業，現在卻突然變成迫在眉睫，我感到一陣暈眩。但是，現在沒有時間讓腦筋一片空白了。若不完成這個強人所難的命令，小命恐怕不保。

「領主已經說了，近期內會派遣商會的人和文官前往鄰近城市的孤兒院視察，要你先和文官好好商議。」

「請問預計在什麼時候？」

要與身分是貴族的文官議事，這種工作絕不能交給其他人。一定要確實把時間空下來，如果要讓馬克同行，也要調整店內的工作分配。

「最快也要等到問過文官，所以不會是馬上吧。」

「那麼，請問能請孤兒院這邊也派出視察人員嗎？希望是在工坊成立之後，能夠比較孤兒院前後變化的人。」

文官只會用可疑的眼光看待商人，若和他們一起議事，恐怕遲遲也不會有進展。假使可以再派一位了解孤兒院變化，還是即將成為領主養女及神殿長的羅潔梅茵身邊的人，會讓情勢產生很大的不同。這也是為了保護我們自己，最好多準備一些能夠倚仗的靠山。

「也是。我會轉告羅潔梅茵，讓她派一名侍從一同前往視察。」

「感激不盡。此外，關於信函上領主大人的要求，請問是認真的嗎？」

誰會相信領主居然要來平民區的餐廳，連我拿到了命令書也無法相信。神官長表情苦澀地瞪著我手上的命令書，慢慢點頭。

「他說想一邊用餐，一邊聽取視察的結果。因為若是在謁見室接見你，便無法詢問你的意見。」

……慢著。所以到時不只是單純的餐會和試吃會，還兼作報告會，要報告孤兒院的視察結果，並發表我對印刷業的意見嗎？不是在開玩笑吧？

「換句話說，等到與文官商討完畢，外出視察，統整結果後，要在義大利餐廳向領主大人報告，是這個意思沒錯吧？」

「沒錯。」

「期限是在星祭結束之後……？」

「……沒錯。」

怎麼可能做得到！我強壓下想這麼吶喊的衝動，按著太陽穴。神官長對我投來的眼神中寄予了萬分同情。

「你也只能咬牙忍耐，當作是測試你能力的磨練了。」

神官長一向都保持著貴族風範，這時卻突然丟來如此消極的話語，令我瞪大眼睛。他臉上難得流露出了煩躁的情緒。仔細一看，我才發現神官長的氣色其實很糟，顯然幾乎沒有闔眼。既然會在事情發生的隔天早上就把我叫來，表示他整晚都在設法收拾殘局。瞬間我明白到，神官長也正因為不受控制的領主疲於奔命。神官長又常常待在領主和羅潔梅茵身邊，恐怕更是比我還要勞累。想到有人比自己還辛苦，我覺得好像得到了些許安慰。

「請問，方便告知屆時共有幾位貴族大人要光臨敝店嗎？畢竟領主大人親自蒞臨平民區的餐廳，可說是史無前例……」

「有前例還得了……」

神官長的表情在這時苦悶到了極點。目光與他對上後，我輕輕聳肩。看來「你也辛苦了」的心聲，都確實傳達給了對方。神官長稍微放鬆下來，露出苦笑。

「只要還與羅潔梅茵有往來，與領主的聯繫便不會斷絕。我光是神殿和貴族區的事情，就已經忙得焦頭爛額，平民區那邊就交給你費心了。」

「雖然很想拒絕，但恐怕不能如我所願吧。」

「能拒絕我早拒絕了。」

兩人一同輕笑出聲後，神官長隨即收起笑容。

「關於預計前往餐廳的貴族，有領主、擔任領主護衛的騎士團長、將成為印刷業中心人物的羅潔梅茵，最後還有我。大概還會有幾名護衛騎士同行，但他們不會與我們同桌用餐，只是仍要輪流吃飯，所以需要另外準備等候室。」

光有下級貴族來光顧就是大新聞了，更何況來的還是領主，哪有心力去大肆宣傳。為了避免不必要的麻煩，最好徹底保密。領主將偕同騎士團長、神殿長、神官長來訪，完全無法預料會演變成什麼情況。

我把神官長提供的資訊寫在寫字板上，皺起臉龐。該做的工作太多了。印刷業和義大利餐廳原本就不是奇爾博塔商會的業務，所以能派去幫忙的人手極少。然而，印刷業是由領主親自下令，所以絕對不能怠慢。工作究竟該怎麼分配才對？而且如今奇爾博塔商會正在急遽成長，要怎麼減輕因此招來的打壓，該想的事情堆積如山。

首先，必須設法安撫每次我去辦理申請就不停嘮叨的公會長。只要聲明這是領主的指令，他表面上也會收斂一點吧。但這老頭難以捉摸，一定會採取什麼陰險的行動，必須給他點誘餌。

「……既然不只領主大人，其他貴族大人也會前來，我想再把廚師送往其他地方接受訓練。但因為目前尚在羅潔梅茵大人這裡學習，請問我能帶走他們嗎？」

「洗禮儀式之前，羅潔梅茵會待在貴族區接受教育。如果是在前往貴族區後帶走廚師，我想沒有問題，我會再問問她。」

「那麼，能請您幫我轉交這封信嗎？」

我在植物紙寫下了想讓公會長成為義大利餐廳的共同出資者。以義大利餐廳為誘餌，來換取公會長今後的協助，藉此減輕工作量和周遭反彈的聲浪。再寫了我想讓雨果他們前往公會長家進修，增加更多可以提供給貴族的菜色。

期間，神官長拿來架上的布包。

「等羅潔梅茵受洗完，馬上會舉行神殿長的就任儀式。就任儀式預計在星結儀式前舉行，在那之前，把這件衣服修改成羅潔梅茵的尺寸吧。」

神官長攤開了神殿長專用的儀式服。他說羅潔梅茵的洗禮儀式服會由上級貴族的父親準備，但因為裁縫師人手實在不夠，神殿長的儀式服只能由神殿這邊準備。

「你那裡的裁縫師知道羅潔梅茵的尺寸吧？之前的腰帶會繼續使用，所以不用再準備。我也記得她的衣服好像有某種特殊的縫法，這次也一樣按照那個做法吧。另外再訂做一只洗禮儀式用的髮簪。務必使用最高級的絲線，樣式也要講究。」

「……遵命。」

情報的控管、印刷產業、義大利餐廳，現在連原本的服飾業也被指派了工作。

……會死。再這樣下去，我絕對會因為這些工作活活累死。

帶著足以壓垮人的工作量回到店內，萊昂來通報公會長請我過去一趟。我邊換下面見貴族用的服裝，邊聽著他的報告。

「聽說是要問您和羅潔梅茵大人有關的事情。消息到底是從哪裡走漏出去的？」

我是直接從梅茵一家人口中得知，現在必須去確認公會長的消息來源，否則恐怕會對日後有不良影響。我咂著嘴，指定在下午會面。必須趕在使者從公會長的會館回來之前，處理好所有急務。

「馬克，馬上派人去鍛造工坊，叫他們活字能做多少是多少。再去向比爾斯的墨水工坊下訂單，訂做印刷用的墨水。告訴他們這是領主的命令，今後將在領地內擴展印刷產業。」

姑且不論孤兒院的視察結果，拓展印刷業是必然要做的工作，最好加快腳步進行準備。馬克也換下衣服點點頭，慢慢吐出一口氣。

「事態發展至此，必須盡快拉攏公會長吧。要是還像以前一樣，每次提交申請書都要等上一段時間才能拿回來，絕對會來不及。」

「我今天就要去商量這件事。那個老頭雖然在賺錢這方面上直覺敏銳，不好應付，但也不是不講理的人。」

丟下這句話後，換好衣服的我便拿起神官長委託的儀式服，衝上樓來到珂琳娜家。

「珂琳娜！這是急件，盡快把這套衣服修改成梅茵的尺寸。」

看著雪白色的儀式服，珂琳娜瞪大眼睛。

「班諾哥哥，這是神殿長的服裝吧？」

「尺寸雖然和梅茵一樣，但要穿上這件儀式服的，是上級貴族的千金羅潔梅茵大人。妳要小心別搞錯了。」

大概是已經從歐托那裡聽說情況，珂琳娜先是垂下目光，然後慢慢點頭。珂琳娜也是要與貴族打交道的商人，很清楚工作的時候，再不講理和無法理解都只能接受。

「我明白了。」

「另外，還要為上級貴族千金製作一支精美髮簪。因為是要在洗禮儀式上佩戴，所以要以白色為基底，再用當季的藍色和瞳孔顏色的金色為配色……這份工作就交給熟練的工匠去做吧，妳說呢？」

「嗯，也是呢。」

我暗示把這份工作委託給梅茵的家人，珂琳娜便輕笑出聲，看來是正確理解到了我的弦外之音。把工作交給珂琳娜後，我再度下樓，派去商業公會的使者正好回來。

「接下來要去公會。馬克，作好準備。」

「已經就緒。」

我一到商業公會，馬上被帶進了公會長室。居然不像往常一樣故意擺架子讓我乾等，由此可知對方也十分焦急。公會長和他的孫女芙麗妲在房內等著我到來。

「班諾，關於羅潔梅茵你知道哪些事情？」

「我就開門見山了。任何有關羅潔梅茵的消息應該都被壓了下來，你們是怎麼知道的？視情況而定，還有可能慘遭貴族消滅。」

「……你果然知道發生了什麼事。」

芙麗妲瞇起眼睛。

「與我簽約的貴族的弟弟，曾擔任過青衣見習巫女的護衛。」

芙麗妲開始說明自己的遭遇，和前往貴族的宅邸交換魔導具時發生的事情。失去意識的騎士被送進宅邸後，突然有光芒飛進房間，灑落在他身上，接著他便跳起來大喊：「見習巫女，妳沒事吧?!」旋即騎上騎獸離開。因為現在的見習巫女就只有梅茵，為了確認她的生死，芙麗妲去調查了魔法契約資料，發現梅茵改了名字。
芙麗妲口中的騎士，就是冬天過後一直跟在梅茵身邊的那個護衛吧。想不到是因為他產生了這一層關係。
「好了，班諾。快把你知道的消息都說出來。」
我僅一瞬間思考要怎麼隱瞞消息，但是，這個老頭和他的孫女早已經知道梅茵太多事情了。乾脆告訴他們大部分的情況，把他們也牽扯進來，讓他們逃離不了羅潔梅茵與領主的魔掌，我以後也能輕鬆一點吧。
「要告訴你們可以，但是，從今以後你們得全面協助我。」
「哦？我得協助你嗎？」
公會長挑起眉，饒富興味的表情顯得十分從容，但眼中看得出些許焦急。即便公會長在平民區是大富豪，又擁有強大的影響力，但一旦被貴族盯上，馬上就會垮台。他們手上有關羅潔梅茵的資訊又幾乎都是推測，再不設法取得正確消息，難保哪天不會被捲進什麼糾紛裡。所以，他們肯定無論如何都想得到情報。
「沒錯。就算不願意，也要服從我的指示。」
「……意思是要我把公會長的位置讓給你嗎？」
「說什麼蠢話！鬼才想再增加公會長的工作！我的意思是要你盡量多幫忙通融！」
未來我的工作範圍將擴展到整個領地，哪有時間再兼任這座城市的公會長。我現在就已經忙得快沒命了！
「多幫忙通融嗎？看來關係到位階相當高的貴族哪……好吧。」

互相瞪視了老半天後，公會長終於點頭。於是，我告訴了兩人梅茵表面上的死亡，以及現在的假身分。她將以上級貴族千金的身分，成為領主的養女，今後更將以領主為中心，把製書拓展為領地的事業。

「……太驚人了。」

「居然成了領主的養女，實在遠遠超出了我的想像。」

成了領主養女的羅潔梅茵，也等於是上級貴族的女兒，不是能夠輕易攀上關係的對象。這點對於與許多貴族往來過的公會長來說，更是再清楚不過吧。

「一旦印刷業發展成為領地的事業，屆時商業公會也必須全面給予協助。你們也知道對領主主導的產業提出異議，是件多麼危險的事情吧？」

「唔……」

公會長沉吟著陷入沉思，仍在思索有沒有辦法從中獲利，我立刻拋出誘餌。

「你們那裡願意暫時收容我這裡的廚師嗎？我想在包含領主在內的上級貴族來店裡之前，讓他們學會更多貴族料理。」

既然有真的貴族要來餐廳，不只梅茵的食譜，我想最好也了解一下貴族們平常在吃的菜色。而且藉由把公會長也拉攏進來，減輕工作量和他人對我們商會的反彈。

「……對我們有什麼好處嗎？」

「我想讓你們成為義大利餐廳的共同出資者，如何？」

當初是因為受到公會長家的廚師挑釁，我才開始經營餐廳，但今後若要統管擴展到整個領地的印刷產業，實在沒有多餘的心力再跨足其他領域。更何況，能夠直接接手經營義大利餐廳，又對貴族的生活習慣知之甚詳，手下還有能夠烹煮貴族料理的廚師的，也就只有公會長了。他家裡肯定也多的是受過教育的侍者。

「……好啊。那要出資多少才可以呢？」

芙麗妲的雙眼發出精光，比起公會長更快上鉤。

法藍　神殿長的侍從

「梅……失禮了，羅潔梅茵大人。等第三鐘響，我和吉魯要前往神殿長室收拾整理。」

「法藍，你的身體真的沒事嗎？還會不會痛？」

羅潔梅茵大人躺在孤兒院長室的床鋪上，還發著燒的臉龐有些泛紅，擔心我在與神殿長及賓德瓦德伯爵帶來的人打鬥時受的傷。見她憂心忡忡的模樣，我藏不住臉上的苦笑。

「羅潔梅茵大人，我已經說過好幾遍了，我的傷因為突然灑在身上的神奇光芒，已經全部都治好了。比起我，請您先擔心自己吧。您今後要以上級貴族千金的身分生活了吧？」

魔導具戒指上嵌著沉甸甸的藍色魔石，正象徵了羅潔梅茵大人現在的身分。羅潔梅茵大人循著我的視線，看向左手中指上的藍色戒指，露出了淡淡的苦笑。

「每次聽到有人叫我羅潔梅茵，就好像在提醒我要認清自己已經不是梅茵了，感覺有點痛苦呢。但要快點習慣才行……在去貴族區之前。」

看來對於改了名字一事，還無法馬上適應的不只周圍的人。關於為何會成為上級貴族的千金，又成為領主的養女，羅潔梅茵大人告訴了我一些緣由。

「法藍，你不只見到了賓德瓦德伯爵，齊爾維斯特大人出現的時候你也在場，所以就算我說得不多，應該也大概想像得到吧？」

然後，羅潔梅茵大人一邊說著「別告訴神官長喔」，一邊斷斷續續地吐露自己的不安，不只是擔心平民的家人，也擔心自己能不能成為真正的貴族。

……神官長吩咐過，羅潔梅茵大人在情緒不穩的時候，魔力也容易失控，一定要向他報告，但這時該怎麼辦呢？

我苦惱著是否可以不向神官長稟報，遞出從圖書室借來的書。

「看您似乎已經退燒了，只要不下床，可以在床上看書沒關係。應該有助於稍微轉換心情吧？」

「法藍，謝謝你。」

羅潔梅茵大人開心地抱著厚重書本，我從她面前告退，然後環顧房間一圈。只見羅吉娜正帶著欣喜的笑容，擦拭飛蘇平琴。

「羅吉娜，我和吉魯要去整理神殿長室，麻煩妳照顧羅潔梅茵大人了。她現在正在看書，請妳適時提醒她喝水。」

「我知道了。」

羅吉娜回答道，視線卻全然沒有離開飛蘇平琴。畢竟是灰衣巫女被提拔成了貴族的專屬樂師，我能明白她興奮的心情，但羅吉娜該做的事情還很多，像是指導新進來的見習侍從莫妮卡與妮可拉，把工作交接給她們。兩人才剛成為見習侍從，還不能交給她們照顧羅潔梅茵大人。

「羅吉娜，請確實做好妳該做的工作。若沒有把工作完全交接給莫妮卡和妮可拉，我會拜託神官長，延遲妳以樂師身分前往貴族區的時間。」

羅潔梅茵大人是女性，所以有些工作只有灰衣巫女才能負責。比如沐浴與更衣，皆是同性侍從的工作。以前我曾在神官長身邊擔任過侍從，所以一度以為我也能夠教導這方面的工作，但看到指導戴莉雅時的羅吉娜，我改變了想法。即便是同樣的工作，但性別不同，該注意的事情也會不同。

「平常生活所需服裝的穿法和保管方式、沐浴的協助、儀式時的準備流程，這些我多少都可以幫忙指導。但是，該怎麼綁頭髮、裝飾和保養，這些便超出了我能教導的範圍。今後羅潔梅茵大人將以神殿長的身分回到神殿，為了使屆時的生活仍可正常運作，妳必須先教會兩人基本的工作……因為以前向妳學習這些事情的戴莉雅已經不在了。」

羅吉娜這才驚覺地放開飛蘇平琴，前去呼叫莫妮卡和妮可拉。已經把話說得這麼明白，羅吉娜也會用心教育兩人吧。我叫來在一樓打掃的吉魯，離開孤兒院長室。

「啊，你們來了嗎。那前往神殿長室吧。薩姆，向法藍報告現在的情況。」

一行人一邊移動，我一邊聽著神官長的侍從薩姆報告貴族區域的現狀。看來並沒有任何人告訴青衣神官們詳細情況，僅被告知「神殿長去世了」。所以，與神殿長交情甚深的青衣神官們全都不明白究竟發生了什麼事，過得戰戰兢兢。

「法藍，你們負責整理祭壇，我們整理文件。」

「遵命。」

為了整理好神殿長室供羅潔梅茵大人居住，必須收拾前任神殿長的私人物品。幾乎所有神官長的侍從都來到這裡忙進忙出，但是，我卻沒在其中看見首席侍從阿爾諾的蹤影，不由得納悶歪頭。我和吉魯一起用布小心地包起聖典和祭壇上的燭臺，放進保管用的木箱裡。再測量各樣家具的尺寸，寫在寫字板上，以便在為羅潔梅茵大人訂購新家具時做為參考。

「當上神殿長就可以看聖典了，梅……啊，不對。羅潔梅茵大人一定很……我想一定會很高興。」

吉魯在意著旁人眼光，更改了遣詞用字，我肯定回道：「羅潔梅茵大人一定會很高興吧。」對於自己的身分將產生劇烈改變，羅潔梅茵大人感到相當不安，能有新書為她帶來樂趣，我也稍感安心。

「文件只有這些嗎？比我預期的還少哪。」

「這邊架上還有一些木板。」

因為神官長幾乎承辦了所有職務，所以由神官長和他的侍從們帶頭整理文件資料。當初發現神殿長在工作上非常馬虎，神官長大感頭痛下，便接二連三將工作搶過來自己做，所以神殿長這邊的文件才會這麼稀少吧。

「那麼，這些東西要搬去孤兒院長室，好好保管才行。」

我和吉魯一同搬運木箱，這時神官長正在命人搬運放有文件和器具的木箱，叫住了我。

「法藍，下午來一趟神官長室。要討論神殿長的家具該如何分送，還要告訴你羅潔梅茵成為神殿長後的職務範圍。」

「遵命。」

回到孤兒院長室，我把剛才測量的家具大小與羅吉娜記錄的家具大小作比對，修改成適當的訂購尺寸。羅潔梅茵大人將成為領主的養女，今後要訂購的家具不只外觀與價格，尺寸也必須剛好符合。

緊接著第四鐘響了。我抽走羅潔梅茵大人手上的書，請她用午餐。之後，侍從們在用餐區吃著分送下來的食物，但如今戴莉雅不在了，在場的人變成了妮可拉和莫妮卡，感覺真是十分奇妙。

「妳們兩人工作流程還記得住嗎？」

「好不容易被納為了見習侍從，雖然交接時間很短，但我們會加油的。」

莫妮卡答道，表情非常認真，妮可拉也笑著點頭。她說這裡的食物很好吃，所以會好好努力。聽了妮可拉把食欲擺在第一的回答，我不禁笑出來。兩人都充滿幹勁，想必很快便能學會吧。羅吉娜還說兩人從在孤兒院的時候，葳瑪就指導過她們一些事情，所以教導進度想必會比預想中快。

吃完午飯，前往孤兒院分送神的恩惠。葳瑪和弗利茲立即跑來，收下了神的恩惠。我看了一圈孤兒院，發現院內相當平靜，依然和往常一樣運作。

「葳瑪，孤兒院這裡沒問題吧？」

「是啊，但我有些擔心戴莉雅。她把照顧戴爾克的工作一個人全攬下來，我擔心她不久之後就會累垮……」

聽見戴莉雅的名字，我垂下目光。坦白說，我很不擅長應付戴莉雅。不論是以女性的自己做為武器去討好神殿長，還是比起自己侍奉的主人，更以孤兒戴爾克為優先考量，這些言行舉止都正好與我互相牴觸。我並不在乎背叛了主人、跟隨神殿長的戴莉雅如今過得如何，但當時是羅潔梅茵大人請領主大人饒她一命，若戴莉雅和戴爾克出了什麼狀況，羅潔梅茵大人會耿耿於懷吧。

「我想在戴莉雅真的累垮之前，也只能靜觀其變了。畢竟她現在還想不開，說什麼也不會聽吧。只要預先決定好戴莉雅病倒的時候，要由誰來照顧她和戴爾克就好了吧。」

「……是嗎？我知道了。」

葳瑪朝食堂深處投去擔憂的目光，對我的建言點頭應道。

「法藍，你要去神官長室吧？那我接下來去看看工坊，因為明天要去森林。」

從孤兒院回來，吉魯毛毛躁躁地向我報告。因為太過在意工坊，連遣詞用字也變得粗糙。我提醒後，吉魯先吸了一口氣，才訂正說：

「那我接下來要去察看工坊的情況。」

「吉魯，我知道你為了守住自己的位置，很努力在學習只有自己能做的事，但你一個人負責太多工作了。今後你將成為神殿長的見習侍從，要懂得把工作分配給其他灰衣神官。你一直以來都很努力，羅潔梅茵大人絕對不會棄你於不顧。」

吉魯斂起表情，快步走向工坊。羅吉娜重新指導起莫妮卡與妮可拉。我再度遞了書給羅潔梅茵大人，以免她下床，然後前往神官長室。

進屋後，看見神官長正忙碌地在為一些木板和文件做分類。是從神殿長室搬過來的資料吧。

「法藍，抱歉要你過來。她的情況如何？燒好像還沒退……」

「羅潔梅茵大人幾乎已經退燒了。不過，我想她的精神狀態並不太穩定。她好像十分擔心家人，又對現在的身分感到不安，說了些喪氣的話。」

聽完我的報告，神官長有些安心地放鬆了表情。

「還能說喪氣話，表示不用太過擔心。這次給她的藥水並沒有回復魔力的效果，所以她的魔力應該暫時不會有波動。但若有任何異狀，再向我報告。」

接著，我和神官長的侍從們討論了該怎麼處置從神殿長室搬出來的家具。老家那邊並沒有要收回神殿長的物品，所以基本上家具會分送給青衣神官。該怎麼排定順序請青衣神官過來挑選家具、誰又要在場負責監督，討論完後，神官長輕輕向我招手。

「我要說明羅潔梅茵當上神殿長後該負責的儀式，你們回去做各自的工作吧。」

於是只剩下我還站在神官長面前，神官長的侍從們迅速遠離了辦公桌。眼見所有人離開，神官長瞥了一眼拿出寫字板要抄寫指示的我，然後顯得有些難以啟齒，略微壓低音量說了。

「法藍，我從阿爾諾那裡聽說了。」

瞬間我全身竄起雞皮疙瘩，嚥了嚥喉嚨。雖然阿爾諾說過，若神官長問起會向他報告，但實際上真的發生後，我突然覺得不被允許站在神官長面前，不由自主向後退了一步。

「雖說是因為我不知情，但要侍奉青衣巫女，對你來說可能是種痛苦吧。法藍，你今後仍能繼續侍奉羅潔梅茵嗎？能和侍奉我時一樣，視她為自己的主人嗎？」

神官長絲毫沒有提及過往，金色眼眸靜靜地望著我，只是問了我往後的事。聽出神官長在暗示過去的事就過去了，我的心情頓時變得輕鬆。

「正如神官長所言，起初心情確實十分抑鬱。因為要成為青衣見習巫女的侍從，還要在孤兒院長室生活。」

提供給羅潔梅茵大人使用的孤兒院長室甚至連家具和餐具都原封不動，很難不想起那段往事。但是，我很快便驚愕發現，只是換了主人，竟然就有如此巨大的差異。

羅潔梅茵大人先是帶了不被允許離開神殿的灰衣神官前往平民區，更把平民的做法帶進孤兒院和工坊，自己身邊的一切都能明顯看出在不斷改變。因為羅潔梅茵大人接二連三地嘗試新的事情，還把神殿裡沒有的東西帶進來，我光是努力適應就已經分身不暇，根本沒有多餘的時間回想過去。

「羅潔梅茵大人與瑪格麗特大人截然不同。她不會為了自己的私利而利用孤兒院，一直努力著想讓孤兒院變好。」

因為可以隨心所欲使喚孤兒們。

因為可以拿走給孤兒院的經費中飽私囊。

因為有個職位，可以拿到更多補助金。

和為了這些理由就任成為孤兒院長的人們比起來，羅潔梅茵大人完全不同。她不但自掏腰包拯救了孤兒們，還給予孤兒們工作，教給大家生活所需的技能，讓孤兒們可以自食其力。羅潔梅茵大人瞞著神殿長和青衣神官們所做的這些事情有多麼貴重且偉大，只有在孤兒院長大的人才能了解吧。

「在孤兒院不只灰衣神官，見習生和孩子們都非常感謝而且仰慕羅潔梅茵大人。雖然時常會大吃一驚，但我希望今後能繼續為羅潔梅茵大人貢獻一己之力。」

「是嘛，那就好。阿爾諾因為對青衣巫女懷有個人情感，暗中動了不少手腳，所以我已經讓他遠離，你今後繼續侍奉羅潔梅茵吧。」

察覺到了神官長簡短話語中的含意，我暗暗嘆氣。我還十分納悶，為什麼神官長身邊遲遲不見首席侍從阿爾諾的蹤影，原來是已經登上了通往遙遠高處的階梯。

……對青衣巫女懷有個人情感，表示阿爾諾也是瑪格麗特大人的受害者吧。

「在貴族社會，微小的失敗也會變成是無可抹滅的污點。你在侍奉羅潔梅茵時，必須時時將此謹記在心。不能只是唯唯諾諾地服從她的命令，應該要嚴格教導她，讓最終的成果不只合乎貴族，更要合乎領主養女的身分。」

神官長告訴了我羅潔梅茵大人的侍從們必須先完成哪些工作，以及侍奉領主的養女時該有什麼心理準備。

「遵命，我一定誠心誠意服侍羅潔梅茵大人。」

神官長重重點頭後，揮揮手示意我可以退下。我交叉雙手跪下後，離開了神官長室，返回孤兒院長室。

……合乎領主養女身分的成果。

羅潔梅茵大人缺乏貴族的常識，見習巫女這方面的經驗與知識也十分不足。聽到自己的職責便是輔佐羅潔梅茵大人，讓她在擔任神殿長時留下合乎領主養女身分的成果，責任之重大令我不寒而慄。

……羅潔梅茵大人當上神殿長後，將會在星結儀式上首度站在人民面前，至少那時候絕對不能有任何閃失。

「羅吉娜、莫妮卡、妮可拉，請過來幫忙。」

我叫來大家，開始把儀式的相關事宜寫在木板上，努力整理得一目了然。一年當中有不少儀式，每項儀式又都有必須記住的流程。我必須傾盡所能輔佐羅潔梅茵大人，讓肩負神殿長之責的她能夠完美完成自己的工作。

吉魯負責參與羅潔梅茵大人最關心的書籍製作，為此貢獻力量。那麼，我身為羅潔梅茵大人的首席侍從，便該傾注全力輔佐成為神殿長的她。

望著越疊越高的木板，我看向羅潔梅茵大人正躺著歇息的床舖。那麼，一有時間便想跑向圖書館的羅潔梅茵大人，背得完這些東西嗎？

「如果想讓羅潔梅茵大人背下這些東西，首先該想想有沒有什麼辦法，能阻止羅潔梅茵大人一看到書就往前衝呢。」

聽見我的低喃，羅吉娜也同樣看向床舖，輕笑著點頭說：「恐怕很困難呢……」

伊娃 向前看吧

半夜聽見哭聲醒來，我抱起加米爾。又到餵奶的時間了。加米爾的髮色與瞳孔顏色，都和梅茵十分相似，所以每當在餵奶時注視著他，總會回想起與梅茵生活時的點滴。梅茵三天兩頭就發燒昏睡，所以我一直以來都很擔心她會不會哪天突然斷氣、這次熬不熬得過去。好不容易變得比較健康了，現在卻又離開到了伸手無法觸及的遠方。

……但是，並不是真的死了啊。

只要心情開始低落，我就這樣說服自己，重新振作精神。她並不是真的死了，雖然無法再以家人的身分與梅茵接觸，但我們和她之間仍然存在著微弱的聯繫。想到這裡，心情就會輕鬆一些。

……不知道昆特還好嗎？

望向那團大概是睡不好，已經翻身了好幾次的巨大隆起，我不自覺嘆了口氣。

喪禮結束後，大家都回到了平常的生活。再怎麼悲痛，昆特也必須回到工作崗位上。所以，昨天昆特也去了大門。因為是午班，第三鐘響後，他一臉不情不願，慢吞吞地出門工作，卻在第四鐘響前就回來了。

聽說是因為昆特打了頂頭上司的士長，所以其他人都說：「我們明白你的心情，但你還是冷靜一陣子吧。」要昆特再休息一段時間。好像是士長對於梅茵的事情說了些什麼，但並沒有人聽到，然而親眼看到昆特一拳打向士長的目擊證人卻不少。聽說他還對士長大吼：「都是你害的！沒有確實向守門士兵傳達消息，才讓外地的貴族大人闖進來，害我失去梅茵！」這些事是送昆特回來，名為歐托的部下告訴我的。

因為寵愛孩子的昆特，是真的非常、非常寶貝身體虛弱的梅茵，所以對於沒能防止外地的貴族大人入侵、沒能保護好梅茵，最終還反過來讓梅茵保護了自己，讓他非常不甘心又消沉，還有些自暴自棄。

……看這樣子，還是再讓他一個人靜一靜吧。

等加米爾喝完母奶，我輕拍著他的背，讓他打嗝，再檢查尿布的情況後，我也沉入夢鄉。一邊在心裡期望著，希望昆特可以快點振作起來。

「都是多虧了梅茵的祝福喔。」

到了早上，準備要去工作的多莉突然間這麼說。她的小臉閃閃發亮，像是想到了什麼驚人的事情，但我聽了只是一頭霧水。

「多莉，妳在說什麼？」

「就是我昨天跑去拜託珂琳娜夫人這件事啊。一想到要遵守和梅茵的約定，我一點也不害怕去北邊，也不害怕拜託珂琳娜夫人答應我的請求。我想這一定是因為梅茵祝福的關係。」

多莉昨天和路茲一起去了奇爾博塔商會，請珂琳娜夫人答應在她都盧亞的契約到期時，讓她進入奇爾博塔商會，在珂琳娜夫人的工坊工作。多莉以前還說過連去城市的北邊都會緊張，真難想像她會做出這麼衝動的舉動。

……如果說她跟梅茵很像，會不會生氣呢？

「我到現在還是不敢相信，珂琳娜夫人居然說要把梅茵髮飾的工作交給我！我的手藝一定要變得更厲害，才不會被別人搶走這份工作。」

多莉露出自豪的笑容說完，又低聲喃喃說：「事情會這麼順利，絕對是因為梅茵祝福的關係。」

比起梅茵的祝福，我想這本就是奇爾博塔商會的打算吧。他們應該是希望與成為貴族千金的梅茵保有聯繫，才雇用了多莉。但是，對於多莉抓住了與梅茵聯繫的機會，我還是很高興。可以知道在多莉心中，梅茵並沒有死去，而是只要努力便能見到的人。看見多莉如此勇往直前，我甚至感到耀眼。

「媽媽，妳也收到了梅茵的祝福吧？動作不再那麼遲鈍了呢。不過，還是不可以勉強自己喔。就算產後的疼痛消失了，也不會全身倦怠無力，但接下來因為要餵加米爾喝母乳，好一陣子還是會睡眠不足吧。」

在收到梅茵的祝福後，產後遲遲難以恢復的全身痠痛和疲勞都消除了，所以應該要繼續向前進了——我彷彿聽到多莉在這麼暗示。我不禁覺得自己也不能輸，重拾了在梅茵離開後，已經幾天沒有出現的笑臉，穿上圍裙準備做家事。

「是啊，有了梅茵的祝福，多莉妳就別擔心我了。第二鐘要響了，快點出門工作吧。」

心情變得開朗一些後，我送了當裁縫學徒的多莉出門工作，一邊留意著加米爾的情況，一邊用水缸的水清洗碗盤。仔細看了看屋內，發現多莉雖然洗了衣服，但接下來還得汲水，而且今天有市集，也必須去買菜否則沒有食物。左右鄰居送的慰問品已經都吃完了。如果只有我一個人，午飯還能用剩飯將就著吃，但今天還有昆特，份量就太少了。

……我看看，要從哪裡開始整理起呢？

我正這麼思索時，明明不是值晚班，昆特卻睡到現在才慢吞吞起床，用充恨怨懟的眼神看著穿上圍裙做事的我。

「為什麼多莉和妳都能這麼豁達，和往常一樣生活？梅茵離開我們了耶。」

「因為喪禮已經結束了，也過了鄰居願意幫助我們的期間啊。我和多莉要是一直傷心哭泣，什麼事都不做，誰要來餵加米爾喝奶呢？誰要煮飯？誰要負責洗衣服？」

再怎麼悲傷、感到失落，現在也該活動身體繼續生活了。昆特應該也明白這一點。

「而且，我們和別人不一樣，收到了梅茵給予的許多祝福吧。有治癒傷痛的力量、向著目標前進的力量、排除惡意的力量，還有承受苦難的力量，說要給她心愛的人們呢。所以，一定沒問題的。」

昆特這才想起似地抬頭，我對他微微一笑。

「得到梅茵的祝福以後，多莉都為了與梅茵的約定開始前進了，昆特卻承受不了苦難，成天垂頭喪氣，該不會其實是梅茵根本不愛爸爸吧？」

你真的收到了祝福嗎？我故意這麼說，昆特的雙眼立刻瞪得老大。

「才沒有這回事！她不只說想當爸爸的新娘，連我手臂上的傷都治好了！梅茵一定也很愛我！」

看昆特一提到梅茵就反應過度，甚至惱羞成怒，真是單純，有點可愛。

「那麼，昆特也可以向前看了吧？現在該做的事情堆積如山，既然你不能去工作，時間很多，那也來幫忙吧。首先要汲水。」

「首先……？」

「汲完水以後，再麻煩你去買菜。今天有市集，但我還不能帶著加米爾走太遠的路，梅茵會生氣的吧？」

之前梅茵再三耳提面命，說外面有很多疾病的源頭，所以在加米爾脖子變硬之前，盡量別帶他外出。大概是想起了這件事，昆特悶聲不吭。

「啊，你聽。加米爾開始哭了，我該餵他喝母奶了。」

我把木桶塞給一臉沒出息的昆特，把他趕出門外，在抱起哇哇大哭的加米爾之前，先把臥室的窗戶完全打開。初夏腳步將近的春季驕陽照射進來，房內變得非常明亮。涼爽的風緊接著吹撫進來，彷彿吹跑了屋內因悲傷而沉甸甸的空氣，我的心情也變得陽光不少。

「加米爾，讓你久等了。」

大概是稍微等了一段時間，加米爾奮力動著小嘴吸吮母乳。這時候，昆特帶著裝滿水的木桶回來了。他板著沒好氣的臭臉，把水倒進水缸裡，再度前往水井。

在水井和水缸之間往返了幾次後，汲好了水的昆特一邊唸唸有詞：「梅茵才不可能不愛我。」一邊拿起買東西用的籃子，腳步遲緩地踏出家門。

餵完母乳，換了尿布，我哄著加米爾入睡的同時，環顧起變得明亮的臥室，發現角落已經積起了灰塵。因為只要不把房間打掃乾淨，梅茵便會卯起勁來打掃，最後卻又累得病倒，所以在我們家一直近乎滑稽地每天認真掃地。但梅茵不在後，才幾天沒有打掃，就又開始變髒了。

「趁加米爾睡著的時候來打掃吧。希望可以回復到梅茵還在的那時候。」

打掃完家裡，再清洗已經堆積了好幾件的加米爾用過的髒尿布。正在晾晒尿布時，昆特帶著一大堆東西回來了。看樣子他買了不少食物，讓我可以好一陣子都不用出門去買東西。

「我回來了。東西放進過冬用的儲藏室裡就好了吧？」

和出門時不同，昆特回來後聲音變得有活力，心情看來也很愉快。

「發生什麼事了嗎？」

「我在買東西的半路上，遇到了帶孤兒們出來的吉魯，從他那裡聽說了梅茵的近況。他說不久後梅茵就要去貴族區了，但精神不錯，而且很擔心我們。」

吉魯是梅茵的侍從，經常負責送她回來。梅茵說過，吉魯都和路茲一起在孤兒院的工坊工作，是個做事很勤快的孩子。

「昆特，那你怎麼回答吉魯的呢？應該也拜託了他告訴梅茵我們的近況吧？」

「我要他轉達大家都朝著目標在前進了，不必擔心……妳那什麼眼神？要是告訴梅茵我因為揍了士長，所以現在沒在工作，她會擔心的吧？」

昆特一臉不自在，速度很快地說。昆特想當個受孩子們尊敬的父親，所以不想讓梅茵知道自己的糗事吧。

「那為了不讓梅茵擔心，你也該出門工作了吧。什麼時候要回去工作呢？」

我呵呵地促狹笑著，抬頭看向昆特。他不服氣地皺著鼻子，撇過頭說：「我明天就回去工作。」

但是，他的側臉上恢復了淡淡的笑意，聲音也有了精神。原本一直朝下的臉龐，也抬頭直視前方了。雖然還有些強打精神，但至少有了重新向前的意願。一定是因為他終於也實際感受到了，我們與梅茵之間確實還存有著微弱的連結，而且能夠透過吉魯等孤兒院的孩子們，和在工作上會與她接觸到的路茲，告訴梅茵我們的近況。

當晚，昆特睡得很沉，連加米爾哭了也沒有動一下。才過一天而已就有這麼劇烈的變化，果然還是那個性格單純的昆特，我心裡有些開心。

「只是從吉魯那裡聽到梅茵的事情，居然這麼快就復活了，昆特真的是最愛梅茵的傻爸爸呢，加米爾。」

我輕拍著喝完母乳的加米爾的背，這麼說道，加米爾以打嗝回應了我。

培里孚的資格

「今天師傅他們說要一起吃飯喔。」

工作快要結束時，我這麼告訴了正忙著收拾工具的都帕里們，全員先不約而同看了眼師傅比爾斯的表情，再小聲問我：

「喂，約瑟夫，今天那個當資助者的小姐也來過了，氣氛應該還不錯吧？我可不希望這次吃晚飯又像上次那樣。」

注意到他們擔心的語氣中還參雜了說笑的成分，我也做出不太嚴肅的表情，輕揮起手說：

「放心吧。除了我得管好太過激動的海蒂以外，今天大家可以開心地吃吃喝喝。」

沉默了一秒之後，眾人放聲哈哈大笑。工坊裡的氣氛好久沒有輕鬆到說笑聲此起彼落了。我正這麼心想時，一名工匠嘿嘿笑著，拍向我的肩膀。

「喂，約瑟夫。你的工作可不只有在吃晚飯那時候。」

「對啊對啊，現在也是該你出場的時候。快點叫海蒂收拾乾淨吧，我看她又在想事情了。」

工匠們的情緒變得明朗歡快，指向瞪著材料，又自己陷入了沉思的海蒂。我轉身背對他們，立刻快步衝向海蒂。海蒂完全沒有發現我的欺近，瞪著小碟子裡的材料，低聲嘰哩咕嚕。

「喂，海蒂，今天先到這邊吧。妳再不收拾，其他人也沒辦法結束。」

我輕敲了下海蒂的頭，拿起並排在她眼前的小碟子，隨手就遞給附近的都盧亞。沉浸在思緒中的海蒂發現眼前的材料不見了，臉色大變地站起來。

「啊啊啊！約瑟夫，等一下啦！小心一點！材料會混在一起的！」

看來成功中斷她的思考了。我把盛有粉狀墨水材料的小碟子還給她。

「別抱怨了，快點收拾吧。鐘聲要響了。」

「我知道啦！我馬上就收拾，你動作輕一點！」

「我又不是妳，當然會小心。」

四周紛紛傳來了笑聲說：「果然海蒂就是該交給約瑟夫來管哪。」但是，連工作夥伴間的這種調侃也好久沒聽到了，真是令人懷念。發現以前的氣氛都回來了，我感到如釋重負。

「關於要向貴族販賣墨水這件事，奇爾博塔商會已經願意居中交涉，去取得商業公會長的協助了。現在也找到了願意贊助海蒂研究墨水的資助者，也賣掉了新配方的墨水，今天就喝個不醉不歸吧！」

比爾斯說完，都帕里們立即開心歡呼，喝起眼前的酒，吃起盤子裡的食物。我也灌了一大口倒好的卑禮亞酒。

之前比爾斯說是要與奇爾博塔商會搭上關係，要我們開始製作新墨水，現在總算賣出去了，也決定了要交給奇爾博塔商會和公會長向貴族販售墨水，連海蒂的墨水研究也找到了資助者，所以今天放縱一下應該沒關係吧。辛苦終於有了點回報。明天開始又要因為研究墨水，和海蒂繼續辛苦勞累。

……還要小心別惹那個年幼的資助者大人不高興。

我想起了今天和我們一起研究彩色墨水的小女孩。梅茵大人雖然個性奇特，與熱愛研究的海蒂十分合得來，但就算她做出了奇怪的行為，我也不可能和面對海蒂時一樣責罵她，必須與她的隨從溝通協調。而且現在也應該要先明確地訂定底限，規定到哪種程度必須制止海蒂，否則海蒂會沒完沒了地研究下去，只怕會花光梅茵大人的資金。要是梅茵大人事後才說「我只能支付這些」就慘了。

大家吵吵鬧鬧地喝著卑禮亞酒時，我卻滿腦子都是明天開始要做的工作。既然新墨水的事情都交給了我和海蒂，代表研究以外的雜事會全部落到我頭上。雖然事到如今也沒必要再提，但海蒂除了研究以外，完全派不上用場。她只會害我要多做更多事情，或是做了老半天什麼進展也沒有，讓人心浮氣躁。

「約瑟夫，你今天都是大口喝酒耶。果然很高興我們做的墨水賣出去了，和大家一起吃飯又特別好吃對吧？我好想要平常都這樣吃飯喔。」

海蒂也喝著卑禮亞酒，嘻嘻笑道。海蒂很享受一大群人一起吃飯，也喜歡像這樣和都帕里們一起用餐，但在這間工坊，比爾斯一家人和都帕里們平常都是分開吃飯。

「師傅不是說過了，都帕里他們也需要在他看不見的地方喘口氣吧？反正妳偶爾都能像現在這樣和大家一起吃飯，就忍耐一下吧。」

「好羨慕都帕里他們喔。我偶爾也想在爸爸看不到的地方吃飯嘛。」

海蒂覷著比爾斯悄聲說，我忍不住苦笑，也瞄了一眼比爾斯。都帕里們都想在上司比爾斯看不到的地方悠哉吃頓飯是事實，確實沒錯。

但是，和海蒂結婚以後，開始與比爾斯一家人吃飯的我也知道，提供給五名都帕里和給家人的飯菜內容並不一樣。為了控制住都帕里們的伙食費，分開吃飯對比爾斯來說比較有利。

總之因為一些理由和這個表面上的原因，平常大家都是分開吃飯，但如果要討論和工坊有關的重要事情時，便會一起吃晚飯。都帕里們雖然很高興能吃到比平常豪華一些的飯菜，但對於比爾斯要報告的消息總是既期待又害怕。

……幸好今天是值得高興的消息，上次可是沃爾夫過世那時候。

上一次和都帕里們一起吃飯，是因為前任墨水協會長沃爾夫突然死亡，以及比爾斯無法拒絕就任成為新的墨水協會長。要是比爾斯必須接手沃爾夫以前在背地裡做的那些骯髒手段，很有可能隨時被捲進貴族大人間的糾紛裡。

都帕里們在聽完後當然全都面無血色。一旦失去比爾斯，工坊肯定會垮掉。簽了三年契約的都盧亞可以在更新契約時逃跑，但都帕里根本逃不了，因為他們與工坊是命運共同體。女兒海蒂身為繼承人，卻成天只顧著研究，她丈夫的我也尚未取得培里孚資格，所以所有人都極度不安。

……我也要快點拿到培里孚的資格才行。

培里孚是成為工坊師傅必須具備的資格。假使師傅過世，沒有資格的人雖然也能繼承工坊，但直到取得培里孚資格為止，在協會內的處境會變糟，交易也會受到限制。此外，還不能再增加雇用都帕里和都盧亞，都盧亞的契約到期時也不能更新。

技術至上的工匠世界十分嚴格，未持有培里孚資格的人不能擁有自己的工坊。這是為了防止沒有技藝的人隨意成立工坊，導致技術與風評變差，但也因為這個緣故，沒有了師傅的工坊往往會在眨眼間消失沒落。

……就像沃爾夫的墨水工坊那樣。

因為前任墨水協會長沃爾夫的工坊中，就只有他一個人持有培里孚資格，所以在他去世後，工坊便急遽衰退。由於交易受限，沃爾夫過去做過的非法勾當又被傳得繪聲繪影，所以聽說一到春天，已經有好幾名都盧亞終止了契約。

……我們工坊不能步上他們的後塵。

我是都帕里，又與繼承人海蒂結了婚，所以無論發生什麼事，都無法離開這間工坊。現在的我已經沒辦法再和以前一樣悠悠哉哉，以為只要一邊監督熱愛研究的海蒂，一邊慢慢取得培里孚的資格就好了。比爾斯是在沃爾夫去世後不得不成為墨水協會長，也有可能和沃爾夫一樣突然不自然死亡。

……必須盡快取得培里孚的資格。

比爾斯確定成為墨水協會的新會長時，曾經把手放在我的肩膀上說：「約瑟夫，那就拜託你了。」到了現在，我才痛切感受到那隻手帶來的重量。

「……嗚噢?!」

我正認真地陷入沉思，海蒂突然用手指戳了戳我眉心。

「約瑟夫，你表情別這麼嚴肅，要多吃一點才行喔。」

「啊？為什麼突然……」

「因為我需要約瑟夫的幫忙才能做新墨水啊。光靠我一個人，做不了那麼多的墨水嘛。」

海蒂說著「明天我也想進行各種嘗試」，不斷往我的盤子裡夾肉。新墨水因為要長時間研磨油和材料，非常需要臂力與體力。單憑海蒂一個人，根本研究不起來。

……對妳來說我只是墨水製造機嗎？

我對一心只顧著自己研究的妻子感到火大，吃光盤子裡的肉，灌下皐禮亞酒。

「爸爸，太好了呢。幸好那位小姐願意成為我們的資助者，一切都很順利！」

雖然現在工坊的情況稍有改善，但比爾斯成了墨水協會長的現實依然無法推翻，而且與貴族的交易會不會有什麼變數，還要看公會長的判斷。除了比爾斯之外，工坊裡頭沒人擁有培里孚資格的現狀也還是沒有改變。

……順利的就只有賣出了新墨水，和妳的研究資金有著落了而已！這兩件事對妳來說就是全部了嗎！妳這走火入魔的研究狂！

看著海蒂無憂無慮的笑臉，我在心裡憤憤暗罵，吃完了當天的晚飯。

後來，資助者梅茵大人幾乎每天都來到工坊，開始研究新的彩色墨水。但是，彩色墨水在製造上卻歷經了一連串的失敗。不是用了不同的油和材料以後，就調出完全不同的顏色，不然就是塗在紙上後，過段時間卻會變色。所有人都抱頭苦惱，做了許多彩色墨水，梅茵大人一一把結果抄寫下來。

「該怎麼辦才好呢？」

海蒂這樣說著，廢寢忘食地一頭栽進了墨水研究裡。「要做出小姐可以滿意的墨水才行。」她像咒文一樣叨唸著這句話，不斷更改油的種類，還去市場尋找可以取出顏色的材料。目前為止這些舉動以前都曾經有過，所以雖然傻眼，但我並不怎麼擔心。只要適時叫住她，把飯塞進她嘴裡，發現她研究到一半腦袋開始搖搖晃晃，再把她扔到床上就好了。

然而，這次的情況卻不僅於此。那天早上海蒂在咀嚼麵包時，嘟嘟囔囔地說著：「應該是有什麼秘密吧……」但我沒有理她，自己去了工坊工作。結果不久後，臉色大變的都盧亞學徒突然衝進來說：

「約瑟夫先生，聽說海蒂小姐被人抓起來了！」

「啊?!」

這天因為海蒂很晚還沒來工坊，我還以為她吃飯吃到睡著了，想不到居然是跑去察看繪製圖畫的美術工坊，結果被工坊的人當成是可疑人物，把她抓了起來。

……海蒂，妳在幹嘛啊?!

我和前來通知的都盧亞學徒一起趕向那間工坊，只見一群面色猙獰的工匠們正團團圍著睡眼矇矓的海蒂。

「海蒂，妳跑來這種地方做什麼?!」

「我一邊吃著麵包，一邊在想有沒有什麼好點子，結果不知不覺間人就在這裡了……你覺得這是為什麼啊？」

海蒂歪過頭說，眨著惺忪的眼睛。我立刻一拳敲向她腦門，怒吼說：「我怎麼會知道啊！快給我醒來！」

然後，我不停向表情兇惡的美術工匠們道歉：「真是對不起，我妻子睡昏頭了，給你們造成了麻煩。」無論當時有沒有清楚的意識，但海蒂會跑來這裡，一定是因為想找出不變色墨水配方的秘密。但是，竊取他人絕不外傳的配方是重罪。所以我必須堅稱海蒂只是睡迷糊了，到處亂跑，並沒有其他意圖。

「少鬼扯了！快說實話！怎麼可能會有人睡昏頭跑來這種地方！」

「要不是睡昏頭了，她不可能來這種地方。我們真的沒有任何企圖。」

「你們一定是想來偷顏料的配方！」

「我們一個是墨水工坊的都帕里，一個是繼承人，根本不需要與墨水無關的顏料配方。而且我們也很清楚配方是重要機密，想竊取的人又會遭到什麼懲罰，所以絕對不會這麼做。」

在兇神惡煞般的工匠們對我怒聲咆哮時，海蒂倚著我的手臂，居然真的睡著了。丈夫正為她闖下的大禍被人罵得狗血淋頭，拚了命道歉，她的腦袋卻不停往下掉。

最終當她開始傳出均勻的呼吸聲，工匠們甚至轉而對我投來了同情的目光。「你娶到的這個老婆真是不得了。」

「總之，你要好好看著她啊。」

「對不起，真的給各位添麻煩了。」

我揹起怎麼搖也叫不醒的海蒂，回到墨水工坊，這時第四鐘也響了。梅茵大人下午會過來，卻沒做到什麼工作就中午了。

……我真的當得了這傢伙的丈夫嗎？

對於海蒂過於離譜的奇異行為，我氣得忍不住考慮離婚，一把將海蒂扔到床上，對她怒吼：

「現在好不容易情況有改善了，妳不要幫倒忙！那種不變色顏料的配方絕對不會外傳。妳也知道要是有人想偷我們工坊墨水的配方，大家會怎麼做吧？」

「嗚……」

看來海蒂也知道剛才的情況非常不妙。她慢吞吞起身，向我道歉說「對不起」。

「妳真的什麼也沒在想耶。」

「……哪有，現在我的大腦可是想到快要爆炸了喔。」

「我指的是研究以外的事情，妳知道我在說什麼嗎？」

我伸手直指一臉不滿的海蒂。她愣了下，灰色眼睛眨了好幾次。

「咦？現在沒有其他事情比研究更重要了吧？得趁小姐願意提供資金的時候拿出成果來才行啊。」

看見海蒂在回答時露出了只差沒說「你居然問我這麼理所當然的事情」的表情，我連一句話都不想說了。我知道奇爾博塔商會與比爾斯已經談好了關於研究資金的事情，這點根本不需要海蒂擔心。現在我們最該擔心的，反而是別讓海蒂異於常人的舉止嚇跑資助者。

「約瑟夫、海蒂！我知道固定劑要怎麼做了！」

當天下午，小姐笑容滿面地踏進工坊，然後和海蒂兩人興奮地嘰嘰喳喳，討論起染布用的固定劑要怎麼做。

「嗚哇！好棒喔！太棒了！」

結果，多虧了梅茵大人告訴我們固定劑的存在與做法，彩色墨水才得以在不變色的情況下使用，暫且算是完成了。

……總算可以卸下重擔了。

這下子梅茵大人就不必再來工坊，海蒂埋頭研究墨水的時間也能減少了。坦白說資助者幾乎每天都跑來工坊，真的讓人心神俱疲。不只得看著海蒂，別讓她做出失禮的行為，資助者若出現在工坊裡頭，即便是沒參與新墨水研究的工匠們也都得繃緊神經。

我不禁全身放鬆，海蒂卻失望地垮下肩膀。

「可是，卻在查出為什麼會出現那些變化前就結束了。」

「彩色墨水都做好了，小姐出資贊助的研究已經結束了。」

我輕敲海蒂的頭，一邊在心裡頭祈禱著：拜託這時候不要再有任何人多嘴！然而，我微小的心願並沒有實現，因為資助者大人竟然微微一笑說：「如果海蒂想繼續研究，我還是可以提供一些資金喔。」

「小姐，妳最棒了！」

「小姐，妳對海蒂太好了啦！」

……妳以為是誰要照顧這個研究狂?!這種生活還要繼續下去，拜託饒了我吧！

我指向舉著雙手來回奔跑的研究狂這麼哀號，梅茵大人卻露出羞赧的微笑說：「因為對我來說，海蒂和約瑟夫也是古騰堡的同伴啊。」

「古騰……咦？什麼？」

「古騰堡，是改變了書本的歷史，留下了等同神蹟的偉人喔！現在這個城市裡的古騰堡，有負責做金屬活字的約翰、做植物紙的班諾先生，還有負責賣書的路茲。另外還有製作印刷機的英格先生，海蒂和約瑟夫則是負責做墨水的人，也都是古騰堡的夥伴。為了我想看的書，需要你們這些古騰堡，所以出錢贊助也是當然的。」

覺得莫名其妙的人好像只有我，梅茵大人的隨從只是嘀咕說著「居然又增加了」，海蒂還高興得跳起來歡呼。

「約瑟夫，小姐說我們是古騰堡耶！還說這是工作！願意出錢贊助！我可以繼續研究耶！萬歲！」

「如果可以查出變色的原因，今後也許會有用處吧。請繼續研究墨水吧。」

「交給我吧！」

……啊，對喔。我都忘了。因為她是資助者，我盡可能不去意識到，但其實這位小姐原本就是和海蒂氣味相投的怪人！

我看著氣味相投的兩人，感到虛脫無力。但是，雖然還很年幼，梅茵大人已經擁有自己的工坊，還有奇爾博塔商會當作後盾，絕不能拿來和單純只是研究狂的海蒂相提並論。

「只不過，墨水的製作還是最優先事項。要是沒有在我訂好的日期之前提交我訂購的墨水，我會不由分說地終止資助。」

「嗚咦?!」

「像海蒂這樣的人一旦開始研究，常常會把其他事情拋在腦後。所以必須先讓妳清楚知道什麼是首要之務，我也會訂定沒做到時的懲罰。」

對海蒂如此厲聲說道的模樣相當具有威嚴。

……不愧是經營者，雖然看來年幼，但很可靠嘛。

「不愧是同類，很清楚海蒂有可能會做的事情嘛。」

那名總是和梅茵大人一起過來的奇爾博塔商會學徒，說出了和我的心聲似是而非的評語。

……原來如此，是同類嗎！

我忍不住笑了出來。但發現梅茵大人不高興地瞪著我後，我急忙答應她會好好監督海蒂研究墨水，讓她恢復好心情。

當晚，海蒂高興得不得了。

「約瑟夫，太好了呢。幸好那位小姐願意成為資助者，一切都很順利。」

「海蒂，妳啊……」

看她興奮得像是已經把上午惹出的麻煩忘得一乾二淨，我不由得想開口說教。但在我開始抱怨之前，海蒂先露出了夏日陽光般的燦爛笑容。

「這樣一來，約瑟夫一定可以拿到培里孚的資格吧。」

「咦？」

「這是我們工坊現在最需要的東西吧？做好了新的彩色墨水以後，還從資助者那裡拿到了研究經費，當初大家又把會長的位子硬是推給爸爸，一定會良心不安，所以只要現在向墨水協會提出申請，我想很輕易就能拿到培里孚的資格喔。以後工坊就能一帆風順了。」

我想我的表情一定呆蠢到了極點。這也不能怪我，因為我完全沒想到海蒂也會說出擔心工坊將來的話來。我確實很想馬上拿到培里孚的資格，但從沒想過海蒂是為了這件事情，才那樣不眠不休地研究墨水。

「……可是，研究彩色墨水的人是妳，應該是妳拿到資格才對吧？」

兩個人無法共同提出成果，同時拿到資格。廢寢忘食地研究墨水的人是海蒂，應該由她取得資格才對。我說完，海蒂張大灰色眼眸，「咦？」地歪過頭。

「但要不是有約瑟夫，我也不會這麼快就完成墨水，而且是負責經營工坊的人才需要培里孚資格吧。事到如今你在說什麼啊？」

「也許吧，可是……」

「我不想去想那些複雜的事情，只想用各種不同的材料盡情進行研究。所以，約瑟夫就為了我，去取得培里孚的資格吧。」

「這是可愛妻子的心願喔。」海蒂說著嘻嘻一笑。實在不想肯定可愛的妻子這一部分，所以我默不作聲地把她扔到床上。

不久後，我從墨水協會長比爾斯手中取得了培里孚的資格。

領主的微服出行

「萊昂，今天要去森林喔……」

路茲邊告訴我今天要做的事，邊快步走回自己的房間準備換衣服。我也回到自己房間，開始換衣服。一過開店後客人最多的時段，我就會和路茲一起去神殿。

「和孤兒一起去森林，居然是奇爾博塔商會都帕里的工作……」

我一邊換上適合與神殿的孤兒們一起通過南門的破爛衣服，一邊小聲抱怨。我的老家是買賣布匹的商家，我在受洗後成為奇爾博塔商會的學徒，十歲時再簽約成為了都帕里學徒。當初是基於父母的期望才簽了都帕里契約，因為他們想與買賣服飾的奇爾博塔商會建立起更深一層的交情。我之所以來奇爾博塔商會，是為了振興老家。

然而，因為老是帶來奇怪工作的梅茵大人，現在奇爾博塔商會竟然要開設專業領域外的高級餐館，老爺還要我去神殿，請侍奉貴族的侍從教導我怎麼服侍他人用餐。我認為用餐的服侍方式和禮儀訓練都對日後有幫助，所以能去神殿請侍奉貴族的侍從來指導我，心裡相當感激。

……可是，為什麼比起接受訓練，在工坊不得不像工匠一樣工作的時間更長，還得帶孤兒們去森林啊？

和貧民出身的路茲不同，我去森林的經驗不多。倘若去森林可以對老家有幫助，我大概不會有什麼不滿吧。但是，砍伐和搜集樹枝、造紙、印刷做書，這些都不是老家的工作，再說了也不是商人的工作。製作物品是工匠的工作，商人的工作是販售商品。但為什麼我現在卻在製造商品，真是無法理解。

……或者是去神殿後，要是與梅茵大人的往來間有什麼好處可拿也就算了。

在神殿教我怎麼服侍他人用餐的法藍，主人正是青衣見習巫女梅茵大人。雖然老爺吩咐過我，在神殿的時候要當作她是貴族千金，但她其實和路茲一樣是貧民出身。因為我看過她穿著破爛衣服出入奇爾博塔商會，所以錯不了。

至於為什麼貧民孩子會變成青衣見習巫女，這件事並沒有任何人告訴過我原委和理由。不過，我知道老爺為了維持假象，幫忙她準備了生活所需的所有用品。

梅茵大人雖然準備了可以在神殿裡走動的衣服，但基本上全是舊衣，沒有一件衣服是全新縫製。儀式服雖然是訂做的，卻是用了老爺送的布，並不是自己出錢買。以後大概永遠也不會買吧。梅茵大人是對我老家毫無益處的冒牌貴族千金。

當然，我也覺得用線編織髮飾和製造植物紙之類的發明很厲害，這些也為奇爾博塔商會帶來了利益。倘若我沒有去神殿，從旁觀者的角度來看，也會覺得「這孩子真是驚人」吧。但是，她對我來說一點幫助也沒有，又老是和路茲黏在一起，讓人看了就煩，我並不太想接近她。

還有，路茲也是個怪人。明明是木匠的孩子，卻想成為商人，完全沒有當商人的常識與知識。路茲會成為都帕里學徒，肯定是為了要與梅茵大人保有聯繫。否則一個橫看豎看根本不夠格當商人學徒的傢伙，怎麼可能在十歲之前就簽了都帕里契約。

路茲確實像馬克先生稱讚的那樣，做事很認真勤快。不只學習寫字和計算的速度很快，我也看得出來他很拚命在學會所有工作。可是，遲遲難以融會貫通，他在根本上也完全沒有理解吧。

……而且，他也太奇怪了吧？路茲居然說「梅茵想的東西都由我來做」耶？

如果是商人學徒，不應該說「我來做」，而是「我來賣」，不然就是「我來發揚光大」吧。在我來看，在神殿工坊裡興高采烈地活動身體，帶著孤兒們去森林的路茲，怎麼看也不像是商人，只像是工匠。

……不過，他好像開始會處理工坊的帳務資料了。

「路茲，早安。萊昂，早安。」

工坊前聚集了不少衣著明顯是要去森林的人。在最前面，還有一道穿著藍色服裝的矮小身影。梅茵大人居然沒有事先通知就跑來工坊，真是難得。記得這時間她都在練習樂器。

「早安，梅茵大人。」

我打完招呼，才在穿著破爛衣服要去森林的孤兒們之間，注意到有個人散發出了格外強烈的存在感。是昨天介紹過的那位青衣神官齊爾維斯特大人。他居然穿著只有貧民才穿的破爛舊衣，威風凜凜地站在那裡。

……這是怎麼回事?!

看見齊爾維斯特大人拿著一眼就能看出價格不菲，還和身上衣服格格不入的弓箭，我差點要失聲尖叫。我摀著嘴巴拚命忍下來，但腦筋一片空白。

「路茲，真的很不好意思，但齊爾維斯特大人就拜託你了。萊昂、吉魯，今天就請你們兩人監督去採集的孩子們了……現在可以交給你們了吧？」

……喂喂，梅茵大人！開什麼玩笑，我們怎麼能帶領主去平民區的森林！

齊爾維斯特大人正是奧伯．艾倫菲斯特。看到老爺和來工坊參觀的他談完事情以後，回到商會又和馬克先生討論到了深夜，我大概也能猜到。而且好像是領主突然要求發展大規模的事業，兩人還詢問了都帕里的意見。

……真的假的？真的要帶這種大人物去平民區跟森林嗎?!

吉魯精神抖擻地回答「遵命」，路茲也說「反正我已經習慣梅茵的亂來了」，但這種事情不要輕易答應啊！可以的話我真想這麼怒吼。

……該不會路茲和梅茵大人都沒發現吧？你們都不知道齊爾維斯特大人就是領主嗎?!

這麼說來，認得領主的老爺在當下馬上就被帶出工坊，路茲在太陽下山後也回家了，所以沒聽見老爺和馬克先生在工作結束後的對話。除了我以外，梅茵大人、路茲，還有這裡的孤兒們，沒人知道他就是領主。

他是領主大人喔！——但因為不知道能不能開口告訴大家，所以我張合了幾次嘴巴後，決定全權交給路茲，背對齊爾維斯特大人開始移動。與其和假扮成青衣神官的領主相處，應付孤兒們還比較輕鬆。至少不用擔心只是做錯一點事，就會影響到未來。

「這裡就是平民們居住的地方嗎？環境真是髒亂，還臭氣沖天。」

齊爾維斯特大人一出神殿便皺起臉龐，嫌棄地環視平民區。

「沒有僕從負責打掃這裡嗎？是不是怠忽職守？」

路茲走在前面為齊爾維斯特大人帶路，稍微回過頭來問：「誰會想雇人打掃城市啊。」想請僕從打掃城市，當然先要有雇主。但我認識的人裡，可沒人會怪到願意出錢請人打掃街道。

「……沒人會想嗎？」

「對啊，城市又不是任何人的東西。」

「笨蛋！這座城市是領主大人的東西吧！」

瞧路茲說得一副理所當然，我忍不住反駁。居然在領主面前說城市不屬於任何人，簡直是不想活了。

「啊，對喔。那麻煩齊爾維斯特大人去拜託領主大人，請他雇人打掃平民區吧。我們平民沒那麼厚臉皮，才不敢向領主大人提出這種請求呢。」

但青衣神官是貴族，應該就可以吧。路茲笑著這麼說道，我真想用力一拳揍向他的後腦勺。

……路茲，你現在正是這世上最厚臉皮的人！

發現齊爾維斯特大人沒有生氣，我鬆了口氣，繼續走在平民區的街道上。

「平民區真是五顏六色，讓人眼花撩亂哪。」

「因為神殿到處都是白色的，所以完全不一樣吧？孤兒們第一次走在平民區的時候，反應也是差不多……啊，吉魯、弗利茲，你們教齊爾維斯特大人怎麼在平民區走路吧。因為我不太清楚神殿和平民區的差別。」

路茲說完，讓孤兒們負責說明走在平民區時的注意事項。我們平民確實不知道在神殿長大的人，看到平民區的哪些東西會感到驚訝，又要注意哪些事情。

「我記得你是梅茵的見習侍從吧？好，說吧。」

吉魯神色緊張，用還不算非常有禮的用詞開始說明，弗利茲在旁一一糾正。大概是覺得交給還無法得體說話的吉魯說明太不可靠，已經成年的神官們團團圍住了齊爾維斯特大人。一看到路茲空閒下來，我立刻抓起他的衣領。

「喂，路茲。齊爾維斯特大人去森林打獵的時候，你打算讓他吃什麼？」

我小聲問，路茲抬起什麼也沒在想的表情看我。

「啊？既然他想去體驗平民區的森林，和我們吃一樣的東西就好了吧？」

「不行啦！」

……怎麼能讓領主吃考夫薯和鹹湯！

去森林採集和做紙時，午飯主要是吃和樹枝一起蒸過的考夫薯，然後會加上奶油。另外，還會用自己帶去的肉乾和附近隨便採來的野草煮成鹹湯。順便說，是直接用煮過樹皮的那個鍋子煮湯。這些東西怎麼能拿給領主吃！

「總之我去向老爺報告一聲，你先出發吧。」

我指著出現在前方不遠處的奇爾博塔商會，脫離隊伍，走向正送客人離開的馬克先生。馬克先生回過頭來，目光一和我對上，臉上的笑意瞬間加深。

「萊昂，上樓詳細說明一下吧。」

看到有個男人處在孤兒們中心，頭上的銀色髮飾與腳上精心訂做的皮靴在一身破爛舊衣中格外醒目，大概馬上猜到是誰了吧。馬克先生語速略快地說完，立即從店外的樓梯上樓。

一進二樓房間，我便盡量簡潔地開始說明情況。包括齊爾維斯特大人要微服前往平民區的森林打獵、路茲負責帶路，還有午餐的內容。

「我會吩咐瑪蒂達準備好麵包、火腿、起司還有喝的東西。最好也準備一套基本餐具吧。記得老爺說過，他們都是直接用手拿著吃考夫薯。」

老爺以前好像曾和路茲以及梅茵大人一起去過森林，當時只能跟著用手抓起放在木板上的奶油考夫薯來吃。現在因為孤兒們的提議，還會再煮湯，所以每個人腰上都綁著裝有木碗和湯匙的袋子，但臨時參加的齊爾維斯特大人不見得帶了餐具。而且貴族大人在打獵時，都是交由侍從進行所有準備，所以我不認為他會自己帶餐具，還是準備一份比較保險。

「萊昂，就交給你服侍齊爾維斯特大人用餐了，好好展現你向法藍學習的成果吧……來，拿去吧。」

馬克先生一邊聽著我說明，一邊指示女傭瑪蒂達準備午餐，然後露出一貫的笑容遞來籃子。

「齊爾維斯特大人似乎不打算讓梅茵和路茲知道自己的身分，所以你要小心別說溜嘴了。」

帶著準備好的午餐，我急忙趕往森林。在常去的那處河邊，大家已經開始在動手做事了，鍋子裡正咕嘟咕嘟煮著樹皮。有孩子在河邊洗考夫薯，也有人去森林裡採集，是一如往常的光景。但是，卻沒看見路茲和齊爾維斯特大人。

「齊爾維斯特大人和路茲呢？」

「他們一進森林就分頭行動，去打獵的地方了。說是第四鐘響後會回來。」

應該要顧著鍋子的弗利茲卻背對鍋子，排著石頭回答我。我問他在做什麼，他說在準備齊爾維斯特用餐時的桌子。

「因為齊爾維斯特大人是青衣神官，我才心想需要準備一張桌子。畢竟連我們也是花了一點時間，才習慣了不在桌子上吃飯。」

原來對於完全不把齊爾維斯特大人當作貴族看待的路茲，抱頭苦惱的人不只有我！想到這裡，我覺得好像找到了同伴。

「太好了，我正好準備了要給齊爾維斯特大人的午餐。總不能只提供考夫薯和鹹湯給齊爾維斯特大人嘛。」

我表示自己順路去店裡準備了午餐後，弗利茲顯得有些吃驚。

「在神殿都是由青衣神官準備三餐，我從來沒有過要為齊爾維斯特大人準備食物的想法呢。」

弗利茲反而以為今天有齊爾維斯特大人同行，可以拿到分送下來的豪華餐點。

「因為準備神的恩惠給底下的人吃，是青衣神官的義務。」

……連廚師都沒帶來，是要怎麼準備啊？

發現灰衣神官與我的常識根本隔了一座高牆，我感到一陣暈眩。

第四鐘響後，我開始準備齊爾維斯特大人的午餐。齊爾維斯特大人帶著獵到的兩隻小鳥和路茲一起回來了。

「齊爾維斯特大人，把獵物吊在這裡就可以了。」

「要怎麼吊？」

齊爾維斯特大人看向路茲指著的樹枝，側過頭問。但是，路茲並沒有接過齊爾維斯特大人手中的小鳥，只是說明做法。

「路茲，我可沒有繩子。」

「為什麼來打獵卻沒有帶繩子？這樣子也沒辦法放血吧。齊爾維斯特大人，你腰上的皮袋裡面到底都裝了什麼啊？」

路茲說著，解下纏在自己腰上的繩子遞給他。我忍不住衝向路茲，質問他為什麼不幫忙處理。居然讓齊爾維斯特大人自己拿著獵物，又要他自己處理，我簡直不敢相信！

「什麼為什麼，因為這是齊爾維斯特大人自己獵到的獵物啊，當然要自己處理。交給別人做，等於是把獵物拱手讓人喔。」

「但那是平民區的規矩吧？齊爾維斯特大人他……」

「既然要在平民區的森林打獵，照平民區的規矩走有什麼不對？」

路茲說得理直氣壯，齊爾維斯特大人也苦笑說道：「梅茵也說過如果想像貴族那樣打獵，乾脆去貴族的森林，所以你別放在心上。」一邊把小鳥吊在樹枝上。

「齊爾維斯特大人，野獸聞到血的味道，有可能會跑來搶走獵物，所以請你自己要小心看著喔。」

「嗯……話說回來，路茲，你們沒有侍從的話都是怎麼洗手？平民無法使用洗淨的魔法吧。」

齊爾維斯特大人望著自己被血染紅的雙手問。平常都是侍從把水盛在水缽裡，端過來給他洗手吧。

「那裡不是有河川嗎？我們都在河邊洗手喔。怎麼洗手，請去問孩子們吧。我要去採可以當繩子用的雜草。下午還要打獵吧？」

「下午當然還要去。」齊爾維斯特大人挺胸說完，轉頭看向孩子們。

「……好。孩子們，教我怎麼在河邊洗手吧。」

「我來說明吧，齊爾大人。請往這邊走。我當初也是路茲教我的喔，居然不用木桶汲水，直接洗手，一開始真的嚇了一跳呢。」

看著跑向河邊的孩子們，齊爾維斯特大人也一臉興味盎然地跟上去。我抓住要去森林採草的路茲的手臂。

「喂，路茲！齊爾大人是怎麼回事？這樣稱呼也太失禮了吧。」

「可是，是本人要我們這麼叫的，應該沒關係吧。」

路茲聳了聳肩，告訴我改為稱呼「齊爾大人」的經過。

「因為年紀比較小的孩子們一直唸不好『齊爾維斯特大人』，每次不小心唸成『奇皮』就因為太失禮了，嚇得臉色發白，所有灰衣神官都跪下來謝罪。」

「啊？」

「第三次的時候，排在後面的一個小鬼還跪到了馬路上，差點被馬車輾過去。」

當時是路茲救了那個孩子。後來，大概是覺得每次叫錯，所有人都要跪下來請求他的原諒實在太麻煩了，齊爾維斯特大人便要他們改叫他「齊爾大人」。

「明明是青衣神官，你不覺得齊爾維斯特大人個性卻很爽快，也不會很古板嗎？雖然是個怪人，但幸好不是蠻橫霸道的討人厭貴族。」

路茲說完，轉身走進森林去採草了。

午餐在我的服侍下和平落幕。雖然只有齊爾維斯特大人的菜色不一樣，還有著只是排好石頭再擺上木板的桌子，但路茲什麼也沒說，齊爾維斯特大人也靜靜接受。

「對了，在你們眼中，梅茵是什麼樣子的人？你們不是相處了很久嗎？」

「這個嘛……雖然梅茵知道很多奇奇怪怪的事情，但一般的常識卻完全不知道。身體也很虛弱，常常差點沒命，不靠別人的幫忙什麼都做不到。不過，她的個性很善良，也很支持我的夢想，是非常可靠的夥伴。」

路茲的語氣很有禮貌，但說得毫不遮遮掩掩。齊爾維斯特大人聽了，沉思著仰頭看向天空。

「和我聽到的不太一樣哪。聽說梅茵對孤兒院進行了改革，那麼你們究竟有什麼感想？聽本人和斐迪南的說明，成果似乎相當出色，倘若是事實，我便得向領主進言，給予她表揚；反之如果梅茵的報告是謊話，也能夠給予她懲罰。」

一定要據實以告——聽到齊爾維斯特大人這麼說，孤兒們七嘴八舌說起了孤兒院在梅茵大人出現之前與出現之後的差異。當中提到梅茵大人拯救了孤兒院、現在好吃的飯菜變多了、他們可以自己煮湯，冬季期間還可以在火焰不會熄滅的暖爐旁邊。所有人的雙眼都閃耀發亮，看得出來十分尊敬梅茵大人。

……原來她還對孤兒院進行過改革嗎？

看來我開始出入孤兒院長室和工坊，是在孤兒院的改革結束之後，所以完全不知道孤兒院以前的情況那麼悽慘。

……不過話說回來，你們居然可以這麼多話！

聽完關於改革孤兒院的事情，我最驚訝的反而是神官們的多話程度。年幼的孩子們在離開神殿後，還會天真地談天說笑，但已經成年的灰衣神官們不論在工坊還是森林，一直都是默默做事，除非必要幾乎不說話。現在因為要回答青衣神官的問題，所以對他們來說算是必要吧，但跟平常比起來，還是多話得驚人。

……但慢著，怎麼全是稱讚！應該也要講講她的缺點吧！不是有很多嗎！像是成天和路茲黏在一起，根本不聽別人說話，每次一想到什麼莫名其妙的事情，就把身邊的人全都拖下水，害大家疲於奔命！

我在心裡頭吶喊，但當齊爾維斯特大人問我：「萊昂，你呢？」我只能保持中立地回答：「我和梅茵大人並無深交，所以不太清楚。」如果是工作上的事情，我不確定哪些事情可以說，而且要是光講她的缺點，我往後在工坊肯定會待得如坐針氈。

「……原來如此。聽你們的描述，她簡直可說是聖女。」

齊爾維斯特大人低聲說著，從表情看不出來他在想什麼，然後拿出皮袋裡一條連有黑色石頭的項鍊，注視著項鍊沉思良久。

「齊爾維斯特大人，獵物有危險！」

「唔?!」

路茲大喊，齊爾維斯特大人立刻將項鍊收進皮袋裡，迅速搭弓瞄準野獸。三支箭射出後，無一遺漏地命中野獸，同時齊爾維斯特大人也朝著吊有獵物的地方狂奔。他的右手一瞬間發出亮光，下一秒手上已經握著一把劍。

「那是我的獵物！」

劍光一閃。只是這樣而已，野獸就倒地不起。親眼見到貴族不同於平民的武器與強大，我心生恐懼，孩子們卻發出了歡呼聲。

「齊爾大人，好厲害喔！太強了！」

「那還用說。」

聽了孩子們的讚揚，大概是心情絕佳，齊爾維斯特大人下午也繼續打獵。還在孩子們可以看見的範圍內射下空中的飛鳥，獲得大家的喝采。

「我們該回去了。要是不趕在廚師們回家前回神殿，根本沒辦法處理獵物。我沒想到會獵這麼多。」

路茲看著齊爾維斯特大人獵到的獵物，表情十分傷腦筋。好像是依平民區的常識，一般只會獵取自己拿得動的數量。因為獵得太多吃不完，獵物會腐敗發臭。

「齊爾維斯特大人是青衣神官，既然他也要負責準備孤兒院的伙食，讓孤兒們幫忙拿就好了吧？」

我拐了一大圈暗示這也會是自己的食物，灰衣神官們便欣然幫忙。齊爾維斯特大人交給孤兒們搬運自己獵到的獵物，意氣風發地下令。

「好，那回去吧！」

「是！」

回到神殿，馬上開始處理獵物。一片忙碌中，我看見齊爾維斯特大人將黑色石頭項鍊送給了梅茵大人。

後記

大家好久不見了，我是香月美夜。

非常感謝各位購買本作，《小書痴的下剋上：為了成為圖書管理員不擇手段！【第二部】神殿的見習巫女（Ⅳ）》。第二部也在本集邁入完結。

這次古騰堡印刷集團有了新成員，就是墨水工坊的海蒂與約瑟夫。把一切都奉獻給了墨水研究的海蒂，以及當初因為被指定去指導開始當學徒的海蒂，和她變得熟稔後，結果回過神時已經成了她的丈夫，得照顧她一輩子的約瑟夫。如果梅茵不是身蝕，身體健康，也沒有進入神殿，一直和路茲一起造紙的話，大概會是這種感覺吧？我一邊這樣心想著，一邊寫下這兩個人。

然後，在弟弟加米爾出生後，為了加快速度製造繪本與玩具，梅茵開始製作彩色墨水。雖然歷經多次失敗，但最終完成了印刷用的彩色墨水，可以為繪本上色了。造書方面的進展還不錯。

期間，發現了被丟棄至神殿的身蝕嬰兒，出現了來自亞倫斯伯罕的賓德瓦德伯爵，最後又因為齊爾維斯特送的黑色魔石護身符，梅茵身邊的一切產生了巨大變化。

為了保護家人，梅茵成為了貴族羅潔梅茵。她將在第三部「領主的養女」中繼續大顯身手，敬請期待。

對了對了，因為剛好是第二部完結，還舉辦了角色的人氣投票。對於投票的讀者，還會贈送桌布當作禮物。機會難得，請告訴我各位偏愛的角色吧。雖然大約可以料到這個角色和那個角色會比較受歡迎，但排名還是難以預測。我也非常期待。

對於策劃了如此有趣活動的TO BOOKS所有工作人員，真的非常感謝你們。

而這集的封面，梅茵的表情凜然又堅毅，讓她看起來十分成熟，我覺得與第二部完結可以說是完美呼應。椎名優老師，實在太感謝您了。

最後，要向購買本書的各位讀者獻上最高等級的謝意。

第三部預計在初秋發行，期待屆時再相會。

二〇一六年五月　香月美夜

第二部完結紀念！
突然間開始的
卷末漫畫
妹妹
我家的姊姊最可愛。
作畫 椎名優
？
女僕風
大家好，我是昆特家的多莉。
在三個孩子中是長女，底下還有妹妹跟弟弟
多莉！
好小好可愛
呼啊～～好可愛喔♥明明這麼小，太了不起了♥
明明還這麼小，可是他也有指甲喔。明明還這麼小，卻會握手了呢♥
多莉、多莉，妳聽我說！
加米爾他啊、加米爾他啊，剛才居然握住了我的手指耶♥
跳
跳
抱
啊嗚
矮得進不了畫面

將來的不安
梅茵雖然年紀還很小，但已經有自己的工坊。
因為工作的關係，經常和大人往來。
我剛才沒有出現在畫面裡面吧？
像是奇爾博塔商會的班諾先生和馬克先生。
還有爸爸工作上的夥伴歐托先生。
在神殿還有神官長和法藍先生……
梅茵妳……
？
難不成是熟男殺手?!
撲通撲通
尊敬
梅茵，跟妳說喔。
我有件事情非常尊敬歐托先生。
咦？多莉，妳說非常尊敬歐托先生嗎？
歐托先生有那麼厲害嗎？
珂琳娜，妳用那雙纖纖玉手縫製出的禮服，凝聚體
出了妳那
無與倫比的審美
實在是太棒了。
不愧是我老婆
那是對珂琳娜夫人最高級的讚美！
難道妳不覺得只能百分之兩百同意嗎？
啊——嗯，是指那方面啊……
珂琳娜的超級粉絲 ⇧

國家圖書館出版品預行編目資料

小書痴的下剋上：為了成為圖書管理員不擇手段！. 第二部，神殿的見習巫女．IV／香月美夜著；許金玉譯．-- 初版．-- 臺北市：皇冠，2018.07
面；　公分．--（皇冠叢書；第 4706 種）(mild；13)
譯自：本好きの下剋上 司書になるためには手段を選んでいられません 第二部 神殿の巫女見習い IV
ISBN 978-957-33-3386-9(平裝)

861.57　　107009865

皇冠叢書第 4706 種
mild 13

小書痴的下剋上

爲了成爲圖書管理員不擇手段！

第二部 神殿的見習巫女Ⅳ

本好きの下剋上
司書になるためには
手段を選んでいられません
第二部 神殿の巫女見習いⅣ

作　　者—香月美夜
譯　　者—許金玉
發 行 人—平　雲
出版發行—皇冠文化出版有限公司
台北市敦化北路 120 巷 50 號
電話◎ 02-27168888
郵撥帳號◎ 15261516 號
皇冠出版社（香港）有限公司
香港銅鑼灣道 180 號百樂商業中心
19 字樓 1903 室
電話◎ 2529-1778　傳真◎ 2527-0904
總 編 輯—許婷婷
美術設計—嚴昱琳
著作完成日期— 2016 年
初版一刷日期— 2018 年 7 月
初版五刷日期— 2023 年 8 月
法律顧問—王惠光律師

讀者服務傳真專線◎ 02-27150507
電腦編號◎ 562013
ISBN ◎ 978-957-33-3386-9
Printed in Taiwan
本書定價◎新台幣 299 元／港幣 100 元